UN PLAN DÉSAGRÉABLE

KYLIE GILMORE

Traduction par
SUZANNE VOOGD

Design de la couverture par Kim Killion

Publié par : Extra Fancy Books

Traduit par : Suzanne Voogd

ISBN-13 : 978-1-947379-10-7

1

———

Le soir où ça s'est mal passé…

Josh Campbell conduisit une Hailey Adams étrangement silencieuse à son appartement, dans une tension palpable. Alors, oui, il y avait peut-être eu quelques disputes entre eux au cours des années, mais en général, c'était surtout pour plaisanter. Du moins, c'est ce qu'il croyait. Mais ce soir, chez Garner's Sports Bar & Grill, Hailey avait été secouée par la nouvelle que leurs parents – le père de Josh et la mère de Hailey – allaient emménager ensemble après seulement cinq semaines de liaison amoureuse. Il n'avait encore jamais vu son père ainsi, un portrait d'amoureux transi. La mère de Hailey, Brandy, affichait exactement le même air bête. Ils étaient bien assortis.

Quoi qu'il en soit, il avait profité de sa joute verbale habituelle avec Hailey quand elle avait soudainement explosé avant de fondre en larmes. Ses amies lui avaient fait comprendre qu'il l'avait blessée et qu'il devait réparer sa bêtise. C'était une soirée gratuite pour les dames, et il était en infériorité numérique. Mais ce n'était pas tout. Maintenant que leurs parents étaient sérieusement engagés, il s'était dit qu'il avait intérêt à se comporter en adulte et à présenter ses excuses. Elle n'était pourtant pas complètement innocente dans leurs joutes verbales. Bref. Il s'était excusé et il lui avait proposé de réparer son tort – le tort qui avait tout déclenché – quand il avait gardé l'argent qu'elle lui avait donné pour son travail d'escorte. Il n'aurait jamais dû accepter cet argent et il le savait. Cela faisait partie de leur passé tordu. Maintenant, elle l'accompagnait chez lui pour récupérer les sous avec l'enthousiasme d'une prisonnière dans le couloir de la mort.

Oui, c'était Saint Josh qui se montrait grand prince avec Hailey pour le bonheur de leurs familles. Si Hailey et lui continuaient à se disputer, cela risquait de causer un fossé entre leurs parents. Son père n'avait pas eu de relation sérieuse depuis que la mère de Josh, une ancienne reine de beauté, l'avait abandonné avec leurs six enfants, plus de vingt ans auparavant. Aucune visite, aucun coup de téléphone, pas même une carte. Son père méritait ce bonheur avec Brandy.

Le conflit Josh-Hailey devait cesser.

Leur surenchère avait légèrement dégénéré. Il acceptait sa part de responsabilité : il l'appelait princesse parce qu'elle était snob, avait discrètement glissé un piment dans ses nachos qui avait sûrement cramé ses papilles pendant une semaine, refusait de lui servir sa boisson préférée, le mojito, pendant des mois, la taquinait à la moindre occasion. Elle était si facile à énerver qu'il n'arrivait pas à résister.

La part de Hailey dans leur querelle était bien pire que la sienne. Tout d'abord, elle avait lancé une rumeur d'après laquelle il était impuissant : cela avait réduit sa vie sexuelle à néant, et conduit à beaucoup de compassion de la part des femmes qui entraient dans le bar. Ensuite, elle avait « réparé » cette terrible rumeur en sous-entendant que le véritable problème était une queue minuscule. Cette femme brillante et sournoise savait exactement comment l'atteindre. Aucun homme ne pouvait rétablir la vérité sans s'exhiber. C'était une adversaire redoutable, à n'en pas douter.

Il se gara devant la grande maison de style victorien où il vivait. Enfin, il occupait l'appartement du rez-de-chaussée sur la droite. Hailey resta figée sur le siège passager de sa Miata décapotable, regardant droit devant elle. Il descendit, fit le tour et lui ouvrit la portière. Son père avait enfoncé les bonnes manières dans son crâne. La plupart des femmes lui étaient ridiculement reconnaissantes pour ses manières, comme si elles ne recevaient jamais de geste galant de la part du sexe opposé. Il aimait être le type qui leur montrait que tous les hommes n'étaient pas des ordures.

Hailey descendit sans un mot et il ferma la portière derrière elle. Elle lui jeta un regard en coin, comme si elle était nerveuse. Rien de sérieux, ce n'était qu'un simple échange. Bien sûr, il aurait pu lui apporter sa stupide boîte à chaussures, mais c'était une histoire de principe. Si elle revenait sur leur accord du départ, alors elle pouvait bien se rendre chez lui pour récupérer l'argent. Il le lui avait dit de nombreuses fois, même si c'était pour la voir exploser à l'idée d'être seule avec lui. Elle avait donné le nom hilarant « d'antre du péché » à son appartement. Encore mieux, elle le traitait d'homme bestial, de goujat ou son préféré : vaurien. Il adorait ses expressions démodées.

Il la devança jusqu'à la porte de la grande maison, la déverrouilla et l'ouvrit pour elle. Elle prit son temps pour le rejoindre. Quand elle se trouva enfin dans le vestibule, il ouvrit la porte de son appartement et la laissa passer devant. Elle entra prudemment, regardant tout autour d'elle. Elle cherchait peut-être les fouets et les chaînes de son antre du péché. Le canapé beige et la table basse en bois usé devaient être un choc.

Elle retira son manteau de laine blanche et le déposa sur le canapé. Elle portait une robe bleue qui moulait parfaitement ses formes. Ajoutez à cela ses longs cheveux blond vénitien, ses yeux bleu clair et sa peau parfaite, et il était facile de voir pourquoi elle avait remporté tant de concours de beauté. Il se rappela toutes les raisons pour lesquelles il ne devait pas être avec elle – ils se disputaient en continu, la relation de leurs parents, son aversion pour les reines de beauté – et il se détourna de la tentation. Non seulement sa mauvaise mère avait été reine de beauté, mais son ex aussi. Plus de reines de beauté pour lui.

Il se dirigea vers sa chambre où il avait rangé la boîte à

chaussures au fond du placard. Elle le suivit de près et il perçut sa forte odeur florale, ses talons qui claquaient sur le parquet et le bruit de sa respiration qui avait accéléré. Il voulut lui dire de se calmer, bon sang, parce qu'il n'allait rien lui faire, mais il savait qu'une partie de son irritation venait du fait qu'il n'aimait pas avoir quelqu'un dans son dos. C'était un traumatisme hérité de son ancienne vie de parachutiste dans l'armée, où il sautait d'un avion dans le territoire ennemi, souvent au milieu de la nuit, pour un combat rapproché.

Il reconnut la raison pour laquelle il était si tendu, se rappela où il était en ce moment et pourquoi, et continua son chemin. Dix ans après, son stress post-traumatique était en général relégué au passé, mais il ne disparaissait jamais complètement. Il y avait toujours des piqûres de rappel, comme les réflexes quand on le saisissait par-derrière, les insomnies occasionnelles et les cauchemars. Il aimait avoir un bar entre lui et la foule, voulait avoir un mur dans son dos en toute occasion, et n'aimait pas beaucoup toucher les gens, en dehors d'une tape dans la main ou sur la joue. Il laissait approcher les femmes quand ça l'arrangeait, mais même alors, il préférait garder le contrôle. Pas de mouvements brusques, rien dans son dos et ainsi personne ne risquait de se faire mal.

Il accéléra le pas, laissant plus d'espace entre eux. Il lui suffisait de donner l'argent et de sortir de là avant que l'un d'eux fasse quelque chose qu'ils risquaient de regretter. Comme une autre dispute, ou au contraire, un acte plus intime. Il avait l'impression qu'elle le désirait, mais qu'elle ne voulait pas le désirer. Il la comprenait parce qu'il avait exactement le même problème. Sinon, pourquoi revenait-elle tout le temps le chercher ? S'il l'énervait vraiment à ce point, elle aurait pu choisir de l'ignorer. Quoi qu'ils fassent – qu'ils se disputent ou qu'ils baisent – ne pouvait mener qu'au désastre. Il était temps de se racheter.

— Je sais ce que tu veux, dit-elle derrière lui.

Elle n'était pas trop proche, mais son odeur florale s'attardait autour de lui.

Il ouvrit la porte du placard en l'ignorant. *Mission Boîte à Chaussures, c'est parti.*

— Tu veux une affirmation claire de désir et de consentement, dit-elle.

Il s'immobilisa et les cheveux se hérissèrent sur sa nuque. *Alerte ! Danger, danger.* Son étrange tournure de phrase ne diminuait en rien l'intention qu'elle avait de faire ce qui ne devait absolument pas être fait. *Accomplir la mission, vite !* Il se pressa, poussant du bazar sur le côté de l'étagère où il avait rangé la boîte.

Elle parlait d'une voix essoufflée et terriblement sexy.

— C'est toi qui me l'as dit un jour.

Il ne se souvenait pas de lui avoir dit ça. Si c'était le cas, c'était pour la taquiner. Il attrapa la boîte et se tourna vers elle.

Elle laissa tomber sa robe à ses pieds. Il eut la bouche sèche. Dieu tout-puissant ! Elle était épatante avec son soutien-gorge en dentelle bleu pâle, son string assorti et ses talons hauts. Des seins rebondis, un corps musclé avec une peau laiteuse et douce, une belle courbure de la hanche, le string en dentelle révélateur. Mieux qu'une page centrale de magazine. *Que l'on m'achève maintenant !*

— Je désire, dit-elle, et je consens. Alors, faisons ça tout de suite. Nous savons tous les deux que nous prenions cette direction depuis le premier jour.

— Ce n'était pas le plan, articula-t-il avec difficulté.

Il parvint à lui arracher son regard, se forçant à repenser à sa mission : se montrer grand seigneur, mettre fin à leur querelle. Aucune tentation ne valait la catastrophe inévitable qui s'ensuivrait, et ils seraient coincés ensemble pour toujours à cause de leurs parents amoureux.

Il la regarda dans les yeux, essayant désespérément de se focaliser sur son visage.

— Princesse, on ne va pas faire ça.

Il se félicita de son comportement de gentleman. Il montrait beaucoup de considération et de retenue.

Hailey cligna plusieurs fois des yeux comme si elle ne le comprenait pas.

Il attendit sa réaction.

Enfin, elle dit :

— Tu flirtes avec moi depuis des années. N'était-ce pas ta façon de flirter ? Te disputer avec moi ? Sinon, pourquoi aurais-tu été si surpris de m'avoir blessée ?

— Ce n'était pas du flirt. Je jouais avec toi. Quand je flirte – il se pencha tout près pour faire une démonstration, calant la boîte à chaussures sous un bras – c'est beaucoup plus rapproché.

Ses lèvres furent réchauffées par le souffle de Hailey :

— Comme ça ?

Il serra les dents.

— Oui.

Il ramassa sa robe et la lui tendit avec la boîte de l'argent.

— Tu devrais partir.

— Tu me rejettes ? demanda-t-elle d'une toute petite voix.

Il caressa les cheveux de Hailey pour adoucir son refus, et il fut surpris par leur douceur. Il avait cru qu'ils étaient couverts de laque pour une tenue parfaite.

— Je prends mes responsabilités pour le bien-être de notre famille. Je voulais simplement que tu viennes récupérer l'argent et que l'on enterre la hache de guerre.

Elle lui donna un coup de pied dans le tibia et il sauta en arrière.

— Va te faire voir ! hurla-t-elle avant de lui jeter la boîte à chaussures.

Il leva un bras avant que la boîte le touche à la tête. Le couvercle sauta et l'argent vola dans tous les sens – des billets de vingt, de dix, de cinq et d'un dollar – tout un bazar équivalant à cinq cents dollars. En gros, elle avait vidé son porte-monnaie chaque fois qu'il l'avait accompagnée à un mariage. Cela faisait partie de son business plan en tant qu'organisatrice de mariages. Pour Josh, la transaction n'était pas aussi commerciale : il ne savait pas rester loin d'elle. Il fallait soit qu'il se fasse interner à l'asile, soit qu'il s'engage avec elle. Merde alors ! Était-il prêt à s'engager ? Avec elle ? Il déglutit. Non, pas possible. Il ne pouvait quand même pas *vouloir* être davantage impliqué avec la femme la plus difficile et exigeante de la planète ? C'était voué à l'échec, se rappela-t-il. Ils étaient collés ensemble pour toujours à cause de leurs familles. Hailey la reine de beauté lui était interdite.

Elle enfila sa robe et la remonta avec des gestes brusques.

— Hailey…

— Non, appelle-moi princesse. Et n'oublie pas de faire un vrai rictus de mépris.

Ses seins délicieux disparurent quand elle finit de remettre la robe sans manches en place, passa un bras dans son dos et s'acharna sur sa fermeture éclair.

— De mon côté, je te traiterai de ce que tu es vraiment : un imbécile !

C'était tellement pire que le goujat, vaurien ou homme bestial de d'habitude.

Elle marcha à grands pas vers la porte d'entrée.

Il la suivit. Dans sa précipitation, elle n'avait qu'à moitié refermé sa robe.

— Allez. J'essaie d'agir comme il faut.

Elle saisit la poignée de la porte et il la rejoignit, l'attrapant par les hanches.

— Attends.

Elle se raidit.

— Quoi ?

— Ta fermeture éclair.

Il écarta ses longs cheveux par-dessus une épaule douce comme du satin, résistant tout juste à l'envie de plonger les dents dans la peau exposée de sa nuque. *Non, non, non.* Il remonta sa fermeture éclair. Il méritait vraiment d'être un saint pour ce geste, sauf qu'il ne pouvait pas se faire canoniser, parce qu'il le fit lentement et en la regardant avidement. La courbe de son cul, le creux de son dos, la ligne droite de sa colonne, toute cette peau. Il arrêta enfin de se torturer, ayant remonté la fermeture entre ses omoplates. Vraiment, c'était Saint Josh.

Elle se retourna. Ses yeux bleu clair reflétaient à la fois le désir, la colère et la souffrance.

Il parla d'une voix rauque :

— On reprend à zéro demain. Un nouveau départ.

Elle leva le menton de son air hautain habituel. Il ne parvint pas à se mettre en colère alors que le souvenir de son corps presque nu était gravé dans son esprit.

— Je ne veux peut-être pas de nouveau départ.

— Alors je vais faire de mon mieux pour te convaincre. Nous allons bientôt faire partie de la même famille.

Elle tourna les talons, fonça hors de l'appartement et claqua la porte derrière elle.

Il se frotta la nuque et aperçut le manteau de Hailey sur le canapé. Il l'attrapa et il sortit, mais elle avait déjà disparu. Bon sang, elle bougeait vite.

Il la rejoignit sur le trottoir où elle marchait recroquevillée contre le froid. C'était le milieu du mois de février dans le Connecticut, au cœur de l'hiver.

— Tu as oublié ton manteau.

Elle le récupéra et l'enfila, sans s'arrêter.

— Merci.

Il resta à sa hauteur.

— Tu vas retourner à pied chez Garner's ? Il faut bien dix minutes de marche dans le froid. Je vais t'y conduire.

— Non.

— Allez. Ton entêtement ne nuit qu'à toi.

Elle s'arrêta soudain, ce qui le surprit.

— As-tu envisagé la possibilité que je ne veuille pas passer ne serait-ce qu'une minute de plus avec toi ? Ma fierté est en lambeaux, et je ne veux plus entendre les stupidités qui sortent de ta bouche.

— Ça t'aiderait si je t'offrais moi aussi mon désir et mon consentement ?

Non pas qu'il avait l'intention d'agir en fonction. Il essayait simplement de réparer sa fierté en lambeaux. Lambeaux. Encore un choix de mot étrange qui l'aurait fait rire si elle n'avait pas préféré marcher dans le froid mordant plutôt que monter en voiture avec lui. Échec total. Mission ratée.

Elle pointa le doigt sur son torse.

— C'est exactement pour cette raison que je ne veux pas te

parler. Tu penses que c'est un jeu, que je n'ai pas de sentiments.

— Ce n'est pas ce que je pense. J'essayais de te rendre ta fierté.

— Trop tard.

— Je vais chercher ma voiture. Je te dépose.

— Fais ce que tu veux. Ça ne m'intéresse pas.

Il trottina vers sa voiture, la démarra et roula à côté d'elle.

— Je te paierai cinq cents dollars pour monter dans cette voiture.

C'était l'argent de la boîte à chaussures.

Elle s'arrêta de marcher.

Il arrêta la voiture.

Elle s'avança vers la portière du côté passager et donna un coup de pied dedans.

— Hé ! dit-il en même temps qu'elle dit « Aïe ! »

— Arrête de frapper ma voiture et monte ! aboya-t-il.

Elle continua à marcher en boitant un peu, le menton levé. Il eut envie de l'attraper et de la pousser dans sa voiture, mais il savait qu'elle se débattrait de toutes ses forces. Bon sang, cette femme demandait beaucoup de travail. Elle le rendait complètement fou et il allait la voir encore plus maintenant que leurs parents vivaient ensemble. Échec total et dans la merde jusqu'au cou ! En plus, on va être une famille, grr ! Pourquoi avait-il cru qu'il serait facile de réparer son tort ? Rien n'était facile avec elle.

Elle boitait de façon plus prononcée maintenant, mais elle ne ralentit jamais le pas. Il dut admirer son cran. Elle était courageuse et elle avait un véritable esprit combatif, même si elle n'était pas rationnelle.

— Viens-tu de te casser l'orteil ? demanda-t-il en roulant comme un escargot.

— Non.

— Que puis-je dire pour que ça aille mieux ?

Elle regarda droit devant elle.

— Rien.

— Je suis désolé.

Elle leva la main pour lui faire signe de se taire.

— Allez, Hailey.

— Bien le bonsoir, Monsieur !

Elle accéléra.

Il se retint de rire. Franchement, où trouvait-elle ces expressions ? Il la suivit jusque chez elle, dans une vieille maison coloniale de Clover Park, bien plus près de chez Garner's. Il était déjà passé devant cette vieille maison, mais il ne savait pas qu'elle vivait là. Malgré leurs querelles, généralement chez Garner's, le bar qu'il gérait et où il travaillait, il ne la connaissait pas si bien que ça. Ce qu'il savait sur elle lui venait de sa sœur, Mad, qui était proche de Hailey. Il la regarda faire le tour de la maison, sûrement pour entrer par une porte de derrière.

Il partit, se gara dans le parking derrière le bar et resta assis là pendant quelques minutes, essayant de trouver un plan d'action pour son retour dans la soirée pour dames où toutes les amies de Hailey allaient le voir rentrer seul. Il y aurait des questions. Ils étaient partis ensemble et tout le monde savait que c'était pour régler leur dispute concernant l'argent. Il finit par décider de ne rien dire. Il allait laisser Hailey leur raconter l'histoire comme elle en avait envie, même si cela donnait l'impression qu'il était en tort. Ce n'était pas lui qui s'était déshabillé… *ne pense pas à ça.*

Il rentra et se faufila derrière le bar. Il ne fallut pas long-temps pour que les amies de Hailey lui fassent savoir qu'elles étaient fâchées contre lui, y compris sa propre sœur.

Et il avait toujours la boîte à chaussures pleine d'argent.

Il refusa de parler de la situation, malgré le harcèlement de ses amies. Une chose était claire : il avait eu raison de résister à la tentation. Quand ils étaient ensemble, c'était un désastre : ils se disputaient même s'il essayait de faire la paix. Et il y avait bien trop de gens – les amis et la famille – prêts à intervenir dans leur étrange relation conflictuelle.

Il allait la laisser se calmer puis ils passeraient à autre chose. Et vite, avec un peu de chance. Sinon, il serait éternelle-ment hanté par Hailey en tant que membre de sa famille.

2

Six semaines plus tard...

Josh avait plus d'une fois été confronté à la mort quand il était parachutiste, mais rien ne l'avait préparé à ça : Hailey, en pleurs dans son bureau. Ses longs cheveux blond vénitien tombaient devant son visage, assortis à sa peau marquée.

C'était comme si son esprit combatif venait de se briser. À sa place, il n'y avait que des larmes et de la morve. Bon sang, elle n'était pas belle quand elle pleurait. Il avait dû la cacher dans son bureau de chez Garner's avant qu'elle gâche la fête de fiançailles de leurs parents.

Il lui tendit une boîte de mouchoirs. Elle en prit un, se moucha, puis sanglota davantage, les mouchoirs froissés s'accumulant sur ses genoux.

Ceci n'était pas la Hailey qu'il connaissait. Il ne savait même pas vraiment pourquoi elle pleurait. Il savait seulement qu'il était la goutte d'eau qui avait fait déborder les larmes de la reine de beauté. Il travaillait derrière le bar et elle avait été sur le point de demander un verre quand il lui avait dit :

— Je suis le témoin de mon père. Apparemment, je serai encore une fois ton partenaire de mariage.

Elle devait être témoin de la mariée.

Elle l'avait fixé pendant un moment, horrifiée, puis elle avait fondu en larmes.

Il ne l'avait encore jamais vue pleurer. Elle était généralement si présentable, plus susceptible de se mettre en colère que de craquer. Il compatissait tellement qu'il avait presque envie de pleurer avec elle, mais il ne le pouvait pas. Il n'avait pas versé une larme depuis ses huit ans, quand sa mère était partie pour ne jamais revenir. D'une certaine façon, il avait grandi ce jour-là. Étant le plus âgé avec son jumeau Jake, il avait veillé sur ses frères et sœurs plus jeunes. C'était toujours le cas. Et maintenant que Hailey allait bientôt devenir sa « petite sœur », il avait aussi la responsabilité de s'occuper d'elle.

Hailey agita un de ses mouchoirs froissés.

— Je ne sais pas ce qui ne va pas chez moi. Je ne peux pas m'arrêter de pleurer. Qu'est-ce qui ne va pas ?

Il n'en avait aucune idée, et il n'avait pas l'intention de tenter une hypothèse, vu son état de fragilité. Il regarda ses yeux rouges et gonflés, ne sachant pas du tout comment la réconforter.

Elle renifla et d'autres larmes coulèrent avec quelques petits sanglots tristes. C'était à fendre le cœur, comme un chaton qui avait été abandonné sous la pluie.

Ses épaules se tendirent et montèrent vers ses oreilles, comme si cela pouvait bloquer le bruit.

— Je ne veux pas que quelqu'un me voie dans cet état, chuchota-t-elle.

La fête de fiançailles battait toujours son plein, tous leurs amis et leur famille passaient un très bon moment sans eux. Ils se demandaient sûrement ce qui leur prenait autant de temps dans le bureau.

Elle se moucha encore.

— Je devrais retourner à la fête.

Ils avaient déjà fait un tour comme ça. Hailey : *Je devrais retourner à la fête.* Lui : *Allons-y.* Hailey : *Mais comment le pourrais-je ? Ma mère va penser que je ne suis pas heureuse pour elle, alors que je le suis ! Snif !*

Avant qu'elle puisse continuer, il suggéra :

— Et si nous allions faire un tour ? L'air frais te remettra les idées en place. Nous pourrions nous arrêter et récupérer l'argent chez moi.

Il avait vraiment envie de s'en débarrasser et de savoir qu'il avait réparé le tort entre eux.

Les pleurs cessèrent brutalement. Il détendit les épaules lorsqu'il vit le feu revenir dans ses yeux.

— Tu es complètement taré, ou quoi ? s'exclama-t-elle.

Il se détendit entièrement. Se disputer avec elle valait bien mieux que se sentir impuissant en la regardant tomber en miettes.

— Apparemment.

Elle souffla d'indignation.

— Ça, c'est sûr. Tu penses que j'ai envie de refaire ce qui est arrivé la dernière fois ?

Il réprima un sourire. Pas parce que ce qui était arrivé la dernière fois était fabuleux, mais parce qu'elle avait retrouvé sa forme combative.

Elle pointa un doigt vers lui.

— Et ne me fais pas ce sourire en coin, espèce de vaurien !

E-e-e-e-et… elle était de retour comme avant.

Hailey appuya les compresses froides improvisées avec des serviettes en papier contre ses yeux.

— Merci.

— De rien.

Josh était si gentil avec elle, lui apportant des compresses froides et cachant ses larmes embarrassantes dans son bureau, mais elle n'arrivait même pas à sourire. Normalement, elle arrivait toujours à sourire. Son entraînement aux concours de beauté lui avait appris ça. Quelque chose s'était brisé en elle aujourd'hui. Sa mère avait trouvé son amour pour toujours, et toutes ses amies avaient trouvé leur amour pour toujours, alors qu'elle, une romantique invétérée – une foutue organisatrice de mariages, putain ! – n'avait rien du tout.

Alors d'accord, elle avait peut-être été trop occupée à créer des bases solides pour son entreprise, négligeant de faire de véritables efforts pour trouver une relation, mais elle avait quand même fait *quelques* efforts. Cela faisait des années qu'elle prenait des notes sur ce qui faisait marcher les relations, en étudiant attentivement ses amies, ses clients, les films romantiques et les livres. Elle avait mis fin à une relation de copains de baise et elle avait fait savoir à tout le monde qu'elle était prête pour une relation. Qu'avait-elle obtenu ? Que dalle.

C'était si humiliant. Elle aimait l'amour, elle avait même rajouté le surnom « Accro à l'amour » sur ses cartes de visite afin que ses clients sachent qu'elle soutenait l'expression ultime de leur amour, c'est-à-dire leur mariage. Maintenant, elle ne trouvait même pas le courage de jeter un coup d'œil à son profil sur le site de rencontres. C'était comme si toute son identité s'était brisée. Non, elle était *morte*. Elle avait cru tout ce temps qu'elle était Accro à l'amour alors qu'elle était une Ratée de l'amour. Elle ne voyait pas comment avancer. Elle ne voyait qu'une vie entière où elle était témoin des happy ends d'autres personnes. Et elle était aussi la chef du Club de Lecture Happy End, un groupe de lecture de romances qu'elle avait lancé sous la forme d'un club de lecture pour célibataires. Maintenant, elle était la seule célibataire qui reste. Aïe. Quelle ironie. Elle aurait dû être la première à trouver son bonheur éternel.

Elle eut encore une fois les larmes aux yeux et pour les aider à sécher, elle retira les compresses froides.

Josh la fixait de l'autre côté du bureau. Son ennemi et bientôt son « frère ». Beurk. Il l'avait profondément blessée *le soir où ça s'était très mal passé*. Au cours des six semaines depuis ce soir-là, elle avait trouvé une explication parfaitement raisonnable. Elle avait bu une vodka canneberge surtout composée de vodka sur un ventre vide à la soirée filles avant de se rendre à l'appartement de Josh. Normalement, elle ne buvait que du vin. Naturellement, l'alcool l'avait excitée – merci, l'abstinence forcée de six mois – et il avait fait bien trop chaud dans l'appartement de Josh, il devait bien faire trente-sept degrés là-dedans, lui donnant fortement envie de sentir l'air frais sur sa peau. En plus de ça, dans son état vaseux, elle avait mal compris la tension qu'elle ressentait avec Josh, l'interprétant comme sexuelle alors que ce n'était que l'irritation habituelle. Le manque, la chaleur et l'irritation avaient conduit à un incident de garde-robe. C'était gênant, oui, mais parfaitement compréhensible. Ça aurait pu arriver à n'importe qui dans les mêmes circonstances. Si Josh abordait le sujet, elle pouvait l'expliquer exactement de cette façon. Un incident de garde-robe causé par trop de vodka résumait bien la chose. Sauf que…

C'était un mensonge.

Malgré leur relation tordue basée sur la surenchère, malgré toutes leurs disputes, Josh et elle étaient du même acabit. Ils aimaient tous deux les défis, étaient passionnés par leur travail – il économisait depuis des années pour acquérir le bar de ses rêves – et ils étaient tous deux constants et solides. Cette stabilité était une chose pour laquelle elle avait travaillé dur dans l'âge adulte, après son enfance instable. Elle était donc assise au bar avec ses amies ce soir fatidique, sous le choc de la nouvelle que sa mère et Joe, le père de Josh, allaient emménager ensemble après s'être fréquentés pendant seulement cinq semaines. Deux mondes qui entraient en collision ! Sa stabilité durement gagnée basculait vers l'angoisse de son enfance, avec sa mère sur le point de tout gâcher. Hailey était certaine que sa mère allait larguer Joe, et puis la famille Campbell se retournerait contre Hailey parce que sa mère avait fait du mal à leur père. Mad Campbell était sa meilleure amie, elle était proche d'une grande partie des frères Campbell, et Joe l'avait toujours traitée comme si elle faisait partie de la famille. Le pauvre Joe avait déjà été largué par sa femme alors qu'ils avaient six enfants. Sa mère allait rouvrir cette blessure et fâcher tout le monde.

Et puis il y avait Josh derrière le bar, décontracté et solide comme un roc. Dans cet instant émotionnellement chargé, elle avait compris que Josh était *exactement* le genre d'homme dont elle avait besoin dans la vie. En fait, il était peut-être le seul qui la comprenait vraiment, puisqu'ils se ressemblaient dans les domaines importants. Il était sûrement le seul à pouvoir la réconforter simplement en étant fort et stable. Elle avait si longtemps réprimé ses sentiments pour Josh. Il l'enthousiasmait, l'énervait, la divertissait et d'accord, elle pouvait aussi admettre qu'il l'excitait avec sa confiance sexy qui indiquait qu'elle serait en de bonnes mains.

Malgré tout ce qu'il s'était passé, elle avait été certaine qu'il allait la rattraper quand elle lui tomberait dans les bras.

Sauf qu'elle était tombée face contre terre dans l'humiliation la plus totale. Il n'avait même pas été tenté. Elle s'était tenue là, exposée – littéralement – et il l'avait rejetée.

Elle avait fait de son mieux pour mettre de la distance entre eux. Pont-levis levé, lignes de front fermement en place. Un incident de garde-robe causé par l'alcool était le seul moyen de sauver la face.

— Viens, Hailey, allons prendre l'air. Nous récupérerons ton argent…

— Non.

Elle essaya d'ajouter un regard assassin, mais ses yeux étaient trop gonflés pour y parvenir. Au moins, il l'avait appelée par son vrai prénom au lieu de princesse. Sûrement parce qu'il avait pitié d'elle. Elle n'était pas jolie quand elle pleurait. Elle cédait rarement aux larmes, préférant la colère, qui était motivante, ou le courage d'avancer. La dernière fois qu'elle avait pleuré, c'était quand elle avait mis fin à sa relation de copains de baise. Avant ça ? Longtemps avant, quand elle était enfant et qu'elle s'était retrouvée sans domicile pour la deuxième fois, parce que sa mère célibataire n'avait pas payé le loyer. La première fois, elle avait été trop choquée pour pleurer. C'était simplement un autre exemple du côté peu fiable de sa mère. Elle avait régulièrement séché le travail et elle avait été virée, ce qui expliquait pourquoi elle n'avait pas pu payer le loyer et fini deux fois sans domicile. Si l'on ajoutait à cela que sa mère s'amourachait puis se lassait très vite et qu'aucune relation n'avait jamais fonctionné, il était facile de voir pourquoi Hailey avait un grand besoin de fondations stables dans sa vie. Rien ni personne n'avait jamais duré pour elle. Même maintenant, elle attendait le moment où sa vie allait tomber en miettes.

— Allons-y, princesse.

On en est donc revenu là ?

— Écoute-moi, espèce de goujat, je ne remettrai jamais au grand jamais les pieds chez toi.

Et il savait très bien pourquoi.

Il esquissa un sourire.

— Jamais au grand jamais ?

Elle fulmina. Il n'arrêtait jamais de l'embêter. Comme si elle n'avait aucun sentiment, comme si elle était son système de divertissement personnel. On la pique ici, on regarde la réaction ; on la pique là, on la regarde péter un câble. Si elle n'avait pas été dans tous ses états, elle serait sortie tout droit de son bureau.

Josh se pencha en avant.

— Saurais-tu garder un secret ?

Elle le regarda d'un air suspicieux. Ce qu'il disait contenait toujours plusieurs niveaux, des sous-entendus et des piques qui n'attendaient que de sortir. D'un autre côté, Josh n'avait encore jamais rien partagé de privé avec elle, et elle était intriguée. Non. Il essayait de l'appâter et puis *bam !* Il faisait une blague tordue à ses dépens. Elle refusait de se faire avoir.

Elle croisa les bras, feignant l'indifférence.

Il baissa la voix jusqu'à chuchoter de façon presque inaudible, la forçant à se pencher vers lui.

— Quoi ?

Bon sang ! Il l'avait encore appâtée !

Il n'eut pas un sourire satisfait comme elle s'y attendait. À la place, il parla légèrement plus fort.

— Cette boîte à chaussures pleine de sous ne fait que nous causer des ennuis. Pas seulement entre nous. Clarissa et moi avons eu une énorme dispute à son sujet.

Clarissa était son ex, une belle prof de yoga bohème qui semblait toujours être dans les parages. Elle avait croisé cette femme absolument partout pendant un moment. Il était difficile de ne pas prendre personnellement le fait que Josh trouve une petite mystérieuse juste au moment où Hailey annonçait au monde qu'elle était nouvellement célibataire et prête pour une relation. C'était un peu comme s'il la narguait : *j'ai ce que tu veux et tu n'as rien*. Non pas qu'elle avait voulu avoir une relation avec Josh à l'époque. Elle avait été certaine qu'ils se seraient entre-tués. Elle n'avait pas vu plus loin que leurs querelles, alors que maintenant elle voyait le genre d'homme qu'il était au fond de lui. Elle regrettait presque de connaître la vérité sur Josh, parce qu'il l'aidait encore à traverser une crise personnelle à sa façon irritante mais d'un grand soutien. Elle devait lutter pour ne pas baisser sa garde et se préserver. Elle devait passer à autre chose. Elle ne pouvait pas sans cesse se laisser attirer par Josh. Il lui avait envoyé un message clair : pas intéressé.

Josh ne développa pas davantage la dispute de Clarissa et lui, mais il resta assis là comme s'il n'avait pas besoin d'en dire plus. Elle voulait des détails !

Elle garda la bouche fermée pendant dix bonnes secondes avant de lâcher :

— Pourquoi vous êtes-vous disputés au sujet de l'argent ?

Josh haussa ses grandes épaules carrées. Il était extrêmement musclé, comme s'il avait gardé son entraînement de soldat, ce qui était une caractéristique attirante à la fois pour le travail que cela exigeait et pour les résultats, mais elle ne l'aurait admis qu'avec un couteau sous la gorge.

— Elle a trouvé l'argent et cru que j'aimais les bars à strip-tease ou autre chose d'aussi débile. Je lui ai dit la vérité. Que c'était à toi et que j'avais l'intention de te le rendre un jour.

— Ah bon ?

Elle ne put pas cacher sa surprise. Jusqu'à très récemment, elle pensait qu'il voulait utiliser ce prétexte pour l'embêter. En vérité, il avait gagné cet argent de façon honnête en l'escortant aux nombreux mariages qu'elle planifiait. Elle ne pouvait pas vraiment s'y rendre seule alors qu'elle était censée être une Accro à l'amour. À l'époque où elle avait conclu ce marché, elle avait été un peu désespérée. Les types de son âge, au début de la vingtaine, la laissaient tomber ou arrivaient très en retard aux mariages. Josh vivait et travaillait en ville et il avait été très fiable et ponctuel. C'était un arrangement de travail : elle était accompagnée au mariage, il recevait de l'argent pour le bar de ses rêves. Mais après leur dispute, il avait perdu tous ses droits sur cet argent. Elle avait exigé qu'il le lui rende. Il l'avait narguée pendant des années, affirmant qu'elle devait se rendre chez lui pour le récupérer d'un ton qui ne laissait aucun doute sur le sous-entendu sexuel. Bon, avec le recul, sa nudité offerte n'avait pas été si hallucinante. C'était exactement ce qu'il avait sous-entendu si elle avait le courage de venir chez lui. C'était clairement pour plaisanter, puisqu'il ne l'avait même pas touchée une seule fois quand elle s'était rendue là-bas. Le goujat.

Josh lui jeta un regard qu'elle ne sut pas interpréter, alors qu'elle était normalement très douée pour déchiffrer les gens. Le regard se situait quelque part entre *tu es une idiote* et *je suis vexé*.

— Oui, j'avais prévu de te rendre l'argent, dit-il d'un ton offensé comme si elle aurait dû le savoir.

C'était à la fois *tu es une idiote* et *je suis vexé*. Elle était douée pour déchiffrer les gens, finalement.

— Je n'aurais jamais dû l'accepter pour commencer. Tu en avais besoin pour construire des bases solides pour ton entreprise. Pour ta tranquillité d'esprit, la sécurité, tout ça.

Elle inspira brusquement. Elle avait eu raison à son sujet. Il comprenait vraiment la valeur des fondations stables et il comprenait également ce que cela signifiait pour elle.

Josh continua :

— Après notre dispute, elle en a eu terminé avec moi. Elle a même trouvé un nouvel emploi et déménagé dans une autre ville.

Quelle réaction extrême. Hailey n'aurait jamais déménagé à cause d'un homme.

En fait, cela expliquait pourquoi elle avait cessé de croiser Clarissa partout en ville. Ils avaient rompu à cause de son argent ? Comme c'était étrange. Et génial. Bon sang, Josh l'avait transformée en une personne terriblement mesquine. Il faisait vraiment ressortir ce côté chez elle.

Elle essaya de cacher la joie secrète dans sa voix.

— Ce n'était pas très réfléchi de sa part. On dirait que c'est une idiote.

Josh la regarda sérieusement.

— Elle m'a rendu meilleur.

Elle se raidit, encore une fois irritée par Clarissa et son attitude décontractée, sereine et snobinarde. Rien ne se faisait jamais dans le monde avec ce genre d'attitude.

— Je n'arrive pas à croire que vous ayez rompu à cause d'une boîte à chaussures.

C'était tellement stupide. Quel couple stupide.

— Elle a dit que je me raccrochais à toi.

Elle se redressa sur sa chaise.

— Quoi ? C'est ridicule. Nous nous battions comme des chiffonniers à l'époque.

Était-ce vrai ? Josh avait-il eu des sentiments pour elle à l'époque ? Qu'était-il arrivé ? Leurs disputes avaient-elles dégénéré au point qu'ils éliminent tout espoir de créer des liens ?

Il inclina la tête. Aujourd'hui il s'était rasé pour l'occasion, et cela mettait en valeur sa mâchoire carrée. Ses cheveux bruns étaient ébouriffés comme toujours, mais il ne portait pas sa chemise en flanelle par-dessus un tee-shirt, avec un jean usé et des tennis. Il avait une chemise de costume bleu clair, déboutonnée au col et avec les manches remontées, révélant des avant-bras musclés. Il avait également un pantalon de costume bleu marine avec une ceinture en cuir marron et des chaussures foncées. C'était élégant, mais quand même assorti à son look décontracté. Elle détourna le regard et fixa son bureau. Il était beau quand il faisait un effort.

— C'est ce que je lui ai dit, répondit Josh. Comment pouvais-je me raccrocher à toi alors que nous n'avons jamais eu de relation ?

Elle leva brusquement la tête.

— Eh bien, nous nous sommes rendus ensemble à plusieurs mariages.

— C'était un service d'escorte. Tu m'as payé. Preuve en est la boîte pleine d'argent.

— Et nous avons eu un dîner très ennuyeux dans ce restaurant chic en ville.

Ce n'était pas comme s'il lui avait demandé de sortir. Elle

était censée avoir un dîner d'affaires avec son jumeau, Jake, et Josh avait fait l'échange pour lui donner une leçon. Le crétin. Elle ne savait toujours pas quelle était la leçon qu'elle devait avoir reçue.

— Ennuyeux ! aboya-t-il. Je pensais que tu adorais ça. La limousine, le restaurant chic, baver d'envie à cause du yacht de Jake.

— Tu as été vantard et ennuyeux. Et les portions dans ce restaurant étaient…

— Bien trop petites.

— Oui.

Elle se tut un moment, se souvenant de la soirée de deux ans et demi auparavant. Josh et elle partageaient un long passé étrange.

— Et je n'ai pas apprécié que tu fasses l'échange avec ton jumeau pour me donner une leçon. Tout ce que j'ai appris, c'est de ne pas te faire confiance.

Il poussa un soupir.

— Je suppose que c'était stupide. Désolé.

— Tu n'as pas l'air très désolé.

Il grogna longtemps et bruyamment comme une bête odieuse.

Elle soupira gracieusement.

— Il est évident que nous avons un passé commun. Cela fait des années que nous nous disputons. Nous continuons encore.

Il remonta un côté de la bouche pour faire son sourire en coin classique.

— C'est plutôt qu'on se charrie.

Elle pinça les lèvres.

— J'ai été très énervée.

— Pff. Je t'ai déjà dit que c'était un jeu.

Elle en doutait sincèrement. Il y avait vraiment eu quelques échanges houleux entre eux.

— J'ai fait du yoga à cause de toi… brièvement.

C'était avant que Clarissa la folle du yoga arrive en ville. De toute façon, Hailey n'aurait jamais dépensé de l'argent pour prendre des cours. Elle avait regardé des vidéos sur

YouTube. Tout l'argent qu'elle gagnait était soit épargné, soit réinvesti dans son travail. Son objectif continuait à être des bases solides.

L'amusement fit briller les yeux de Josh.

— Ça devait être dur.

— Je n'ai pas réussi, avoua-t-elle. Je ne pouvais pas rester immobile assez longtemps.

— C'est ennuyeux à mourir.

Elle le fixa, surprise qu'il pense comme elle. Elle avait entendu dire qu'il s'était intéressé au yoga avec Clarissa.

— Exactement !

Il sourit jusqu'aux coins de ses yeux marron. Un sourire sincère.

— Regarde-nous. On s'entend bien.

Elle se radoucit envers lui. Elle devait peut-être le débarrasser de cette boîte à chaussures pleine d'argent et oublier le passé ? Elle se souvint alors de la dernière fois désastreuse où elle l'avait accompagné six semaines plus tôt, et elle décida de gérer ça d'une autre façon.

— Tu sais quoi, Josh ? Garde l'argent. Utilise-le pour ton bar. Ça ne m'intéresse plus.

— Bien sûr que si.

Il recommençait à argumenter avec elle ! Il avait toujours l'esprit combatif, même quand elle essayait d'agir en adulte. C'était exactement pour cette raison qu'elle se laissait systématiquement embarquer dans leurs querelles ! Il appuyait toujours aux bons endroits pour l'énerver !

— Non, ça va, assura-t-elle en serrant les dents. Vraiment.

Il ricana.

— Tu as simplement peur de retourner chez moi.

— Je n'ai pas peur !

— J'avoue que la dernière fois a été un désastre total.

Elle détourna le regard.

— Je ne veux pas en parler.

— Moi non plus. Cette fois, ce sera différent. Garde ta robe, et tout ira bien.

Elle eut le souffle coupé. Le temps sembla s'arrêter. Les mots *garde ta robe* s'attardèrent entre eux. Sa réplique nonchalante la blessa profondément. Après avoir craqué aujourd'hui, après son rejet vexant alors qu'elle était nue et vulnérable, après qu'elle ait commencé à redevenir amicale avec lui… c'était trop. Comment osait-il aborder cette soirée humiliante comme si elle n'avait aucune signification !

Elle se leva d'un bon.

— Tu es bestial !

— Qu'ai-je encore dit cette fois ?

3

Après la fête de fiançailles épuisante de sa mère et Joe, Hailey fut soulagée d'être de retour dans son bureau à Ludbury House le lundi suivant. Elle nota quelques éléments sur son calendrier en ligne et elle s'appuya contre le dossier de sa chaise. Le travail se passait bien. C'était la fin du mois de mars, et elle avait des mariages réservés pour chaque week-end de mai jusqu'à août, y compris le mariage de sa mère, ceux de ses amies Carrie et Mad. Le mariage de Carrie en mai était particulièrement important parce qu'il allait figurer dans le magazine national *Spécial Mariages*, avec un article sur elle en tant qu'organisatrice. L'ensemble promettait d'être un reportage énorme sur le mariage de Carrie, depuis la demande en mariage jusqu'à la préparation, la cérémonie et la réception du mariage. Zach avait fait sa demande à Carrie lors de la petite fête que Hailey avait organisée chez Garner's afin de montrer aux gens du magazine que la communauté de Clover Park était chaleureuse et engageante pour les habitants et les visiteurs. Ils avaient adoré et avaient demandé la permission d'inclure la demande dans l'article.

Elle s'attendait à des réservations étalées sur une année complète une fois que l'article serait publié dans le numéro du mois d'août. Elle allait pouvoir engager son amie et employée à mi-temps, Ally, à plein temps. Tout allait se passer comme elle en rêvait quand elle avait créé cet emploi pour elle-même dans sa ville bien-aimée de Clover Park, en dehors de son propre bonheur éternel. C'était peut-être inévitable. Peut-être devait-elle économiser tout son amour et son énergie pour les happy ends d'autres personnes. Elle était clairement douée pour ça. Elle avait aidé de nombreux couples à se créer et plusieurs couples fiancés à rester ensemble pendant le processus parfois stressant de la préparation du mariage.

Son bébé à fourrure, Rose, un mélange de White terrier et de chihuahua, grogna et aboya dans son sommeil, ses petites pattes s'agitant sur son lit rose en fausse laine de mouton. Sûrement un de ses rêves de poursuite. Rose avait été un vrai réconfort depuis que ses amies lui avaient offert la petite chose adorable trois mois plus tôt, au Nouvel An. Elles avaient vu comme elle avait été perturbée après avoir dit adieu à sa relation de copains de baise avec Liam. Dommage qu'elle n'ait pas pu prendre Rose à la fête de fiançailles de la veille, parce que sa mère était allergique. Elle avait réussi à retourner à la fête après sa crise de larmes, et ses amies s'étaient toutes préoccupées d'elle et l'avaient soutenue. Sa mère n'avait même pas remarqué qu'elle avait pleuré. Elle croyait que la longue absence de Hailey était due à des préparatifs du mariage, parce que Josh et elle étaient les témoins de leurs parents.

Elle soupira. Elle redoutait tellement le mariage de sa mère. Elle était certaine qu'elle allait faire faux bond à Joe. Le fait que sa mère et Joe soient passés si vite des simples rendez-vous aux fiançailles n'inspirait pas la confiance.

Elle cliqua sur ses mails. Ooh ! Un message de Judith Mayer, la journaliste de *Spécial Mariages*. Elle avait espéré des nouvelles bientôt. L'article sortait dans un peu plus de quatre mois et ils avaient dit qu'ils la laisseraient lire un premier jet de la partie la concernant. Elle lut vite le message et retint son souffle. Ils avaient décidé de faire passer l'article sur son entreprise dans le numéro d'avril, imprimé aujourd'hui, une copie lui était envoyée par la poste, et elle avait été publiée en ligne une semaine auparavant ! Le mariage de Carrie allait paraître en août comme prévu. Apparemment, un mariage avait été annulé et ils avaient eu besoin de remplir très vite l'espace dans le numéro d'avril. Elle cliqua sur le lien vers l'article et posa une main sur sa bouche. Oh, mon Dieu, le titre disait tout : Reine du « Ils vécurent heureux pour toujours ».

La photo d'elle en robe de cocktail lavande debout devant Ludbury House était spectaculaire. Elle avait espéré que la photo montrerait bien la villa historique parce qu'elle était un des principaux arguments de vente pour les futurs mariés. Ludbury House était une magnifique villa blanche en bois à deux étages avec des colonnes blanches et une terrasse couverte tout autour. La maison et le terrain parfaitement entretenu avaient été le logement d'été d'une famille riche de New York à la fin du dix-neuvième siècle. La ville de Clover Park était propriétaire de Ludbury House, et Hailey payait un loyer pour son bureau et l'utilisation du bâtiment pour les mariages. Elle devait de temps en temps partager cet espace avec des manifestations locales. La ville aimait beaucoup qu'elle engage régulièrement des entreprises locales pour les nombreux besoins des mariages qu'elle planifiait. C'était un arrangement bénéfique pour tout le monde, mais elle rêvait de pouvoir un jour acheter la villa et véritablement posséder chaque partie de son entreprise. Cela coûtait plus de deux millions de dollars, alors ce n'était qu'un rêve lointain.

Elle commença à lire l'article, espérant paraître chaleureuse et amicale au lieu de la boule de nerfs qu'elle avait été à ce moment-là. Jusque-là, tout allait bien. Judith décrivait Ludbury House en termes élogieux et Clover Park était une « pittoresque ville de Nouvelle-Angleterre construite autour de la rue principale avec ses magasins et ses restaurants ». Encore des paysages : le parc Baldwin, des églises, des maisons de l'époque victorienne, des maisons modernes de style colonial, etc. Hailey était décrite comme joyeusement brillante et il était écrit que tout ce qui était romantique lui venait naturellement. Sympa !

Oh, une seconde. Quoi ? Judith laissait entendre que son côté romantique venait de « l'amour palpable » entre Josh et elle. Elle déglutit. Avec un peu de chance, Josh ne verrait pas cet article. Il ne la lâcherait plus jamais avec ça. En réalité, un peu plus de six mois auparavant, elle avait demandé à Logan, le frère de Josh, de la rejoindre pour une partie de l'interview, afin qu'il joue le rôle de son petit-ami dévoué, car elle voulait donner l'impression de faire partie d'une famille très unie et qu'elle n'était pas célibataire. Josh était apparu à sa place, farceur comme il était, essayant de la surprendre et grossissant le trait avec la journaliste. Et voilà, une belle grande citation de Josh.

Josh : « je viens d'une famille nombreuse – quatre frères et une sœur – et elle nous mène tous par le bout du nez. Il s'agit d'une femme qui comprend le sens de la famille, de la communauté, et comment il faut les rapprocher. Tous les couples qui s'adresseront à elle pour la préparation de leur mariage peuvent être sûrs que son cœur est investi dans leur bonheur. Elle est la reine du « Ils vécurent heureux pour toujours ».

Le cœur battant, elle fixa les mots, comprenant petit à petit ce qu'ils impliquaient. Avec sa citation, il avait offert le titre remarquable de l'article et il respectait Hailey et son travail. À l'époque, elle avait cru que le sourire en coin de Josh après tout ce qu'il disait dans l'interview signifiait que ce n'était qu'un jeu, mais en le lisant maintenant sans le sourire narquois, tout cela semblait très sincère. Pensait-il vraiment tout cela ?

Elle continua à lire. D'autres citations incroyablement merveilleuses de Josh la décrivaient comme « une dynamo qui construisait son entreprise en partant de zéro » et « une femme d'affaires intelligente et accomplie ». Et le mieux : « Clover Park a de la chance de l'avoir ». Elle eut la gorge serrée, les yeux brûlants.

Elle répondit rapidement à la journaliste, la remerciant pour l'article élogieux, et elle resta assise sans bouger, stupéfaite. Elle devait remercier Josh. C'était lundi après-midi. Il n'était sans doute pas très loin de là. Il ne prenait pas souvent des congés. Elle non plus. Ils étaient tous les deux accros au travail à leur façon, travaillant pour atteindre leurs rêves. Il avait repoussé son propre rêve de posséder un bar afin de payer les frais universitaires de sa sœur Mad. Hailey avait seulement récemment appris par le père de Josh que ce dernier avait aidé sa sœur. Franchement, elle avait été très surprise de l'entendre car son frère milliardaire, Jake, aurait facilement pu se le permettre, ce qu'elle avait dit à Josh. Il s'était énervé et il était parti. Apparemment, il était complexé par l'argent car il aurait pu se lancer au début avec l'entreprise de son jumeau, mais à la place il avait choisi une carrière moins lucrative. Elle comprenait cette angoisse. Si elle avait une jumelle, elle s'attendrait à réussir aussi bien qu'elle. Mais c'était la vie que Josh avait choisie, alors il n'avait aucune raison de s'énerver au sujet de l'argent.

Un autre e-mail apparut dans sa messagerie. Oh, un nouveau client potentiel. L'e-mail était de « phillyabroad ». L'objet du mail était : Planifier un mariage exclusif.

Chère Mlle Adams,

Ma sœur Silvia Rourke m'a demandé (ou plutôt supplié) de vous contacter de sa part concernant son mariage à venir. Elle a lu un article sur vous dans *Spécial Mariages* et elle a insisté pour vous engager. Elle est en dernière année à Yale et les examens finaux approchent à toute vitesse. Elle est également obnubilée par son futur mariage. Il est évident que je gâte ma petite sœur en cédant à son envie d'avoir un mariage « magnifiquement romantique » aux États-Unis avec son fiancé américain, au lieu de la cérémonie légale privée qui était prévue. Elle aura un mariage traditionnel à la maison cet été. Quoi qu'il en soit, si un mariage aux États-Unis devait avoir lieu, il doit être accompli avant le premier juillet et préparé dans la plus grande confidentialité afin d'éviter la presse. Je vais passer un mois à New York pour le travail et la famille. Si vous êtes disponible pour me rencontrer, veuillez me le faire savoir au plus vite.

Cordialement,
Phillip Rourke,
Prince de Villroy

. . .

Ahhh ! Hailey se leva d'un bond. Était-ce réel ? Allait-elle planifier un mariage pour une princesse ? C'était peut-être une plaisanterie. Ses amies savaient qu'elle était complètement fan du prince Phillip. Il avait des cheveux bruns un peu longs, ébouriffés de façon sexy, légèrement bouclés au bout, des yeux perçants bleu-vert, une barbe naissante et un sourire en coin sexy. Il était facile de trouver ses statistiques : un mètre quatre-vingt, vingt-huit ans, d'origine norvégienne et irlandaise. Il était un méga-canon délicieux, et on trouvait régulièrement des photographies de lui faisant son travail de prince dans toute l'Europe. Villroy était un petit pays insulaire pas loin de la côte sud-ouest de la France, et les photos qu'elle avait vues étaient essentiellement des paysages éblouissants : le château royal au centre, de jolies petites maisons blanches ornées de liserés bleus, des prairies de bruyère, des falaises impressionnantes, et la mer bleue. Une tribu viking connue sous le nom des Sauvages peuplait cette île à l'origine. Elle avait toujours imaginé que Phillip était un étalon sauvage.

Double ahhh !!!

Bon, elle commença par le début. Elle envoya un message à Mad – la plus susceptible de lui jouer cette farce – et lui demanda sans détour si elle était à l'origine de cette tournure des événements. Mad n'avait jamais entendu parler de Silvia et elle rassura Hailey qu'elle n'aurait jamais plaisanté avec son travail. Elle frissonna d'excitation et se rassit vite à son bureau, cherchant en ligne s'il existait vraiment une princesse Silvia Rourke devant bientôt épouser un Américain. Elle ne s'était pas tenue informée des activités de toute la famille royale, seulement de ce que faisait le beau gosse. Un peu plus tard, elle retint sa respiration. C'était vrai. Il y avait même une annonce royale officielle ! Elle regarda le plafond et poussa un cri. Rose se réveilla brusquement et sauta de son petit lit, courant en rond dans la pièce, aboyant de toutes ses forces. Elle cherchait sûrement l'intrus. Hailey se dépêcha de soulever son petit amour, adorable dans sa tenue de printemps : un nœud jaune vif sur une petite couette en haut de sa tête avec un tricot fin jaune à pois blancs.

— Tout va bien, Rose. Je suis contente, c'est tout.

Elle la serra contre elle et la caressa derrière l'oreille. Rose s'apaisa, posant les pattes sur les épaules de Hailey. Elle dansa avec Rose dans ses bras. Waouh. Heureusement qu'elle n'avait pas d'autres réunions avec des clients cet après-midi. Elle retourna sur sa chaise, posa Rose sur ses genoux et répondit au message.

Votre Majesté,

Je serais très honorée de préparer le mariage de votre sœur. Je peux vous rencontrer à votre convenance. Votre sœur se joindra-t-elle à nous ? Je suis basée à Clover Park, dans le Connecticut, à environ une heure de New York. Il vous suffira de me donner l'heure et l'endroit. Je peux vous assurer de ma discrétion la plus totale. J'ai précédemment travaillé avec Claire Jordan et j'ai réussi à cacher à la presse sa présence à plusieurs mariages d'amies communes.

Sincères salutations,

Hailey

Claire Jordan était une star de cinéma internationalement célèbre et une de ses bonnes amies. Elle avait presque envie d'ajouter un titre de noblesse à son nom comme l'avait fait Phillip. Ooh, pourquoi pas son nouveau titre de l'article ? Hailey Adams, Reine du « Ils vécurent heureux pour toujours ». Elle rit et abandonna l'idée. Elle appuya sur la touche *envoyer*, se leva avec Rose dans ses bras, et fit un petit tour de joie dans son bureau. Rose gémit, ce qui signifiait qu'elle avait besoin d'une pause pipi.

Elle attrapa la laisse dans le sac de la petite chienne, l'accrocha au collier de Rose et la fit sortir par la porte de derrière pour plus de discrétion. Elle se rendit soudain compte qu'elle avait des réservations pour des mariages tout l'été et qu'il ne restait plus de place pour un mariage royal. Mince. Ce n'était pas comme si on pouvait décaler un mariage après plus d'un an de planification. Peu importe. Elle allait faire en sorte que ça marche. Elle utiliserait peut-être un autre lieu pour la cérémonie et la réception, ou alors elle prévoirait le mariage pour un vendredi ou un dimanche soir. Ses soirées étaient libres, surtout pour lui donner le temps de préparer les mariages habituels du samedi et du dimanche. Si nécessaire, elle pouvait temporairement engager du monde. Comment refuser ce genre d'opportunité ?

Rose finit ses petites affaires et attaqua une feuille morte. Hailey la souleva.

— Bon chien. Allez, on reprend le travail.

Elle retourna à son bureau. Comme il n'y avait personne, elle ferma la porte du bureau et laissa Rose explorer librement l'endroit. Elle avait caché de petites récompenses dans des jouets pour chien ici et là afin d'occuper Rose. Elle les changeait d'endroit tous les matins pendant que Rose attendait, attachée à une chaise dans le couloir. Cela faisait partie de leur routine agréable. Rose se mit immédiatement au travail en reniflant partout, et Hailey s'installa à son bureau, la tête pleine d'idées pour un mariage royal. Le temps fila à toute vitesse.

Juste au moment où elle allait fermer boutique pour la journée, elle vérifia une toute dernière fois sa messagerie. Aah ! Le prince avait répondu ! Elle cliqua dessus.

Chère Mlle Adams,

Vous n'êtes pas obligée d'utiliser la salutation formelle de votre majesté. C'est plus le style de mon grand frère. Je suis un des nombreux héritiers de secours de la couronne, deuxième dans l'ordre de succession au trône, ce qui me permet bien plus de liberté que la vie ennuyeuse pleine de responsabilités de mon frère. J'arriverai à Ludbury House avec ma sœur ce vendredi à dix-sept heures. Au plaisir de vous rencontrer.

Phillip

Héritier de secours

.   .   .

Elle rit. Il avait le sens de l'humour et il semblait très terre à terre pour un prince. Oh, waouh, elle devait maintenant vraiment remercier Josh. S'il n'avait pas dit des choses aussi gentilles sur elle, en l'appelant Reine du « Ils vécurent heureux pour toujours », rien de tout ça ne serait arrivé.

Elle sortit le pot de friandises du tiroir de son bureau et elle le secoua. Rose accourut, s'assit et leva les pattes avant. Elle lui donna la récompense.

— T'es mignonne. Il est temps d'aller nous promener.

Elle mit son manteau de printemps marron clair et serra la ceinture. Ensuite, elle posa le sac de transport rose sur son épaule et installa la petite chienne à l'intérieur.

Sur un petit nuage, Hailey flotta presque le long du trottoir et traversa la rue jusqu'au Garner's Sports Bar & Grill. Cette journée avait été incroyable. Et dire qu'elle avait lieu un jour après être tombée bien bas et avoir pleuré toutes les larmes de son corps à la fête de fiançailles de sa mère. Enfin, les choses ne pouvaient que s'améliorer quand on avait touché le fond. Maintenant, elle avait peut-être un nouveau client incroyable. Si tout se passait bien, elle allait pouvoir organiser d'autres mariages pour la famille royale. D'après ses rapides recherches sur Internet, il y avait six frères et sœurs royaux en plus de la princesse, et tous célibataires. N'était-ce pas fantastique ?

Elle secoua la tête. Elle n'arrêtait jamais de rêver. Rien n'était encore fait. Elle ouvrit la porte du bar et elle entra, immédiatement réchauffée par l'endroit familier. À sa droite se trouvait la zone du restaurant avec des boxes et des tables où déjeunaient quelques familles. Devant elle s'étalait le long bar en cerisier sombre. Josh se tenait derrière, appuyé contre le comptoir. Il regardait le journal sur une des télévisions accrochées en hauteur.

— Salut, Josh !

Il tourna la tête vers elle.

— Tu as l'air bien joyeuse.

— Je le suis.

Elle s'approcha et Rose émit un grognement d'avertissement. Rose détestait Josh. Hailey ne savait pas pourquoi. Josh n'avait jamais touché Rose. C'était peut-être parce qu'il lui répondait en grognant.

— Calme-toi, dit-elle à la petite chienne.

Elle lui obéit. Hailey pratiquait un programme d'entraînement intensif avec Rose, qui était maintenant certifiée en tant que chien de thérapie.

— Quoi de neuf ?

Il portait un tee-shirt noir et un jean déchiré moulant sa grande silhouette musclée. Sa barbe naissante était également de retour : l'ombre sur son menton lui donnait toujours un air un peu dangereux. Ou peut-être était-ce un aspect de sa personnalité cachée sous son apparence décontractée et charmante ? Il était un ancien soldat, calme et calculateur. Elle avait vu ce calcul dans ses yeux la première fois qu'ils s'étaient rencontrés, mais à mesure qu'elle avait appris à le connaître, ses yeux sombres renvoyaient d'autres choses également. Parfois une intelligence vive, d'autres fois une profonde mélancolie qui frisait la tristesse, mais plus souvent de l'amusement à ses dépens.

Elle sortit son téléphone, afficha l'article et le lui montra.

— Ça.

Il prit son téléphone et lut l'article de *Spécial Mariages* en sourcillant. Oui, tout était là noir sur blanc : Josh la respectait secrètement. Elle n'était pas seulement là pour le divertir. Elle était si bouleversée qu'il la nomme Reine du « Ils vécurent heureux pour toujours » et par les conséquences fabuleuses qui en découlaient, qu'elle lâcha :

— Pourquoi n'as-tu pas dit « reine du happy end » ? J'ai lancé le Club de Lecture Happy End pour aider les femmes célibataires à trouver leur propre happy end.

Les yeux sombres de Josh eurent une lueur d'amusement et il fit un sourire en coin.

— Ah, princesse, je déteste être le porteur d'une mauvaise nouvelle, mais tu sais ce qu'est un happy end, non ? La conclusion de ce qu'il se passe au lit… Tu vois l'ambiguïté qui pourrait laisser une mauvaise impression ?

Elle se raidit.

— Seulement dans les esprits mal placés comme le tien.

— Tout le monde y pensera.

Elle leva le menton.

— Eh bien, moi j'utiliserai le terme en lien avec le bonheur.

Il leva un coin de sa bouche d'un air très ironique.

— Bien sûr, ça peut rendre très heureux.

Elle soupira avant de préciser :

— Heureux dans le sens de joyeux.

Rose se remit à grogner.

Josh grogna à son tour et Rose aboya férocement. Hailey s'éloigna de Josh et calma Rose en frottant sa joue contre son museau. Rose lui fit un baiser de chien et s'installa dans son sac pour faire une sieste. Hailey s'assit au bar et elle posa délicatement Rose à côté de ses pieds, hors de vue de Josh, afin de réduire les grognements et les aboiements. Elle le faisait rarement quand il y avait du monde dans le bar, craignant que quelqu'un donne accidentellement un coup de pied à Rose, mais à cette heure-ci le lundi, le bar était vide.

Josh reposa le téléphone devant Hailey.

— Je demanderai à l'éditeur de faire paraître un rectificatif. Tu peux être la Reine du Happy End si tu veux.

Elle rangea son téléphone.

— Non, ça va. Je voulais juste le faire remarquer. Ce que tu as dit, c'est très bien aussi.

— Merci, trop aimable.

— En réalité, je pense que le happy end était plus ambigu que le « heureux pour toujours ».

Josh fit un grand sourire, un sourire sincère qui illumina son beau visage. *Non. Tu es immunisée. Il te respecte, mais tes sentiments ne sont pas réciproques. Pense aux limites.*

— Alors, tu as compris cette ambiguïté depuis le début ?

Elle jeta ses cheveux en arrière.

— Bien sûr. Mais n'est-ce pas ce que tout le monde veut ? Du sexe fabuleux et l'amour pour toujours ?

Il inclina la tête.

— C'est ce que veulent certains.

— Tout le monde.

Il croisa les bras, son tee-shirt noir s'étirant sur ses épaules larges et ses biceps musclés.

— Non.

— Bien sûr que si.

Elle arracha son regard à ses muscles et força son esprit à se détourner de son côté sombre et canon. Était-il agressif au lit comme dans sa série de romans érotiques préférés, la trilogie Féroce ? Elle n'en avait encore jamais fait l'expérience. *Écoute ce qu'il dit, ce n'est pas du tout romantique. Arrête de te faire des illusions.* Elle était une romantique fleur bleue – en général – et Josh était un réaliste au sang-froid. Ils étaient incompatibles, comme elle l'avait pensé au début.

Il leva une épaule d'un air nonchalant, indiquant qu'il n'était pas d'accord pour affirmer que tout le monde voulait du sexe fabuleux et de l'amour pour toujours, ce qui était une façon typiquement masculine de dire qu'il voulait seulement le sexe.

Elle se raidit, irritée au-delà de toute raison par son haussement d'épaules indifférent. La romance était importante. C'était la base de sa carrière, de son style de vie et de tous les happy ends de ses amies. Il n'avait peut-être pas encore remarqué que tous ses frères, sa sœur et même son père avaient trouvé l'amour ! S'il n'était pas si opposé au romantisme, il trouverait peut-être l'amour aussi. Bien sûr, il y avait Clarissa. Il avait dû faire quelque chose de bien pour qu'elle reste avec lui pendant deux mois.

Respire. Josh semblait toujours appuyer au bon endroit pour la faire dégoupiller. Avant qu'il se mette à la taquiner, elle ne savait même pas que certains sujets pouvaient l'énerver à ce point.

Il posa les paumes sur le bar et s'approcha d'elle, baissant la voix pour chuchoter d'une voix rauque :

— Certaines personnes pourraient ne vouloir que le sexe.

Elle s'inquiéta d'une pulsation brûlante entre ses jambes. Il avait dit exactement ce à quoi elle s'attendait, mais la façon dont il prononçait le mot sexe était si… enfin, on aurait dit qu'il annonçait une baise brutale. Du genre qui la faisait fantasmer. Elle regarda ses yeux de braise et elle déglutit. Sa voix fut tout enrouée quand elle articula :

— Comme toi.

Il se redressa.

— Le jury n'a pas encore délibéré là-dessus.

Elle le fixa, souhaitant savoir ce qu'il voulait dire, mais sachant que si elle posait la question, il allait répondre de façon à l'énerver. Elle était venue ici pour le remercier, pas pour recommencer leurs querelles. Il fallait qu'elle arrête de réagir à ses provocations.

— Quoi qu'il en soit, merci d'avoir dit des choses aussi gentilles dans cet article. Sans toi, je ne rencontrerais pas un prince vendredi pour éventuellement organiser le mariage de sa sœur.

— Un prince ?

Elle laissa échapper un rire de bonheur.

— Oui. Un vrai prince. Phillip vient de Villroy, il est beau et drôle. C'est un peu le rêve de toutes les femmes de le rencontrer.

Josh eut un rictus.

— Eh bien, amuse-toi avec ton prince. S'il est réel. C'est peut-être une arnaque. Qui a déjà entendu parler de Villroy ?

— Ça existe. Cherche sur Internet. Au revoir. Merci encore !

Elle souleva Rose et sortit la tête haute, en flottant une fois de plus sur un nuage fait de rêves de mariages royaux. Son merveilleux fantasme royal ne put même pas être gâché par ce que Josh marmonna :

— La princesse rencontre le prince, manquait plus que ça, putain.

4

Dès le départ de Hailey, Josh sortit son téléphone et fit des recherches en ligne sur le prince. Une tonne de résultats apparurent, beaucoup traitant le Prince Phillip de Beau Gosse Royal. Il parcourut les images. Super. Ce type ressemblait à une star de cinéma, avec ses cheveux bruns ébouriffés, ses dents blanches éclatantes, et il avait sûrement un entraîneur personnel pour avoir cette silhouette. Sur la moitié des photos, il était torse nu sur une plage avec une mannequin. Oui. Un vrai playboy. Apparemment, il sortait exclusivement avec des mannequins. Malheureusement, Hailey était à la hauteur de n'importe quel mannequin, ce qui en faisait une cible de choix. Ne l'avait-il pas vue de près chez lui, cette longue semaine auparavant ? Elle hantait ses rêves érotiques. Il avait même commencé à rêver d'elle en plein jour. *Putain.* Pourquoi elle ?

Hailey et lui étaient incompatibles pour des raisons qu'il se rappelait fréquemment : ils se disputaient constamment, il y avait le problème de leurs parents, ainsi que son aversion pour les reines de beauté. Ça ne voulait pas dire qu'il n'allait pas veiller sur elle. En tant qu'ami.

Il continua ses recherches sur Internet, cherchant des preuves accablantes contre le prince playboy. Oh, super, il était riche et très impliqué dans des œuvres de charité fournissant de l'eau propre dans des pays pauvres. *C'est vraiment le pire.* L'estomac de Josh se noua, mais il l'ignora en cherchant Villroy. Ignoblement beau. Une île entourée par des eaux d'un bleu profond avec de petites maisons pittoresques et un port de pêche. Le palais royal avec ses tours et ses tourelles, perché sur une colline au centre de l'île, donnait l'impression de sortir d'un foutu conte de fées.

Le prince allait faire tourner la tête de Hailey, en montrant son train de vie glamour tout droit sorti d'une de ces romances que Hailey aimait lire. N'avait-elle pas lancé un club de lecture basé sur ce genre de vie de contes de fées ? Cette femme vivait pour les fantasmes romantiques, mais celui-ci pouvait très mal finir pour elle. Ce serait si facile pour ce prince de profiter d'elle avant de la jeter. Hailey méritait mieux que ça.

Il ferma les yeux, les tripes nouées, et il poussa un soupir. Était-il jaloux d'un homme qu'il n'avait jamais rencontré ? Ou bien agissait-il en grand frère protecteur, comme d'habitude ?

Il passa une main dans ses cheveux. Qu'est-ce qui n'allait pas chez lui ? Depuis ce soir-là, ce putain de soir qu'il n'arrivait pas à oublier, il était tendu. Il perdait la boule pour une femme qu'il ne voulait pas désirer.

Elle t'est interdite. Oublie ça ! Il rangea le téléphone dans sa poche et reprit le travail.

Josh roda derrière le bar le jeudi soir, attendant impatiemment l'arrivée de Hailey et de ses amies. Le Club de Lecture Happy End se rejoignait de l'autre côté de la rue au Café Something's Brewing un jeudi sur deux et passait toujours chez Garner's pour boire un verre. Il pouvait compter dessus. Ce soir, il comptait vraiment dessus. Il avait besoin d'avertir Hailey au sujet de ce prince qu'elle rencontrait le lendemain.

Cette semaine, il avait passé bien trop de temps à chercher un moyen de l'éloigner de ce prince playboy sans s'attirer sa colère. Il avait décidé que le meilleur moment devait être quand elle avait bu un verre avec ses amies. Elle serait alors de bonne humeur et plus douce. Il allait peut-être aussi travailler à se faire pardonner de l'avoir rejetée. Il fallait qu'ils restent amis. Il prévoyait de l'inviter chez lui en lui proposant un coup à boire, par exemple. Ils discuteraient et il la renverrait chez elle avec la boîte à chaussures pleine d'argent qui lui avait causé beaucoup d'ennuis. C'était le seul moyen de repartir à zéro et de mettre fin aux rancunes entre eux.

Il s'immobilisa quand elle entra, la main sur le bras de Mad, partageant une confidence avec sa petite sœur. Son cœur se réchauffa en les voyant. Mad était la plus jeune et la seule fille de leur famille, avec cinq grands frères et un père célibataire. Elle n'avait jamais eu d'amies féminines avant que Hailey la prenne sous son aile. Maintenant, Mad avait toute une clique d'amies et elle semblait s'être épanouie pour devenir la femme sûre d'elle dont il avait toujours vu le potentiel.

Quatre ans auparavant, il avait vu que Mad était coincée, travaillant dans un bar dans un quartier mal famé de la ville, vivant dans un appartement miteux qui se faisait régulièrement cambrioler. Sa sœur était intelligente mais perdue. Il l'avait aidée à revenir vivre dans la maison familiale, lui avait trouvé un boulot à mi-temps chez Garner's et lui avait donné un coup de main pour rassembler les papiers et l'argent pour prendre des cours au centre universitaire. Ensuite, elle avait fait un transfert vers l'Université du Connecticut. Elle avait payé ce qu'elle pouvait et il avait complété le reste. Il avait payé sa dernière facture de frais universitaires en janvier et depuis, il économisait pour racheter Garner's. Il avait déjà essayé d'acheter le bar précédemment, mais son offre n'avait pas été assez élevée pour donner envie à Clive Garner, le propriétaire, de prendre sa retraite. Il espérait pouvoir bientôt refaire une offre et il espérait vraiment que Clive soit prêt à passer le relais. Clive et sa femme, Heather, n'étaient plus impliqués dans la gestion quotidienne. Ils lui faisaient confiance.

Une fois que Garner's lui appartenait, il avait l'intention de construire une extension à l'arrière avec une piste de danse, un juke-box à l'ancienne, des tables de billard et des jeux de fléchettes. Il voulait que ce soit une véritable destination de nuit, pas seulement un endroit où on achetait une bière avant de repartir. Il se disait que c'était plus facile de rénover l'endroit plutôt que d'en construire un nouveau. Il avait suffisamment exploré le monde dans l'armée et après – vu le pire et le meilleur – et il était heureux d'établir ses racines dans la ville paisible de Clover Park. Tout ce dont il avait besoin était à portée de main.

Mad atteignit le bar la première et elle s'installa. Il était tellement fier de sa petite sœur qui allait bientôt sortir diplômée de la fac. De son côté, il avait abandonné en première année, agité et mort d'ennui, et il avait rejoint l'armée. Les cheveux de Mad étaient ridicules : ils tombaient presque sur ses épaules, bruns jusqu'en haut de ses oreilles, puis teints en rouge des oreilles jusqu'aux pointes. Elle les laissait pousser, revenant à sa couleur brune naturelle pour son mariage en juin. Il avait proposé de couper le rouge avec une paire de ciseaux de cuisine, mais elle avait refusé.

Mad le salua de la main.

— Salut, Josh. Puis-je avoir une bière ?

— Ne devrais-tu pas être en train de réviser pour tes examens ?

Elle leva les yeux au ciel.

— C'est dans quatre semaines. J'apprends encore de nouvelles choses.

Il lui versa sa bière pression préférée et la déposa sur le comptoir devant elle.

— Ne te relâche pas à la fin. J'ai besoin que tu me prépares un bon plan marketing.

Elle étudiait le marketing et c'était leur arrangement. Elle devait l'aider en lui suggérant de bonnes idées marketing pour le bar de ses rêves.

Mad sourit.

— Tu l'auras.

Hailey apparut à côté de Mad, son sac de transport pour chien rose sur une épaule. Heureusement, la petite chienne était endormie, sinon elle aurait aboyé contre lui.

— Moi aussi, je t'engagerai pour un plan marketing, dit-elle à Mad. Tu pourrais être consultante pour les entreprises locales.

Hailey ne le regardait pas. Normalement, ça ne le perturbait pas, Hailey était toujours très occupée, mais ce soir ça l'ennuyait. Sans doute parce qu'il voulait discuter de certaines choses urgentes. Il attendit impatiemment qu'elles finissent leur conversation.

Mad but une gorgée de bière.

— Peut-être. Je pourrais faire ça en plus. D'abord, je veux acquérir de l'expérience dans une plus grosse entreprise.

Elle se tourna vers lui.

— T'as entendu parler du prince de Hailey ?

Quelle pipelette insolente. *Le prince de Hailey.* Il grogna et se tourna vers le reste de leurs amies.

— Que puis-je vous offrir, mesdames ?

Il prit les commandes de tout le monde, les mémorisa et accepta même de servir un mojito à Hailey, sa boisson préférée qui avait été un terrain de bataille entre eux. Avant, quand elle commandait un mojito, il affirmait souvent qu'il lui manquait un ingrédient crucial pour le préparer. Il avait grandi, non ? Il essayait vraiment de faire amende honorable.

Il servit les boissons en silence, comme c'était son habitude, écoutant les femmes parler. Cette fois, toutes les conversations tournaient autour du prince Phillip. Les femmes débattaient vivement du protocole adapté pour proposer une brève liaison à un prince, ce qu'il n'avait absolument pas besoin d'entendre. Il était évident que Hailey était la seule disponible pour une amourette, et il n'avait certainement pas l'intention de la laisser tomber sous le charme d'un séducteur cherchant son prochain coup. Ce que dit Hailey l'inquiéta :

— Il est teeeellement beau. Vous savez que c'est mon fantasme depuis toujours. C'est lui que j'imagine quand je lis une romance qui fait rêver.

Mad lui donna un coup de coude.

— C'est aussi le fantasme parfait pour d'autres bons moments vibrants.

Toutes les femmes éclatèrent de rire. Hailey également, *et* elle rougit comme si c'était vrai. Merde, c'était pire que ce qu'il pensait. Elle allait rencontrer l'amant de ses fantasmes dans la réalité.

Il lui prépara son mojito, ruminant à la recherche du meilleur moyen d'aborder le sujet à la lumière de cette nouvelle information.

Hailey s'éventa de la main.

— Je vais avoir tellement de mal à rester calme en le rencontrant enfin. Et il a aussi fait tant de merveilleuses œuvres caritatives, il est très impliqué dans la fourniture d'eau propre dans des pays qui en ont désespérément besoin. Il est vraiment parfait.

— Ce que tu veux, c'est surtout son gros paquet, plaisanta Mad en regardant Josh droit dans les yeux, le narguant presque avec ce prince.

Les femmes gloussèrent.

— C'est sûr que je ne le jetterai pas hors de mon lit, dit Hailey.

Les femmes rirent et la taquinèrent.

Assez !

— Hailey, ta boisson est prête.

Il posa le mojito devant elle en gardant la main sur le verre quand elle essaya de l'attraper.

Elle lui jeta un regard assassin de ses yeux bleu clair. Il sentit son pouls accélérer : son esprit combatif et fougueux l'excitait. Il était bien plus conscient de l'effet qu'elle avait sur lui maintenant qu'il l'avait vue presque nue. Avant, il serait monté au front. Maintenant, il souffrait pour le bien-être de leurs familles. Pourquoi se torturait-il en gardant ses distances avec elle ? Toutes les raisons importantes pour lesquelles il devait rester loin faiblissaient en la revoyant de près. Il avait fini de lutter…

Il la désirait.

Ses épaules se détendirent. C'était un soulagement d'admettre enfin ce qui était évident depuis le début. Et ce n'était pas que son esprit de compétition naturel avec un autre homme empiétant sur son territoire. Elle était belle et sexy et intelligente, et il devait la protéger.

Et ce prince, ce foutu prince de fantasmes qui allait facilement l'attirer dans son lit s'il en avait l'occasion. Bon sang. Il ne pouvait pas la laisser être la proie d'un type pareil.

— Merci, Josh, dit-elle en montrant les dents avec un faux sourire.

Ce sourire apparaissait quand elle était angoissée, comme si quelqu'un lui avait dit que ce n'était pas joli de froncer les sourcils.

Il se pencha et parla à voix basse, en se penchant au-dessus du bar.

— Je veux que nous repartions à zéro, et j'ai quelque chose d'important à te dire. Laisse-moi une chance de me rattraper. Je suis désolé pour la dernière fois.

Hailey parla au-dessus du bruit de son stupide chien qui aboyait.

— La dernière fois, j'avais bu trop de vodka. Ça n'arrivera plus.

Il se raidit, étirant son mètre quatre-vingt-trois. Elle n'avait pas été ivre. Elle avait le regard alerte, et elle n'avait bu qu'un verre, même si elle l'avait vite descendu. Peut-être n'avait-elle pas mangé avant. Merde. Il avait vraiment cru qu'elle le désirait. Il avait même été satisfait de lui en ne démordant pas de son idée de rester amis alors que l'attirance était mutuelle. En fait, il la désirait depuis toujours. Il avait simplement résisté parce qu'il croyait qu'ils n'étaient pas compatibles pour des raisons qui semblaient maintenant insignifiantes. *Putain de merde*. Il se retira de l'autre côté du bar pour se ressaisir et Rose se tut immédiatement.

Il travailla, il fulmina, il grommela contre sa sœur et ses belles-sœurs, qui ne voulaient pas la fermer, excitées de voir Hailey rencontrer le prince de ses rêves le lendemain. C'était comme si elles avaient besoin de tourner le couteau dans la plaie, essayant d'obtenir une réaction de sa part. C'était un prince, et alors ? Ce type était né comme ça. Ce n'était pas comme s'il avait eu le choix.

Enfin, Mad demanda à Hailey si elle pouvait faire faire une promenade à Rose avant qu'elles partent toutes pour la nuit. Maintenant, il pouvait parler en privé à Hailey sans tous ces aboiements. De l'index, il lui fit signe de le rejoindre tout au bout du bar, à l'écart de ses amies.

Elle détourna la tête, faisant semblant de ne pas remarquer sa demande.

Il refoula un grognement d'irritation et il s'avança vers elle. Maintenant, il devait chuchoter, sinon ses amies allaient ajouter leur grain de sel. Il ne voulait pas faire une scène. Ceci était bien trop important.

— As-tu aimé ton mojito ?

Elle lui jeta un regard suspicieux.

— Oui. Pourquoi ? As-tu mis quelque chose dedans ?

Elle imaginait toujours le pire. Il le méritait sûrement. Il lui en avait fait voir de toutes les couleurs, la taquinant, essayant de la battre dans leur surenchère compétitive, rejetant son invitation ivre et sexy. Hailey avait même dit avoir appris à ne pas lui faire confiance après l'échange des jumeaux lors d'un repas au restaurant avec elle. Josh s'était dit que la sécurité financière était importante pour elle, car elle travaillait beau-coup et elle avait manifesté un intérêt pour son jumeau milliardaire et son entreprise. Ça l'avait énervé parce que la seule chose que Josh n'avait pas, c'était la stabilité financière, et voilà Jake, qui lui ressemblait et qui offrait ce que Josh ne pouvait pas. Il avait donc pris la place de Jake et il s'était torturé à cause de l'enthousiasme de Hailey pour chaque vantardise luxueuse qu'il inventait, puis il avait mis fin au rendez-vous, ne pouvant plus supporter l'intérêt qu'elle manifestait pour son jumeau. Bien sûr, il savait maintenant qu'elle avait trouvé Josh dans le rôle de Jake horriblement ennuyeux et vaniteux, mais à l'époque, il avait cru qu'elle préférait Jake. Il avait été idiot d'essayer de rivaliser avec son frère jumeau pour une femme qu'il désirait mais qu'il ne voulait pas désirer. Sa répulsion viscérale pour les reines de beauté bataillait avec sa libido primitive et lui faisait faire des choses vraiment stupides. Après tout, c'était à son bras qu'elle s'était affichée à tous ces mariages, alors il devait bien lui convenir depuis le début. Il serra les dents. Il lui fallait main-tenant regagner sa confiance.

— Ce n'était qu'un mojito normal.

Il baissa la voix pour continuer :

— Tu pourras peut-être rester un peu après la fermeture. Juste pour parler.

— Nous pouvons parler maintenant, dit-elle de sa voix normale.

Ses amies écoutaient. Aucune d'entre elles ne regardait dans leur direction, mais elles avaient arrêté de se parler.

— En privé, chuchota-t-il.

Elle ne chuchota pas en retour.

— Tout ce que tu as à dire, tu peux le dire devant mes amies. Je n'ai aucun secret.

Il commença à perdre son sang-froid. Elle rendait tout cela trop difficile en étant complètement déraisonnable. Sauf si… elle ne comprenait pas ce qu'il essayait de faire. Il avait cru avoir expliqué qu'il était important de parler, qu'il fallait repartir du bon pied. Pourquoi ne comprenait-elle pas ? Elle était intelligente et diaboliquement géniale avec ses joyeuses tactiques de guerre. En avait-elle complètement terminé avec lui ?

Il baissa la voix jusqu'à adopter un grognement guttural qui était plus une exigence qu'une demande.

— Je veux te voir *seule*. Ce soir.

Elle baissa les paupières en se frottant la nuque. C'était bon signe : presque comme si elle cherchait la séduction et non le conflit.

— Ah.

Il sentit ses doigts brûler d'envie de la toucher, de caresser ses cheveux doux, sa joue, son cou. Il jeta un coup d'œil à ses amies qui se détournèrent immédiatement. *Génial, le public quand on essaie de communiquer avec une femme…*

— Alors ?

Elle le regarda dans les yeux pendant un long moment intense, cherchant à le jauger, se dit-il. Voir si elle pouvait lui faire confiance. Il resta parfaitement immobile, la regardant sans broncher. Finalement, elle dit doucement :

— Je ne veux pas continuer à rabâcher, et j'ai beaucoup de choses à faire parce que le prince arrive demain…

— OK.

Il commença à nettoyer, rangeant les verres sous le bar, évitant les yeux curieux des femmes. C'était nul. Elle s'était renfermée. Le prince allait sûrement profiter du fait que Hailey était fan de lui. Ses paroles le tourmentèrent en continu. *C'est mon fantasme depuis toujours. Il est vraiment parfait. C'est sûr que je ne le jetterai pas hors de mon lit.*

Mad revint avec Rose et les femmes partirent en lui disant au revoir. Hailey hocha une fois la tête dans sa direction, lui fit un petit sourire, et sortit. Au moins, elle était un peu plus chaleureuse avec lui depuis la parution de l'article avec la citation de ses éloges. Il lui avait dit à l'époque qu'il était sincère, mais elle ne l'avait pas cru. Elle se méfiait à ce point de lui. Comment allait-il pouvoir regagner sa confiance si elle ne voulait pas passer de temps avec lui ?

Il frotta le bar avec un chiffon. Il avait changé depuis sa relation avec Clarissa. Elle l'avait aidé à mieux se connaître, lui montrant comment son subconscient se manifestait dans les décisions qu'il prenait. Et elle lui avait donné quelques techniques de relaxation pour ses nuits parfois difficiles. Malheureusement, Clarissa n'avait pas été bien pour lui sur la durée. Elle était trop gentille – à un niveau vraiment angélique. Il avait fait de son mieux pour la rejoindre sur le même terrain, avec son style de vie de hippie éclairée, en sachant tout le temps que ça ne lui ressemblait pas. Et pire, la nouvelle connaissance de lui-même lui avait fait comprendre qu'il avait vraiment besoin d'une partenaire qui ne soit pas une femme éclairée et angélique comme Clarissa, mais quelqu'un avec des dents pointues qui savait croquer la vie. Quelqu'un avec des griffes et un feu intérieur et un esprit de guerrière.

Il avait besoin d'une égale.

Il fut frappé par cette idée. Il venait de décrire Hailey. C'était *elle*, son égale.

Cela voulait dire qu'elle était censée être avec lui. Ils étaient faits l'un pour l'autre. Merde. S'il n'avait pas été aussi entêté au sujet de Hailey, il aurait pu voir ce qui était juste sous son nez. Et maintenant il devait rivaliser avec un prince et effacer beaucoup de rancunes pour qu'elle veuille bien le considérer. Il y avait tant de choses qui pouvaient mal se passer entre Hailey et lui, mais quitter le champ de bataille maintenant que le brouillard s'était évaporé, c'était impossible.

Il avait simplement besoin d'un plan stratégique pour gagner la guerre et décrocher la victoire pour tous les deux. S'il perdait, en revanche, les dégâts seraient importants chez lui, Hailey, leurs parents, tous ceux qu'il considérait comme de la famille. L'enjeu ne pouvait pas être plus élevé. Tous ses instincts de guerrier refirent surface, prêts à charger.

5

─────────

Hailey était survoltée en se préparant pour la visite royale. Elle avait réussi à supporter deux rendez-vous matinaux avec des clients, explosant presque d'impatience pendant qu'ils choisissaient les menus et les couverts. Elle pensait seulement *Sortez d'ici ! Je dois laver Ludbury House jusqu'à ce que tout brille ! Le prince arrive à dix-sept heures !* Dès qu'elle eut terminé son dernier rendez-vous, elle avala un déjeuner tardif et inspecta chaque pièce de la villa, même les chambres de l'étage, où les mariés avaient des espaces pour s'habiller. Elle se sentait comme un papillon volant contre les murs. Rose devait percevoir son agitation car elle était perturbée elle aussi, aboyant toute la journée au moindre petit bruit.

À seize heures trente, elle arrêta de papillonner dans la villa et elle se précipita à la salle de bains pour retoucher sa coiffure et son maquillage. Elle portait une nouvelle robe vert pâle en soie et en organza avec des bretelles blanches et une bande blanche sur son dos presque entièrement nu. La robe était une affaire du magasin d'occasion de Greenport, où elle achetait la majorité de sa garde-robe. Elle lui arrivait au niveau des genoux et elle y avait assorti des chaussures à lanières en daim couleur chair. L'ensemble était sophistiqué et sexy.

Non pas qu'elle se préparait à séduire. C'était juste qu'elle voulait vraiment ce travail. Planifier le mariage d'une princesse, c'était fantastique. Mentionner la princesse Silvia Rourke en tant que cliente aussi. De toute façon, ce n'était pas comme si le prince allait être intéressé par une femme d'affaires sans le sou qui se battait pour lancer son entreprise. Elle fantasmait peut-être sur lui d'après ses photos, mais elle ne se faisait aucune illusion de ce côté-là.

Elle retourna dans son bureau, s'installa à la table, une imitation d'un meuble antique en acajou, puis se contenta d'admirer la photo sauvegardée du prince Phillip sur son ordinateur portable. Les cheveux bruns ébouriffés, les yeux bleu-vert époustouflants, des pommettes saillantes à mourir, la mâchoire couverte d'une barbe naissante, un corps magnifique portant un tee-shirt blanc décontracté et un jean noir. Mon Dieu !

Son téléphone annonça un texto. Elle ne reconnut pas le numéro. *Nous sommes arrivés*. Son cœur bondit. La royauté au seuil de ma porte !

Elle répondit : *J'arrive*.

Elle s'était organisée pour que le frère et la sœur royaux passent par l'entrée de derrière, hors de vue de la rue principale. Il y avait un parking de ce côté-là. Elle se précipita hors de son bureau et traversa le long couloir qui menait jusqu'à l'arrière de la maison. Rose courut devant elle, la faisant presque trébucher tout en aboyant contre les visiteurs. Normalement, Rose aboyait seulement une seule fois contre les clients qui entraient par la porte de devant. Son bébé à fourrure était assez intelligent pour savoir qu'il était inhabituel que les gens passent par-derrière.

Hailey arriva à la cuisine, apercevant les visiteurs par la vitre de la porte. Il y avait six personnes, quatre hommes costauds qui portaient des blazers noirs, ainsi que le prince et la princesse. Elle reconnut les personnes royales d'après leurs photos en ligne. La princesse Silvia Rourke, l'air beaucoup plus ordinaire que ses photos glamour en ligne, avec ses cheveux bruns attachés en queue de cheval, passa la tête sur le côté de l'épaule d'un des grands hommes pour lui sourire.

Hailey sourit et les salua de la main. Puis elle souleva Rose et ouvrit la porte.

— Bienvenue à Ludbury House ! Je suis ravie de tous vous rencontrer.

Elle fit un pas en arrière et un des hommes costauds s'avança.

— Sécurité, dit l'homme. Pouvons-nous jeter un coup d'œil ?

— Bien sûr. Il n'y a que Rose et moi ici.

Elle leva légèrement sa petite Rose, qui s'était arrêtée d'aboyer pour dévisager tout le monde.

— Nous tiendrons la réunion dans la salle de bal.

Le garde partit en éclaireur, suivi par deux autres hommes qui se déployèrent dans des directions différentes.

Silvia s'avança tout droit vers Rose.

— Comme tu es mignonne. Bonjour, Rose. Moi, c'est Silvia.

Elle jeta un regard noisette chaleureux à Hailey.

— Ravie de vous rencontrer, Hailey. Puis-je la tenir ? Ça m'a tellement manqué de ne pas avoir de chien à la fac.

Son accent avait quelques notes de français et d'autres origines que Hailey ne sut pas vraiment replacer. C'était unique et joli.

— Bien sûr.

Elle lui tendit Rose. Et puis *il* entra. Prince Phillip, le canon, encore plus beau en personne. Grand et musclé, ses épaules larges remplissaient une chemise blanche immaculée qui s'accordait bien à sa peau bronzée et au pantalon de costume gris anthracite avec ses mocassins en cuir italien. Ses cheveux bruns étaient épais et ébouriffés comme s'il venait de passer la main dedans, ses yeux bleu-vert pétillaient et il avait des pommettes hautes pour lesquelles elle aurait pu tuer, ainsi que ce sourire sexy dévastateur. Elle rougit de la tête aux pieds. Oh mon Dieu. Et s'ils s'entendaient bien ? Et si elle l'épousait et devenait une véritable princesse ? Pas seulement la princesse des sarcasmes de Josh.

— Hailey, dit-il avec le même accent charmant que sa

sœur, c'est merveilleux de rencontrer la Reine du « Ils vécurent heureux pour toujours » en personne.

Elle rayonna.

— Vous êtes merveilleux aussi ! Je veux dire, c'est merveilleux de vous rencontrer également.

Elle lui tendit la main et au lieu de la poignée de main qu'elle attendait, il posa ses lèvres dessus en la regardant de ses yeux couleur d'océan. Son estomac fit un petit saut. Aaahh ! Le baisemain était si vieux jeu, si romantique et galant. Son désir secret de rencontrer un homme tout droit sorti d'une romance – aussi beau que romantique – était en train de devenir réalité.

Il lâcha lentement sa main, ne la quittant jamais des yeux. Elle entrouvrit les lèvres, son pouls battant dans ses veines.

— Arrête ta routine romantique, Philly, dit Silvia. Nous sommes ici pour moi, pas pour toi.

Rattrapée par la réalité, Hailey réprima un soupir. Ce n'était que la routine habituelle pour Phillip. Celui-ci jeta un regard noir à sa sœur.

— Et nous sommes ici parce que je l'ai organisé, alors tu peux te calmer tout de suite.

Ils se comportaient comme un frère et une sœur tout à fait normaux.

Le dernier garde de la sécurité entra et verrouilla la porte derrière eux.

— Je vais vous accompagner à l'endroit de votre réunion.

— Pardon pour la sécurité, dit Silvia. Mon grand frère est trop protecteur. Il y en a deux pour moi, les deux autres sont pour Phillip.

— Aucun souci, rassura Hailey.

« Aucun souci » était sa réponse habituelle à presque tout ce que disaient les futures mariées. Certaines choses étaient plus faciles à satisfaire que d'autres.

— Elle parle d'un grand frère différent. Il s'agit de Gabriel, l'héritier, pas de moi. Je suis bien plus libre.

Phillip fit un sourire en coin sexy et charmant à Hailey.

Elle eut des papillons dans le ventre en voyant son sourire en coin dans la vie réelle après l'avoir admiré si longtemps sur Internet. Elle comprenait pourquoi les femmes se jetaient sur lui.

— Puis-je vous offrir quelque chose à boire ou à manger ?

— Non, merci, dit Phillip.

Silvia rendit Rose à Hailey.

— En fait, je vais dîner avec la famille de mon fiancé après notre réunion.

Hailey retira vite des poils de Rose sur le pull à manches courtes couleur pêche de Silvia. Son pantalon et ses chaussures étaient blanches, alors s'il restait d'autres poils de Rose, ils étaient invisibles.

Silvia s'examina en baissant la tête et elle rit.

— Aucun souci, je m'en occupe.

Elle enleva les poils de Rose de son pull.

— Mon fiancé m'a confié les rênes de notre mariage.

Elle fronça le nez avant d'ajouter :

— Il est si typiquement masculin, voyez-vous ?

— Un peu brut de décoffrage, précisa Phillip.

— Et c'est M. Sophistiqué qui dit ça, répondit Silvia. Cade préfère l'escalade et le kayak plutôt que choisir une couleur thématique pour notre mariage. Nous sommes le genre de couple typique où les opposés s'attirent.

Hailey avait des doutes sur cette expression. Elle avait toujours cru que la compatibilité avec des intérêts et des points de vue similaires rendait les choses plus faciles. Mais ce n'était pas le plus important. Après avoir observé de très nombreuses relations réussies, elle avait conclu que la clé était de trouver quelqu'un qui vous acceptait exactement pour ce que vous étiez… et vice versa. Pour former un couple parfait, il fallait quelqu'un avec qui vous vous entendiez vraiment bien et où il y avait peu de frictions grâce à cette acceptation mutuelle. Sauf que ça n'avait pas fonctionné pour elle. Son arrangement de copains de baise avec Liam avait coché toutes les cases : ils ne se disputaient jamais, le sexe était excellent, et ils s'appréciaient sincèrement. Le problème était qu'après plusieurs années, ça ne s'était jamais transformé en amour. Mais que savait-elle des relations ? Quand elle avait craqué cinq jours auparavant à la fête de fiançailles de sa mère, elle avait dû se rendre à l'évidence.

Elle contourna la remarque de Silvia pour se concentrer sur le travail à faire.

— Je suis certaine que nous allons tous les trois trouver quelque chose de merveilleux. C'est par ici.

Elle leur fit signe de la suivre et elle se dirigea vers la grande salle de bal vide. Une fois dedans, elle déposa Rose qui partit chercher un rayon de soleil pour sa sieste. Hailey rencontrait toujours ses clients pour la première fois dans cette salle, car c'était l'endroit où avait lieu la réception. Une table blanche laquée et brillante entourée de chaises aux coussins en velours rouge était installée au centre de la salle, sous un chandelier complexe d'or et de cristal. La table était déjà prête avec un vase rempli de tulipes rouges réjouissantes – c'était la fleur préférée de Silvia – trois classeurs blancs, un stylo et un bloc-notes, ses cartes de visite et une rose pour le corsage de la future mariée.

— Asseyez-vous, je vous en prie, dit Hailey en indiquant les chaises rembourrées pour les invités.

Silvia s'installa.

— Phillip n'est ici que pour s'assurer que je ne ferai rien de trop fou.

Phillip gloussa et prit place à côté de sa sœur.

— Nous devons sauver les apparences.

— Bienvenue à l'ère moderne, *papa*, rétorqua Silvia.

Hailey sortit la rose entourée de gypsophile de son contenant en plastique et elle s'avança vers Silvia.

— C'est pour la mariée. Puis-je l'épingler à votre pull ?

— Oui, merci !

Hailey attacha la rose. Silvia tripota les pétales, souriant comme toutes les futures mariées à qui Hailey avait donné une rose. La plupart d'entre elles aimaient se sentir à l'honneur dès le départ.

Elle contourna la table pour aller s'asseoir. Phillip la rejoignit sans qu'elle s'y attende, sortant la chaise pour qu'elle s'asseye d'un geste galant qui lui fit tourner la tête.

— Merci, murmura-t-elle en s'asseyant.

— Avec plaisir, dit-il d'une voix rauque.

Silvia leva les yeux au ciel et lui donna une tape sur le bras quand il retourna à sa place.

Les gardes revinrent. Trois d'entre eux se placèrent le long des grandes fenêtres, et le quatrième se mit à l'entrée de la salle. Rose partit renifler les chaussures d'un des gardes.

Silvia observa la salle de bal autour d'elle.

— C'est magnifique ! J'adore le parquet au sol et les moulures blanches au plafond. Elle leva la tête.

— Et le chandelier. C'est tellement romantique !

Hailey sourit. Elle adorait cette salle, elle aussi.

— C'est vraiment romantique, surtout quand nous faisons une réception le soir à la lumière des bougies.

Silvia poussa un petit cri et Phillip lui fit un sourire indulgent. C'était si mignon, cette façon de veiller sur sa petite sœur !

Hailey donna une carte de visite à chacun et commença par son discours habituel.

— Nous sommes ici au centre de la salle de bal afin que vous puissiez imaginer ce que ça fait d'être au centre de l'attention.

Elle secoua la tête.

— Je suppose que vous savez déjà ce que ça fait, Silvia.

— C'est vrai, mais j'espère que vous pourrez créer un événement intime et romantique.

— Tout à fait, répondit Hailey.

Phillip prit sa carte de visite, la lut, et puis la regarda avec un air amusé. Elle rougit. La carte était ornée de cloches argentées en relief et il était écrit Hailey Adams, Accro à l'amour, Organisatrice de mariages. Elle devait sûrement retirer Accro à l'amour. Ça ne correspondait plus tellement à son point de vue.

Elle se tourna vers Silvia.

— Dites-moi comment vous imaginez votre grand jour.

Phillip intervint :

— Son grand jour, c'est le mariage à la maison. Ceci est un événement plus petit pour le côté légal de l'affaire.

Silvia leva les yeux au ciel.

— Tu es tellement romantique, Philly.

Elle se tourna vers Hailey.

— Je ne peux pas supporter l'idée que ma première cérémonie de mariage ne soit qu'une affaire légale ennuyeuse dans la chambre d'un juge. Quand j'ai lu l'article sur vous dans *Spécial Mariages* sur Internet, j'ai su que vous comprendriez comment rendre cet événement plus spécial. J'ai la robe, une magnifique robe fourreau en soie avec des perles sur le corsage, mais j'aimerais aussi quelque chose qui nous ressemble vraiment. Cade et moi adorons la musique live, particulièrement le jazz.

— Oh ! Nous avons une des meilleures chanteuses de jazz au monde ici à Clover Park. Zoe Reynolds. Elle a récemment gagné un Grammy Award.

— Sérieusement ? s'exclama Silvia. Je l'adore ! Pensez-vous qu'elle le ferait ?

Hailey prit son stylo et nota l'information.

— Il lui arrive de faire un concert en ville de temps en temps. Une fois que nous aurons choisi une date, je lui poserai la question.

— Ce serait merveilleux. Cade va être épaté.

Hailey sourit.

— Quoi d'autre pour le mariage de vos rêves ?

Silvia se prit d'enthousiasme pour le sujet.

— J'aimerais beaucoup des tulipes.

Elle montra le bouquet sur la table.

— C'est une jolie attention. Et aussi, de beaux rubans et des nœuds en satin, tout en couleurs pastels toutes douces, rayonnant à la lumière des bougies. Ravissant et romantique.

Exactement ce que Hailey imaginait pour elle quand elle croyait que le bonheur pour toujours n'était qu'à quelques pas.

— Je vois. Merveilleux. Intérieur ou extérieur ? Nous avons de beaux jardins avec une grande terrasse.

— Il faut que ce soit à l'intérieur pour l'intimité, dit Phillip avec un clin d'œil.

Hailey se sentit rougir comme si Phillip venait de l'inviter à partager son intimité. *Concentre-toi !*

Silvia hocha la tête.

— J'adore cette salle de bal. À l'intérieur, c'est très bien.

Hailey en prit note.

— Nous faisons souvent la cérémonie dans l'entrée, avec la mariée qui descend du grand escalier pour rejoindre son époux. Il y a de la place pour installer des chaises à l'avant, et plus de places dans le petit salon adjacent. Aimeriez-vous aller voir ?

— Absolument !

Silvia se leva, tout sourires.

Tout se passa très bien à partir de là, même si Hailey était un peu troublée. Elle aurait pu jurer que Phillip lui jetait des regards de braise, mais chaque fois qu'elle voulait s'en assurer, il regardait sa sœur. Silvia adora absolument tout. Ce ne fut pas difficile pour Hailey de la guider vers des propositions ravissantes et romantiques pour son mariage. Tout était presque identique à ce qu'elle aurait choisi pour elle-même.

Enfin, elles parcoururent le classeur pour les choix de traiteurs, de fleurs et de gâteaux, tous les détails qui rendaient un mariage vraiment spécial, et Hailey revint vers la chose la plus importante et la plus difficile à satisfaire.

— Maintenant, il ne nous manque plus qu'une date, dit-elle gaiement. Je comprends qu'il faut que ce soit avant le premier juillet. Jusqu'en août les samedis et dimanches sont réservés pour des mariages. Que penseriez-vous d'un mariage le vendredi soir ou le dimanche soir ?

Elle retint sa respiration, espérant que Silvia soit assez intéressée par l'idée d'avoir un mariage ici pour accepter le compromis.

— J'aimerais un vendredi soir, dit Silvia. Nous aurions alors le week-end pour une mini lune de miel.

Hailey rayonna.

— Merveilleux !

— Après les examens terminaux, ajouta sévèrement son frère.

— Sans rire, aboya Silvia. Fais attention, tu commences à parler comme Gabriel.

Phillip grimaça.

— Compris.

Hailey et Silvia consultèrent les calendriers sur leurs téléphones et trouvèrent heureusement une date acceptable, le dernier vendredi de mai. Hailey était particulièrement heureuse que ce soit après le mariage de Carrie et Zach qui devait figurer dans *Spécial Mariages*.

Silvia tendit le bras vers Hailey, et Hailey lui serra la main.

— Merci beaucoup pour ça, Hailey. Vous avez dépassé mes attentes. Mon mariage à Villroy est presque entièrement dicté par les traditions. Celui-ci est juste pour moi.

— Je suis ravie de participer. Oh, une dernière chose. Avez-vous besoin que j'ajoute plus de sécurité, ou bien engagerez-vous vos propres gardes ?

— Nous nous en occuperons, répondit Phillip à la place de sa sœur. Un total de douze pour dehors et dedans. Et j'insiste : pas de paparazzi, pas de fuites de photos, pas de messages annonçant l'événement.

— Aucun problème, dit Hailey. Nous avons eu des circonstances similaires quand Claire Jordan est venue à des mariages ici, et il n'y a jamais eu de problème.

Silvia se leva et les gardes s'approchèrent d'elle. Hailey se leva à son tour et appela Rose qui trottinait joyeusement derrière un des gardes.

Phillip apparut soudain à côté d'elle.

— Aimeriez-vous aller boire un café ? Nous sommes passés devant un café qui avait l'air prometteur en arrivant. J'ai ma propre voiture pour rentrer, parce que je savais que Silvia rejoignait son fiancé.

Hailey retint sa respiration.

— Bien sûr, ce serait merveilleux.

Sa voix était soudain un peu aiguë et elle pria pour qu'il ne le remarque pas.

Silvia monta sur la pointe des pieds et posa un baiser sur la joue de son frère.

— Merci pour ton aide et pour ton intervention avec tu sais qui. Tu es un saint d'avoir supporté toutes ces histoires de mariage.

Phillip lui fit un clin d'œil.

— Je ferais n'importe quoi pour ma petite sœur.

Silvia sourit et lui tapota la joue avant de sortir de la salle, suivie par deux gardes.

Dès l'instant où Silvia fut sortie, Phillip se pencha vers elle pour lui confier :

— Faire en sorte que son mariage aux États-Unis soit conforme aux attentes royales est la moitié de la raison de ma visite. Chut, ne lui dites pas. Elle déteste avoir l'impression que nous veillons sur elle.

Hailey sourit.

— Je pense qu'elle a beaucoup de chance que sa famille s'occupe d'elle.

— Je suis d'accord.

Il offrit son coude à Hailey d'un geste galant.

— On y va ?

6

Josh attendait à l'ombre du presbytère, de l'autre côté de la rue par rapport à Ludbury House. Il était en mission de reconnaissance. Grâce à Mad, il savait que Hailey rencontrait le prince playboy à dix-sept heures. Il n'avait pas divulgué à sa sœur son nouveau plan stratégique concernant Hailey, mais elle avait toujours voulu qu'il fasse des avances à Hailey, alors elle lui donnait toutes les informations nécessaires pour rendre cela possible. Ce n'était pas comme s'il avait l'intention d'interrompre leur réunion. Non, il rassemblait des informations. Hailey allait-elle raccompagner le prince après leur réunion, en souriant et avec un langage corporel séducteur ? Allaient-ils monter dans une de ces Mercedes noires aux vitres teintées garées derrière Ludbury House et partir ensemble ? Le prince playboy était-il un rival ou était-il hors course ?

Il eut la réponse quelques minutes plus tard, quand un grand homme portant un blazer noir sortit par la porte avant de la villa et scruta les environs. La sécurité. Josh se fit tout petit contre le mur. Un instant plus tard, il regarda encore. Le type de la sécurité s'était décalé sur le côté. Hailey fut la première à sortir dans sa robe vert pâle avec des bretelles blanches sur ses épaules nues. La robe soulignait sa taille fine. Des talons hauts, bien sûr. Elle paraissait fraîche, jeune, et aussi glamour que sa belle-sœur star du cinéma, Claire Jordan. Il était évident qu'elle tentait le tout pour le tout avec ce prince. Elle portait son sac de transport pour chien rose sur une épaule et il n'entendit pas un seul aboiement quand le prince apparut aux côtés de Hailey. Le prince lui prit la main et la posa au creux de son bras, comme un gentleman. Bon sang, il était sans pitié. Un autre garde apparut, et le groupe quitta le pas de la porte, longea le trottoir et se dirigea vers la rue principale.

Il attendit. Ils entrèrent dans le café Something's Brewing. Bon, il avait obtenu l'information. Des preuves formelles que le prince playboy était un rival. Hailey ne le raccompagnait pas simplement dehors, elle passait du temps avec ce type, ce qu'elle n'aurait jamais fait si elle n'avait pas été intéressée. Et maintenant ? Il devait prouver qu'il était un meilleur choix que ce foutu prince.

Mais l'était-il ?

Bien sûr, il pouvait agir avec galanterie, mais le prince aussi. Il était impossible que Josh puisse un jour lui offrir le même style de vie luxueux et glamour que le prince. Le genre de vie que Hailey adorait sûrement. Elle lui avait même dit qu'elle aurait aimé voyager dans des endroits exotiques quand il avait fait semblant d'être Jake. Tout ce qu'il pouvait lui offrir, c'était une vie enracinée à Clover Park, une petite communauté ordinaire où il ne se passait pas grand-chose d'excitant. C'était ce qu'il aimait à Clover Park. C'était paisible et sûr, plein de familles et de quelques personnages hauts en couleur comme Maggie O'Hare, une grand-mère excentrique qui veillait apparemment sur lui et sur tous les habitants de la ville, mais il n'y avait rien de glamour.

Ses épaules s'affaissèrent. Il avait peut-être raté sa chance avec Hailey.

Il se dirigea vers Garner's alors qu'il n'était même pas censé travailler ce soir-là à cause de sa mission clandestine. Mad l'avait remplacé au bar. Il avait accumulé une quantité ridicule de vacances. Il ne prenait jamais un jour de congé et tombait rarement malade. Il vivait sainement, mangeait saine-ment, surtout parce qu'il aimait manger, et il ne s'approchait pas assez de qui que ce soit pour tomber malade. Son jumeau était le seul à oser envahir son espace personnel, ce qui ne le gênait pas, car ils étaient deux moitiés d'un tout. Les autres comprenaient son besoin d'avoir un périmètre d'espace personnel après ses expériences au combat.

Il était un peu plus de dix-huit heures quand il entra chez Garner's. La zone de repas était pleine et des gens attendaient une table. C'était toujours bon à voir pour un vendredi soir. Il salua quelques clients réguliers en traversant le bar. Plusieurs personnes étaient assises au comptoir, où Mad coupait des citrons verts.

— Je suis de retour, lui dit-il en la rejoignant derrière le bar.

Elle tourna brusquement la tête vers lui.

— Ooh, mince. Je comptais garder tous les pourboires de ce soir pour ma lune de miel.

— Les pourboires sont pour toi.

Pour quoi aurait-il eu besoin d'argent, de toute façon ? Les pourboires n'atteignaient jamais une jolie somme princière. Humour royal. Ha. Il jeta un coup d'œil par la fenêtre du côté restaurant et aperçut les cheveux blond vénitien familiers de Hailey au café Something's Brewing. Elle était de dos, faisant la queue pour un café. Il avait pour habitude de penser qu'elle avait les cheveux roux clair, mais elle appelait ça blond vénitien, et l'expression lui était restée.

Mad apparut à côté de lui.

— Merci, Josh. T'es le meilleur.

Il grogna, le regard toujours rivé sur ce qu'il se passait de l'autre côté de la rue.

— Tiens, Hailey est là-bas. Je me demande comment ça s'est passé avec le prince.

Il ne répondit pas.

— Waouh. Elle vient de m'envoyer un message pour dire qu'il lui avait proposé de boire un café. Je ne le vois pas, et toi ?

Il l'ignora. Il le voyait très bien, le profil tourné vers Hailey. Il y avait un garde derrière lui et un autre près de la porte.

Mad lui donna un coup de coude.

— Tu crois que boire un café c'est comme un premier rendez-vous ?

Il s'écarta.

— Boire un café, c'est boire un café.

— Je ne sais pas, dit Mad en recommençant à couper des citrons verts. Je pense que dans l'ordre il y a une boisson, un dîner, et puis le bon vieux va-et-vient au lit.

Il lui jeta un regard noir, mais elle ne le vit pas, concentrée sur sa tâche. Hailey n'était pas le genre de femme qui se précipitait au lit, si ? Hmm... Elle s'était déshabillée jusqu'à ne porter qu'un soutien-gorge et un string et elle s'était confiée à lui dès qu'elle avait été seule avec lui. Pourquoi ? Le désirait-elle seulement pour le sexe ? Parce que maintenant qu'il savait qu'ils étaient faits l'un pour l'autre, c'était une très mauvaise chose. Peut-être ne le voyait-elle pas comme un bon parti. Il eut l'estomac retourné, une sensation acide très familière qu'il avait quand il pensait à Hailey.

Peut-être avait-elle bu trop de vodka, comme elle l'avait dit. C'était donc bien qu'il ait agi en gentleman, même si c'était nul maintenant. Il n'avait pas voulu profiter d'elle. Il voulait qu'elle soit consentante et même demandeuse. Une image de Hailey toute rouge et haletante, glorieusement nue, le suppliant de la baiser, lui passa par la tête. Merde. Il se força à repenser au prince hideux, son nouvel ennemi. Les couteaux étaient tirés.

Mad termina les citrons verts, s'essuya les mains avec une serviette en papier et jeta un coup d'œil à son téléphone.

— Ça t'ennuie si je fais une pause ? Hailey veut que je passe au café pour voir le prince.

Il la fixa. Les femmes faisaient ça ? Elles montraient d'abord leurs amants potentiels à leurs amies ?

— Le voir pour quoi ?

Mad sourit.

— C'est un truc de filles. Je vais passer comme par hasard et oh, c'est chouette de te croiser. Plus tard, je dirai à Hailey ce que j'ai pensé de lui et s'il y a du potentiel entre eux.

Elle semblait fière de connaître ce « truc de filles ». Il était fier également. Il lui avait fallu du temps, mais Mad était enfin à jour sur les subtilités des relations féminines. Ce n'était pas facile. Il ne connaissait aucun homme, lui compris, qui ait réussi à déchiffrer le code.

Malgré tout, il n'était pas encore prêt à céder le champ de bataille. Il tira sur une mèche de ses cheveux mi-bruns, mi-rouges.

— Désolé. J'ai besoin de toi ici. Je vais prendre ma soirée, finalement.

Il sortit de derrière le bar et se dirigea vers la porte.

— Passe mon bonjour au prince, dit Mad derrière lui en riant.

Il lui fit un doigt par-dessus son épaule. Sale gosse.

Il traversa la rue et décida de faire exactement ce que Mad avait prévu, nonchalamment, comme s'il les croisait par hasard. Il entra dans le café avec ses murs rouge sombre, ses appliques dorées, et ses tables et chaises en bois foncé. Il fronça les sourcils en localisant la table à laquelle le prince était assis, un bras sur le dossier de la chaise de Hailey, les doigts à quelques millimètres de son épaule nue. Quelques minutes de plus, et cette main serait posée sur son épaule nue ou dans ses cheveux doux, ou pire.

Il franchit la distance entre eux, prenant soin de marcher d'un air décontracté comme d'habitude, afin de ne pas alerter le garde qui se tenait à quelques mètres de là.

— Hé, Hailey, c'est sympa de te croiser ici.

Le charme, il savait faire.

Elle se redressa.

— Josh ! Que fais-tu ici ?

Rose sortit la tête du sac sous la table et grogna contre lui.

Il haussa une épaule.

— Je passais boire un café. Je peux me joindre à toi et…

— Phillip, dit le prince en lui tendant la main.

Josh lui serra fermement la main.

— Ravi de vous rencontrer. Je reviens dans une minute, après avoir passé commande.

— Non.

Hailey afficha un de ses faux sourires.

— Désolée. Phillip n'est en ville que pour un court moment. Je te verrai une autre fois. Profite de ton café !

Il ignora ce rejet. L'enjeu était bien trop élevé. À la place, il sortit une chaise, la posa de l'autre côté de Hailey et s'installa. Rose se lança dans une frénésie d'aboiements contre Josh. Il parla au-dessus du bruit.

— Combien de temps passez-vous en ville, Bill ?

— C'est Phillip, précisa Hailey en serrant les dents.

Elle fouilla dans son sac et donna une friandise à Rose sous la table. Rose se fit silencieuse pendant qu'elle mâchait.

— C'est ce que j'ai dit, répondit Josh.

Phillip se gratta la nuque en dévisageant Josh et Hailey.

— Aimeriez-vous que je vous laisse seuls ?

Il a tout compris.

— Oui.

— Non !

Hailey se tourna vers Josh. Il lui fit un sourire agréable. Elle lui rendit un faux sourire.

— Puis-je te parler un instant en privé ? chuchota-t-elle très fort.

— Bien sûr.

Il se tourna vers l'intrus.

— Pouvez-vous garder un œil sur Rose ? Merci.

Hailey marcha à grands pas vers une zone vide réservée aux enfants, au fond du café. Elle avait le dos nu, sa robe était ouverte jusqu'au joli creux en bas de son dos, juste au-dessus de ses fesses rebondies. Seule une étroite bande blanche traversant le milieu de son dos tenait en place les côtés de la robe. Il serra la mâchoire. Était-ce ainsi qu'elle s'habillait pour le prince ?

Il s'appuya contre le mur, adoptant une pause décontractée à côté d'une petite table pour enfants, cherchant à cacher l'intensité de tout ce qu'il ressentait. C'était pire maintenant qu'il voyait le prince de près, tout beau et parfaitement assorti à Hailey, la reine de beauté. Sa jalousie fit un joli petit tour de manège sur les occasions ratées et le désir insatisfait.

— Que se passe-t-il ?

Elle se plaça devant lui, ses yeux bleu clair lui lançant des boules de feu. Le sursaut qu'il ressentit était plus que du désir, c'était une sorte de reconnaissance primitive de l'esprit de la guerrière. Elle était magnifique.

— Que se passe-t-il ? cria-t-elle à moitié. Je vais te dire ce qu'il se passe. Ce n'est pas parce que nos parents se marient que ça te donne le droit de venir ici et d'agir comme un grand frère trop protecteur.

— Pardon, petite sœur. Mad était inquiète, alors je suis intervenu.

Elle souffla.

— Mad était contente pour moi. Tu es venu à cause d'une sorte de sens de l'honneur tordu. Je vais te donner un scoop : je me gère.

Il se redressa et parla à voix basse.

— Quand je vois un séducteur prêt à passer à l'attaque, je ne peux pas rester là sans rien faire.

Elle se pencha vers lui, chuchotant encore d'une voix forte :

— J'ai plein d'expérience dans la gestion des hommes, même les séducteurs, alors laisse-moi tranquille. Je ne veux *pas* que tu fasses une scène ici comme quand tu t'es jeté par terre avec Blake Grenier à cause de moi. Phillip a des gardes du corps.

Blake Grenier partageait l'affiche avec sa belle-sœur Claire dans les films de la trilogie Féroce.

— Blake était un enfoiré. Tu le savais et tu voulais quand même monter à l'étage avec lui.

Il était encore fâché. Ils s'étaient rendus à la fête de fin de tournage de la trilogie avec Claire et son équipe. Josh connaissait la réalité sur Blake grâce à Claire. Il savait également que Claire avait averti toutes ses amies, y compris Hailey, de ne pas s'approcher de lui. Alors quand Hailey n'avait pas écouté Josh qui lui demandait de ne pas monter à l'étage avec Blake, il avait été forcé de dire à Blake de ne pas s'approcher de Hailey. L'acteur s'était jeté sur lui et il avait neutralisé la menace.

Les joues et le cou de Hailey se mirent à rougir et elle parla maintenant d'une voix forte :

— Il me montrait l'endroit où ils avaient filmé la trilogie Féroce !

Il approcha son visage d'elle.

— Il voulait ta culotte en trophée.

La respiration de Hailey accélérera, elle entrouvrit les lèvres, les yeux rivés dans les siens. L'air vibra entre eux, plein de tension électrique. Il baissa les yeux vers ses délicieuses lèvres roses, l'envie de la posséder étant si puissante qu'il se retint une seconde de plus, ayant besoin de savoir qu'il se contrôlait.

Elle recula d'un pas.

— Écoute, je comprends ton côté protecteur, mais je n'en ai pas besoin. Maintenant,

va-t'en avant que j'envoie Mad à tes trousses.

Il croisa les bras.

— Mad me défendrait. Elle veillerait sur toi exactement comme moi.

Elle jeta un coup d'œil au prince, qui tenait maintenant Rose sur ses genoux. *L'enfoiré faisait de la lèche à son chien.* Elle se retourna vers lui.

— Au revoir, Josh.

— Je connais son genre. Il se sert des femmes puis il les jette. Va voir sur Internet. Il sort avec des mannequins dans le monde entier.

Elle jeta ses longs cheveux par-dessus son épaule.

— Alors, tu crois qu'il ne s'intéresserait pas à moi parce que je ne suis pas mannequin ?

Il baissa la voix et dit d'une voix rauque :

— Pas de la façon que tu aimerais.

Pas comme moi.

Elle leva le menton, fière et hautaine et magnifique.

— Tu ne sais pas du tout ce que je veux.

— Teste-moi, répondit-il.

Elle se raidit, mais elle ne cessa jamais de le regarder dans les yeux. Elle était au moins curieuse de savoir ce qu'il pouvait lui proposer.

— Y a-t-il un problème ? demanda une voix masculine.

Ils se tournèrent tous les deux et virent Phillip.

— Où est Rose ? s'inquiéta Hailey.

— Elle est retournée dans son sac, dit Phillip.

— Tu l'as laissée seule ? cria Hailey. Elle pourrait s'enfuir.

Elle se précipita vers Rose.

Josh s'adressa à voix basse au prince playboy.

— Je garderai un œil sur toi.

Phillip éclata de rire.

— Je ne suis pas très inquiet. Si elle te voulait vraiment, c'est toi qui serais assis à sa table, pas moi. J'ai l'impression que vous vous connaissez depuis longtemps.

Josh eut terriblement envie de lui donner un coup de poing, mais il savait que les gardes allaient venir et qu'il y aurait une scène, car il lui faudrait alors neutraliser la menace de trois hommes. Hailey serait furieuse, l'ayant averti qu'elle ne voulait plus le voir jeter des hommes à terre.

— Enfoiré, cracha-t-il en marchant vers la porte.

Rose aboya contre lui quand il passa devant Hailey. Bon sang, il devait maintenant non seulement apprivoiser une reine de beauté voulant devenir princesse mais aussi un chien-rat. Pourquoi ne pouvait-il pas l'avoir facile et être né prince ?

Mais ça n'avait jamais été le cours de sa vie. Il avait dû travailler dur pour tout ce qu'il avait eu. Personne ne lui avait jamais rien donné. Il ouvrit la porte et sortit sans avoir bu de café. Pas grave. Il allait devoir être plus intelligent et travailler plus dur pour obtenir ce qu'il voulait, comme toujours. Il n'avait plus le choix, maintenant qu'il avait ouvert les yeux. Il allait commencer par le chien. S'il ne pouvait même pas rallier Rose, quelle chance avait-il avec sa propriétaire ? Il pouvait certainement se montrer plus rusé qu'un chien. Il lui suffisait de porter une friandise dans sa poche.

La propriétaire nécessitait plus de subtilité. Il traversa la rue chez Garner's, entra et surprit le regard interrogateur de sa sœur. Pourquoi n'y avait-il pas pensé avant ? Sa sœur avait des informations de première main au sujet de Hailey. Moralement, ça ne le gênait pas d'utiliser ce genre d'infos. Une vraie mine d'or.

7

———

Hailey accueillit sa mère et Joe Campbell à Ludbury House pour un rendez-vous le mercredi à dix-sept heures. Elle les accompagna jusqu'à la salle de bal. Elle était témoin de leur mariage et elle avait accepté de l'organiser. Elle s'attendait toujours au pire, comme toujours avec sa mère. À un moment, sa mère allait laisser tomber cette relation et forcer Hailey à ramasser les morceaux. Elle n'avait jamais eu de bases stables – pas avec une famille ou une maison – et les Campbell représentaient cela pour elle. Son groupe récent d'amies du Club de Lecture Happy End était également enchevêtré avec les Campbell par des mariages et des fiançailles. Tout dans sa vie était lié à eux, et elle ne voulait pas que quelque chose ou quelqu'un fasse rater tout ça. *Maman.*

Hailey s'installa et le couple s'assit de l'autre côté de la table, en se tenant les mains, les doigts entrecroisés. Elle devait admettre qu'ils semblaient très amoureux. Sa mère était venue tout droit du travail, portant une robe bleu turquoise sophistiquée avec des découpes en dentelle au niveau du corsage et des côtés. Joe portait une chemise noire à manches longues en coton et un jean usé. Ils étaient drôlement assortis, l'une très chic et l'autre très décontracté, mais quand on était vieux – sa mère venait d'avoir cinquante ans la semaine passée – il n'y avait peut-être pas beaucoup de choix et on sortait avec n'importe qui du même âge qui soit encore célibataire.

Waouh, elle devenait carrément cynique maintenant qu'elle approchait la trentaine. Dans trois ans, en tout cas. Mais voilà, elle était narguée par la date limite de ces trois décennies qui représentait de plus en plus la fin de son fantasme délirant de bonheur pour toujours. Malheureusement, Phillip était parti dès qu'il eut fini de boire son café, le vendredi précédent, en disant qu'il devait retourner en ville. Il était évident que Phillip ne s'intéressait pas à elle. Il voulait sûrement juste boire un café amical, étant un étranger en pays inconnu.

Elle tendit la rose pour le corsage de sa mère.

— C'est pour la future mariée. Mais tu ne veux peut-être pas l'accrocher sur ta belle robe.

Sa mère fit un grand sourire et retira la rose de sa boîte en plastique.

— Je vais la mettre dans mes cheveux.

Elle tira ses longs cheveux blond vénitien en arrière – elle les avait teints de la même couleur que sa fille – et posa la rose derrière son oreille. Les cheveux de sa mère étaient naturellement blonds et blancs. Elle était une ancienne mannequin qui s'accrochait de toutes ses forces à son apparence. Elle utilisait aussi régulièrement du Botox.

Sa mère se tourna vers Joe.

— Qu'en penses-tu ?

Joe sourit, ses yeux marron la regardant d'un air chaleureux et tendre.

— Magnifique. Et la rose est jolie, elle aussi.

Sa mère poussa un soupir rêveur.

— Oh, toi alors. Tu es si gentil.

Joe posa la main sur la joue de sa mère, et celle-ci ferma les yeux en s'appuyant contre lui.

Hailey eut l'estomac retourné, c'était le neuvième cercle des Enfers dans toute sa gloire ironique : une accro à l'amour révoltée par la romance. C'était sans doute partiellement dû au fait que sa mère la traitait plus comme une amie que comme une fille, et elle partageait bien trop d'informations sur sa vie sexuelle. Inutile de dire que Hailey en savait beaucoup trop sur Joe et ses instincts bestiaux. Et aussi, sur son utilisation des menottes. Comme sa mère l'avait dit, encore tout étourdie, que peut-on attendre d'autre de la part d'un ancien flic ?

Hailey s'éclaircit bruyamment la gorge, espérant rompre ce concours de merlans frits de ce couple dont le bonheur était écœurant. Enfin, ils reportèrent leur attention sur elle.

— Et si nous commencions ? Maman, dis-moi ce que tu imagines pour ton mariage idéal.

Le premier mariage de sa mère avait eu lieu au palais de justice uniquement, et dans la précipitation parce que sa mère était enceinte de Hailey. Son père avait été un chanteur star de rock. Il était mort quand Hailey avait trois ans en pilotant son avion à hélice par mauvais temps. Elle n'avait qu'un vague souvenir de lui, car elle était très jeune quand il était mort. Sa mère avait dit qu'il n'était pas très souvent là de toute façon. Hailey n'avait aucun plaisir à écouter sa musique et elle se dissociait de son héritage rock, refusant de participer à l'intégration de son groupe au panthéon du rock n' roll. En ce qui la concernait, son père n'était qu'un donneur de sperme et ne méritait pas l'honneur d'être appelé papa.

Joe Campbell, en revanche, était le père qu'elle avait toujours rêvé d'avoir. Mad ne savait pas la chance qu'elle avait. Son père était venu à la boutique de vêtements pendant leur journée entre filles consacrée au choix de chaussures de mariage pour Mad. Il était certainement le seul homme à avoir un jour mis les pieds dans le magasin ultra féminin, et c'est ainsi qu'il avait rencontré sa mère, qui travaillait en tant que vendeuse. Était-ce le destin ou la malchance ? Hailey espérait fortement que sa mère ne lui fasse pas faux bond avant de le larguer. Cet homme avait déjà été largué par sa première femme.

Hailey eut l'estomac noué. Elle voulait croire que sa mère avait changé en devenant une personne responsable. Une mère différente de celle qu'elle connaissait quand elle était enfant, qui ne savait pas s'accrocher à un travail, raison pour laquelle elles avaient été expulsées plus d'une fois de leur appartement, n'ayant pas d'argent pour le loyer. Cependant, sa mère avait gardé le même travail à la boutique depuis plusieurs années maintenant. C'était juste que Hailey aimait beaucoup la famille unie des Campbell. Ils étaient le genre de famille dont elle avait toujours rêvé, tout le monde s'entendait bien, se rendait visite même dans l'âge adulte, et tout le monde se soutenait. Josh Campbell était l'exception irritante dans cette famille merveilleuse. En quoi aimait-il jouer au grand frère protecteur avec elle ? Et deux fois, en plus ! Elle eut une pensée perturbante. La voyait-elle vraiment comme une petite sœur ? Elle avait cru qu'il y avait une certaine alchimie entre eux. Sauf si ça ne venait que d'un seul côté, ce qui pouvait expliquer pourquoi il avait refusé ses avances. Comme c'était gênant. *On nie tout, tout de suite. Je suis une forteresse qui résiste à Josh.*

— Hailey ? demanda sa mère.

Elle sursauta, troublée d'avoir perdu sa concentration. Elle restait toujours concentrée avec les clients.

— Oui ?

Sa mère et Joe échangèrent un regard inquiet.

Hailey afficha son sourire de concours de beauté. Il l'avait aidé dans de nombreuses situations difficiles. En outre, elle ne voulait pas avoir de rides en fronçant les sourcils.

— Pardon, je suis un peu fatiguée. Peux-tu répéter cette dernière partie ?

— Bien sûr, dit sa mère. Nous souhaitons nous marier à Saint-Joseph ici à Clover Park et organiser la réception chez Garner's. Une petite fête intime.

Joe intervint :

— Nous voulons donner du travail à Josh. Il a fait une offre pour acheter le bar et elle a été acceptée aujourd'hui.

Hailey resta bouche bée. Josh pouvait se permettre d'acheter Garner's après avoir payé les frais universitaires de Mad pendant quatre ans ? Il vivait si modestement qu'elle n'aurait jamais pu le deviner. Il devait être très malin avec son argent, c'était un homme qui comprenait l'importance d'épargner. Comme elle. Cette fondation stable était très importante.

— Waouh. C'est bien pour lui.

Joe sourit fièrement.

— Il prendra possession des lieux le premier mai. Nous nous sommes dit que nous aimerions nous marier le samedi suivant.

C'était dans trois semaines et demie.

Hailey vérifia son calendrier en ligne. Comme ils n'avaient pas besoin de Ludbury House pour le mariage, ils étaient plus faciles à caser. Elle allait demander à Ally, son amie et employée à mi-temps, de prendre le relais pour le mariage déjà réservé ce jour-là à Ludbury House, afin que Hailey puisse se rendre au mariage de sa mère et Joe.

— Est-ce qu'une cérémonie de mariage et une réception dans l'après-midi vous conviendraient ?

De cette façon, elle pouvait s'assurer que tout se passait bien avec Ally avant de partir pour leur mariage.

— Ça me va, dit Joe.

— Moi aussi, dit sa mère.

Ils échangèrent des sourires et roucoulèrent entre eux. *Beurk.*

Hailey prit des notes dans son calendrier.

— J'irai voir avec l'église et Garner's demain matin, mais je suis à peu près certaine que l'église est disponible. Disons que c'est bon, sauf si je vous appelle. Il me reste encore quelques questions.

— Je suis d'accord avec tout ce que veut la mariée, dit Joe.

— Bien joué, dit sa mère.

Leur mièvrerie crispait Hailey. Elle ouvrit un classeur et se mit au travail. Une demi-heure plus tard, ce fut terminé. Il s'agissait d'un petit mariage avec la famille et les amis proches pour seuls invités. Rien de sophistiqué ou trop chic. Simple et facile.

Joe tendit la main vers Hailey. Elle voulut lui donner une poignée de main, mais la grande main de Joe enveloppa la sienne et il la serra doucement.

— Je suis ravi que tu fasses bientôt partie de la famille, Hailey. Je ne pouvais pas rêver d'une meilleure fille. Tu as fait tant de choses pour Mad. Je veux dire, avec toutes les choses féminines qu'elle n'a pas pu avoir dans notre famille. Nous avons tellement de chance que tu sois à nos côtés.

Hailey eut les larmes aux yeux alors qu'elle ne s'y attendait pas, et elle avala la boule qui se formait dans sa gorge.

— Merci. Je suis contente de participer. Mad a été…

Elle s'étrangla. *Ne pleure pas.* Mad était la première amie qui voyait vraiment qui elle était à l'intérieur. Jamais malveillante ou encline à critiquer, Mad – en étant simplement la femme forte qu'elle était – avait aidé Hailey à faire valoir sa propre force en tant que femme. Mad lui avait aussi appris l'autodéfense et elle avait essayé de partager son amour du basket en invitant Hailey à son match du samedi avec ses frères, ouvrant tout un nouveau monde pour Hailey avec des grands frères et l'impression de faire partie d'une équipe. Non pas qu'elle était douée en sport, mais c'était très agréable d'être intégrée au groupe. Elle avait l'habitude de travailler seule.

— C'est une famille merveilleuse, parvint-elle à articuler.

Vraiment, si sa mère faisait faux bond et ruinait sa relation avec Joe, Hailey allait se venger.

Sa mère fit un grand sourire.

— Et si nous allions tous chez Garner's pour féliciter Josh avec son nouveau bar ? Nous pourrons savoir tout de suite si la date de la réception lui convient.

Hailey se figea. Elle n'avait pas vu Josh depuis leur confrontation au café cinq jours plus tôt. Elle avait été si ébranlée par ça qu'elle avait eu du mal à se concentrer sur sa conversation avec Phillip. C'était peut-être pour cette raison qu'il était vite retourné en ville. Elle l'avait ennuyé.

— Vous n'avez qu'à y aller tous les deux. Je, euh, je dois faire faire sa promenade du soir à Rose.

Rose entendit son nom et s'éveilla de sa sieste sous un rayon de soleil à côté d'une des grandes baies vitrées. Elle se leva et s'étira en clignant des paupières.

— On mangera le dîner, dit Joe. C'est moi qui offre. Et ne t'inquiète pas pour Rose. Elle a de si petites pattes qu'elle fera bien assez d'exercice en marchant jusqu'à chez Garner's.

— Mais maman est allergique, dit Hailey en se raccrochant à n'importe quoi.

— J'ai pris des médicaments contre l'allergie avant de venir, dit sa mère. Je savais que Rose serait tout près pendant notre réunion.

L'heureux couple se leva en souriant et en la regardant, dans l'expectative.

Il n'y avait pas de façon aisée de se défiler. Sauf si…

— C'est sûrement bondé chez Garner's, dit-elle. Je ne sais pas s'ils auront une table. Il vaut sans doute mieux se rendre dans un endroit plus grand.

Sa mère fronça les sourcils.

— On est mercredi soir. Ça ne sera pas complet, si ?

— Je m'en occupe.

Joe sortit son téléphone et composa un numéro.

— Salut Josh, c'est papa. As-tu une table pour quatre de libre ? Super ! Nous serons là dans cinq minutes.

Il raccrocha et regarda Hailey, ses yeux sombres brillant triomphalement. Elle commençait à voir d'où venait le côté sournois de Josh.

— Je vais chercher mon sac, dit-elle.

Josh remit son téléphone dans la poche de son jean. Quatre personnes. Sûrement son père, Brandy et un autre couple. Son père était devenu plus sociable depuis qu'il était avec Brandy. C'était agréable à voir. À cinquante-cinq ans, il profitait d'une nouvelle étape d'insouciance dans sa vie après avoir été père célibataire devant élever ses six enfants pendant des années et coaché de nombreux autres enfants par l'intermédiaire de la Ligue Athlétique de la police. Il fallait une certaine force de caractère et un grand cœur pour être le genre de père actif qu'il avait été pour eux. Josh n'avait pas su apprécier cela quand il était enfant, considérant que c'était normal. Ayant depuis vu de plus près le dur travail d'être papa avec ses frères Ty et Alex, il comprenait enfin. En vérité, les résultats des efforts de son père faisaient partie intégrante de la vie de Josh. Maintenant que tout le monde était adulte, leur famille, en comptant les frères honoraires de la Ligue Athlétique de la police, restait unie.

Il entendit d'abord son rire mélodieux, et tous ses sens furent en alerte lorsqu'il se tourna vers la porte. Hailey entra avec Rose dans son sac, riant à cause de quelque chose qu'avait dit son père. Comme d'habitude, elle était magnifique avec une robe rose pâle qui moulait son superbe corps. Brandy les suivit de près. C'était ça, les quatre personnes ? Pensaient-ils que Rose allait s'asseoir sur une chaise comme un humain ? Puis il se souvint qu'il devait rallier Rose. Il s'accroupit, sortit le morceau de beurre qu'il avait rangé dans le mini-frigo sous le bar, et le frotta vite sur l'intérieur de ses poignets avant d'en ajouter derrière son oreille pour faire bonne mesure. Ce n'était pas visible, l'odeur était très légère, mais Rose allait adorer. Espérait-il.

Il rangea le beurre et se redressa en attrapant vite un torchon pour essuyer le bar, comme si c'était son intention depuis le début.

— Josh ! tonna son père en avançant vers lui. Félicitations pour le bar !

Il lui fit un si grand sourire qu'il sentit ses yeux se plisser dans les coins.

— Merci, papa.

Le propriétaire, Clive Garner, avait accepté son offre – la même offre qu'il avait faite il y avait un peu plus d'un an – avec enthousiasme. Josh s'était dit qu'il allait commencer par l'ancienne offre et augmenter si Clive hésitait, même s'il devait faire un énorme emprunt. Il avait vraiment envie de devenir propriétaire, cela faisait partie de son plan stratégique. Il voulait montrer à Hailey qu'il avait des bases stables en étant propriétaire de son affaire. Il savait qu'elle allait respecter cela, car c'était ce qu'elle s'efforçait de faire avec son entreprise. Heureusement, il n'avait pas eu besoin de se mettre en faillite. Comme Clive l'avait dit, c'était le bon moment et il pouvait se reposer en toute tranquillité, en sachant que Garner's était entre de bonnes mains.

— Oui, félicitations ! dit Brandy en s'avançant vite vers le bar, tout sourire.

Hailey prit son temps pour arriver, le visage complètement neutre. Il avait espéré qu'elle soit enthousiaste pour lui. Pas le temps de se complaire dans sa déception, car son père se pencha au-dessus du bar, empoigna sa main et le serra contre lui.

Lorsque Joe s'écarta, il le regarda directement dans les yeux.

— Je suis très fier de toi, mon fils.

Josh pinça les lèvres, très touché par ces mots. Bien sûr, il savait que son père était fier de lui, fier de tous ses enfants, vraiment, mais entendre les mots à voix haute était émouvant.

— Merci, parvint-il à dire.

Brandy lui fit un grand sourire.

— Nous aimerions beaucoup que tu te joignes à nous pour dîner. Nous t'invitons pour te féliciter, et puis il y a quelques éléments du mariage pour lesquels nous aimerions ton avis.

Ce n'était pas très rempli le mercredi et il n'y avait que deux types qui buvaient des bières au bar en regardant le match.

Il jeta un coup d'œil à Hailey, qui était complètement immobile, l'air extrêmement mal à l'aise. Elle avait sûrement encore en tête leur querelle du vendredi précédent. Il ne l'avait pas vue depuis parce qu'il avait été très occupé avec l'achat du bar. En fait, il avait prévu de lui raconter sa grande nouvelle ce soir, mais leurs parents l'avaient pris de vitesse. Il eut soudain l'impression qu'il s'agissait d'un piège, que c'était un rendez-vous organisé par les parents pour rassembler Josh et Hailey. Avait-il essayé de protéger leurs parents d'une dispute Josh-Hailey alors qu'ils étaient vraiment favorables à ce qu'ils se fréquentent ?

Il regarda son père qui leva le menton dans sa direction et s'écarta des femmes de quelques mètres.

Josh le rejoignit.

— Oui ?

Son père parla à voix basse.

— Brandy et moi pensons qu'il est temps que Hailey et toi

arrêtiez de vous disputer. Nous voulons que vous soyez amis, ou au moins que vous soyez polis l'un avec l'autre. Il va y avoir beaucoup d'événements familiaux, des anniversaires, des vacances, des fêtes, toutes ces bonnes choses, et nous ne voulons surtout pas devoir choisir un camp dans une guerre.

— Pas de guerre. J'essaie de tout réparer. Elle me plaît.

Son père écarquilla les yeux, indiquant qu'il savait *exactement* ce que Josh voulait dire.

— Ne prends pas cette direction. C'est encore pire. Sois poli, mais garde tes distances, d'accord ? Pour le bien de la famille. Je ne veux surtout pas d'autres drames dans mon nouveau mariage.

Josh serra la mâchoire et détourna le regard. Son premier instinct avait finalement été correct. Rester loin de Hailey pour le bien de leur famille. Pourquoi avait-il pensé que ça pouvait fonctionner entre eux alors qu'ils se disputaient autant ? Juste parce qu'il la désirait ? Juste parce qu'il était jaloux d'un stupide prince ?

— D'accord ? l'encouragea son père.

— Oui, j'ai compris. La politesse.

Il appela les deux femmes.

— Je vais demander à quelqu'un de me remplacer et je vous rejoins pour le dîner.

— Merveilleux, dit Brandy avec un grand sourire.

Hailey afficha son faux sourire. Rose sortit sa petite tête à poils blancs du sac de Hailey et grogna contre lui. Elle avait une petite couette de poils attachée par un ruban rose sombre assorti à son petit pull pour chien. La couleur était également coordonnée à la robe de Hailey. *Les goûts et les couleurs.*

Il repartit à la cuisine pour voir qui pouvait le remplacer. Bon, c'était vraiment nul. Au moins, Mad avait été de son côté, lui donnant des informations sur Hailey, ce qui s'était terminé par un achat extrêmement embarrassant. Il n'avait pas encore eu le courage de le lui offrir, et maintenant, il ne le ferait jamais.

Quand il retourna dans la zone du restaurant, son père et Brandy étaient assis l'un à côté de l'autre sur la banquette. Hailey s'était coincée à l'extrémité de l'autre banquette avec

Rose au milieu. Elle savait comme Rose le détestait. Eh bien, tant pis pour elle. La barrière de Rose allait s'effondrer ce soir à coups de beurre. Cela pouvait compter dans le plan de faire amende honorable et de maintenir la paix de la famille. Il était certain que Rose accompagnerait Hailey à toutes les fêtes de famille.

Il fit passer sa main près de la truffe de Rose, la laissant renifler le beurre sur son poignet avant de s'asseoir.

— Alors, comment se passe l'organisation du mariage ? demanda-t-il en luttant pour garder un visage inexpressif alors que la langue râpeuse de Rose léchait son poignet, le chatouillant.

Hailey n'avait pas encore remarqué ce que faisait Rose. Elle regardait droit devant elle.

— Très bien ! s'exclama Brandy. Hailey a tout facilité pour nous. Nous espérions tenir la réception ici chez Garner's, le samedi suivant la signature de l'achat du bar.

— En fin d'après-midi, ajouta son père.

— Bien sûr, aucun problème, dit-il en essayant de ne pas rire.

Rose tenait son poignet des deux pattes et elle le léchait comme s'il s'agissait d'un gros os juteux.

— Les travaux commencent le lundi suivant, alors le timing est parfait.

— Excellent, dit son père.

— Les travaux ? demanda Hailey.

— Oui. Je fais construire une extension à l'arrière avec de la place pour une piste de danse et quelques tables de billard.

— C'est ambitieux, dit Hailey doucement.

Il haussa une épaule.

— Ça a toujours été mon plan. Le bar de mes rêves.

— Je m'en souviens, murmura-t-elle. Félicitations. Ce doit être fabuleux de réaliser le rêve de sa vie.

Il inclina la tête. C'était à la fois fabuleux et le contraire. Parce que son rêve n'était pas complet sans Hailey à ses côtés, et maintenant elle ne s'y tiendrait jamais. Il était impossible de cacher l'énergie qu'il y avait entre Hailey et lui – la bonne comme la mauvaise – s'ils se fréquentaient. Il devait se mettre en retrait, faire partie des connaissances polies. Il savait très bien qu'il ne pouvait pas passer du temps avec elle en tant qu'ami. Il la désirait beaucoup trop.

Brandy sourit.

— Hailey, Josh et toi vous pourriez peut-être travailler ensemble sur la logistique de la réception du mariage ?

— Je m'occuperai de tout, maman, dit Hailey d'un ton monocorde. Profite du fait d'être la future mariée.

Il était clair que Hailey ne voulait pas travailler avec lui. Aucun problème. Il était heureux de lui déléguer tout cela.

Son père et Brandy échangèrent un regard signifiant *Bon, nous avons essayé.* Comme si Hailey et lui étaient des cas désespérés.

La serveuse passa prendre leur commande. C'était une de ses nouvelles employées et elle sembla bien travailler, même s'il était un peu distrait par les pattes de Rose marchant sur ses cuisses pour aller renifler son autre poignet. Elle se défoula dessus, s'étirant sur ses genoux, sa petite langue lui chatouillant le poignet.

— Oh mon Dieu ! s'exclama Hailey. Rose est assise sur tes genoux !

Rose ne réagit même pas, tenant son poignet avec les deux pattes et le léchant comme une folle. Il bougea le poignet de façon à ce que ce soit plus discret, et Rose roula sur le dos en essayant de repasser sa tête sous son bras.

— Je suppose qu'elle m'aime bien, dit-il d'un ton décontracté.

Le beurre devait avoir disparu maintenant, mais Rose n'arrêtait plus de le lécher.

Hailey observa Rose, qui reniflait maintenant son bras nu jusqu'à la manche du tee-shirt, cherchant sûrement plus de beurre délicieux. *Je suis une herbe à chiens.* Il gratta Rose derrière l'oreille et elle lécha son poignet avec enthousiasme.

— Elle te fait des bisous, chuchota Hailey, étonnée. Elle doit te faire confiance.

Rose se leva sur ses pattes arrière, posa les pattes avant sur son épaule et lécha le beurre derrière son oreille.

— Elle te fait un câlin comme avec moi ! s'exclama Hailey.

— Elle m'aime bien.

Il se tourna vers Hailey et ajouta :

— Elle sait peut-être que je lui ai trouvé un cadeau.

Hailey écarquilla les yeux, bouche bée.

— C'est vrai ?

Il tint Rose d'une main en changeant de position pour retirer le petit collier de la poche arrière de son jean. C'était un collier pour chien rose couvert de strass. Exactement le genre d'accessoires pour chien ridicules dont Hailey affublait quotidiennement Rose. Il tendit le collier à Hailey.

— C'est pour quand elle se rend à des mariages.

Hailey lui prit le collier des mains.

— Il est adorable ! Elle va adorer. Merci beaucoup !

— Aucun souci. Je sais qu'elle fait partie de ton business.

La langue de Rose erra jusque dans son cou. Il devait être couvert de bave de chien. Il tendit Rose à Hailey.

— Tiens. Mets-le-lui, pour voir.

Elle attrapa Rose et lui dit des mots doux en lui changeant son collier.

Son père sourit et jeta un regard entendu à Josh.

Oui, c'est ça, j'amadoue son chien. Et alors ?

Hailey leva fièrement Rose qui portait son nouveau collier.

— Magnifique ! s'exclama Brandy.

— Très joli, dit son père.

Hailey se tourna vers Josh et lui fit un sourire qui le prit à la gorge. C'était la toute première fois qu'elle rayonnait ainsi de bonheur incandescent en le regardant. Il en eut le souffle coupé. Pourquoi n'avait-il pas pensé plus tôt à faire de la lèche au chien ?

Elle réinstalla Rose dans son sac de transport, entre eux sur la banquette. Rose en sortit pour grimper sur ses genoux et elle s'endormit rapidement. Si seulement il lui était aussi facile de faire venir Hailey sur ses genoux. Ha ! Pas pour le sexe, cette possibilité-là s'était refermée. Plutôt pour la confiance. Il voulait surtout récupérer sa confiance.

Le dîner fut… intéressant. Brandy maintint une conversation continue, son père intervenant régulièrement, et Hailey resta silencieuse, jetant des coups d'œil à Rose roulée en boule sur les genoux de Josh, et le regardant comme si elle n'arrivait pas encore à le croire. Il avait posé sa serviette sur Rose afin de ne pas la salir en mangeant, et on aurait dit une petite couverture.

Dès que la note arriva, son père l'attrapa.

— C'est moi qui offre pour te féliciter d'avoir acheté Garner's. Vas-tu garder le nom ?

— Merci, papa. Pour l'instant, je vais garder le nom puisque tout le monde le connaît.

— Merci pour le dîner, Joe, dit Hailey.

— Avec plaisir, répondit son père avec un sourire.

— Oui, merci, dit Brandy.

Son père fit passer une mèche des cheveux de Brandy derrière son oreille.

— Ce qui est à moi est à toi, ma chérie.

Brandy sourit à son père, les yeux emplis de larmes. Ils s'embrassèrent.

Il détourna le regard et surprit celui de Hailey, qui semblait dégoûtée. C'était effectivement étrange de voir son parent être tout mièvre et romantique avec quelqu'un. Il loucha et tira la langue. Elle gloussa.

Son père posa la note.

— En fait, nous allons rester et prendre un peu de café.

Il se tourna vers lui.

— Josh, peux-tu me rendre service et porter une bibliothèque chez Hailey ?

Josh lui jeta un regard. D'abord son père lui avait dit de garder ses distances, ensuite il l'envoyait seul chez Hailey ? Quoi ?

— Maintenant ?

Son père le fixa et parla d'un ton qui ne souffrait aucun refus.

— C'est un geste sympathique pour aider ta nouvelle demi-sœur. La bibliothèque est dans mon camion garé à l'arrière.

Josh fulmina, n'aimant pas du tout le manque de subtilité du plan de son père pour mettre fin à la guerre. Josh s'en sortait très bien avec son propre plan pour réparer ses torts et passer à autre chose avec Hailey, jusqu'à ce que son père intervienne.

Brandy agita les doigts vers Hailey.

— Tu te souviens de cette bibliothèque que tu as toujours aimée chez moi ? Le bois patiné, bleu clair…

— J'adore cette bibliothèque ! s'exclama Hailey. Tu me la donnes ?

Brandy sourit et hocha la tête.

— Le look antique ne va pas bien dans la maison de Joe. Je sais que tu l'as toujours admirée.

Elle se tourna vers lui.

— Josh, serais-tu assez gentil pour la porter à l'appartement de Hailey ? J'apprécierais beaucoup.

La famille, c'était surfait.

8

____

Josh réprima un soupir quand Hailey se tourna soudain vers lui. Il y avait tellement de choses pas logiques dans le plan débile pour qu'il déménage la bibliothèque, qu'il n'arrivait pas à croire que Hailey ne le voyait pas. Tout d'abord, son père était tout aussi costaud que Josh et il se maintenait en forme. Il aurait facilement pu déplacer la bibliothèque lui-même. Comment l'aurait-il montée dans le camion, sinon, hein ? Deuxièmement, la bibliothèque était comme par hasard dans le camion garé derrière Garner's ? Il était évident que Brandy et son père s'étaient garés là en avance avec leur plan en tête, puis qu'ils avaient marché pour aller chercher Hailey. Ils auraient facilement pu rouler quelques pâtés de maisons de plus et livrer la bibliothèque chez Hailey.

— Elle est trop lourde pour que nous puissions la bouger, dit Brandy d'un ton enjoué. Ton père s'est fait mal au dos juste en la mettant dans le camion.

Son père lui jeta un regard qui signifiait *Mets fin à la guerre, mon fils. Voilà comment on fait.*

Putain de merde. Il n'avait pas besoin d'aide pour mettre fin à cette guerre. Il pouvait faire les choses à sa façon.

— J'aimerais vraiment beaucoup, lui dit Hailey. Si tu n'es pas trop occupé.

— D'accord.

Comme s'il pouvait lui refuser quoi que ce soit. D'accord, il avait bien refusé de lui servir des boissons au bar, mais elle avait plombé sa vie sexuelle avec cette rumeur d'impuissance, alors ils étaient quittes. Plus ou moins. Hailey avait peut-être l'avantage avec ce coup sournois.

Hailey gigota un peu d'excitation.

— Elle est tellement belle ! Le devant a été fait à partir d'un cadre de tableau antique gravé avec des entrelacs tout le long des côtés et en haut. C'est vraiment unique.

Il tendit la main à son père qui laissa tomber les clés du camion dans sa paume.

— Je reviens vite.

— Nous ne sommes pas pressés, dit Brandy. Nous allons simplement profiter de notre café.

— Tu peux laisser Rose avec nous, dit son père. Nous lui ferons faire un tour du pâté de maisons après le café.

— Vous êtes sûrs ? demanda Hailey sans remarquer la manipulation de leurs parents.

— Tout à fait, déclara son père.

Josh se leva et attendit que Hailey fasse passer Rose à son père avant de sortir de la banquette. Elle était si élégante qu'elle réussit à sortir sans que sa robe se soulève, ne lui donnant même pas un aperçu de ce qu'il y avait dessous. Sans doute un string. Non pas qu'il regardait ou pensait souvent à son string. Enfin, pas trop.

Il la guida autour du bar jusqu'à la sortie de derrière, les talons de Hailey claquant à côté de lui, son odeur de fleurs lui passant devant le nez.

— Je n'arrive pas à croire que Rose se soit étalée sur tes genoux, dit-elle.

— Elle cherchait sûrement un endroit au chaud.

— Elle dort seulement sur quelqu'un en qui elle a confiance.

Il la regarda dans les yeux.

— J'ai donc enfin acquis sa confiance. Qu'en est-il de la tienne ?

Il garda un ton léger, en sachant qu'elle n'était pas encore prête à lui faire confiance, mais souhaitant qu'elle comprenne qu'il l'espérait.

Elle pinça les lèvres.

— Je ne suis pas un chien.

Il gloussa. Non, ce n'était pas un chien. Il traversa le parking et s'arrêta au camion afin de lui ouvrir la portière du côté passager.

Elle leva les yeux vers lui et son regard bleu clair était brûlant.

— Laisse-moi deviner, tu as eu ce petit rire sournois parce que tu penses que je suis plutôt une chienne.

— Tu es si méfiante.

Elle inclina la tête.

— As-tu fait de la pâtisserie aujourd'hui? Tu sens les gâteaux.

Son cou se mit à rougir.

— Non. Monte.

Elle se leva sur la pointe des pieds pour le renifler et il resta complètement immobile, espérant vraiment qu'elle ne remarque pas une odeur de beurre qui serait restée sur lui.

— En fait, tu sens comme Rose. Je croyais que tu sentais les gâteaux.

Il se retint de sourire. Elle le dévisagea un moment avant de monter dans le camion. Il ferma la portière derrière elle et passa de l'autre côté. La bibliothèque était fixée sur le plateau du camion avec des tendeurs croisés. Cinq étagères, un peu moins d'un mètre de large. Son père aurait facilement pu s'en occuper.

Il grimpa sur le siège conducteur et sortit du parking.

— Alors, comment va ton prince ?

— Ce n'est pas mon prince.

— Qu'avez-vous fait après le café ?

Mad lui avait dit qu'il ne s'était rien passé. Ce n'était qu'un café. Il devait cependant s'en assurer auprès de Hailey, car Mad pouvait lui cacher des choses à cause d'une solidarité féminine tordue qui l'empêchait de révéler la vie privée de

Hailey. C'était déjà arrivé. Mad était au courant de la rumeur de son impuissance lancée par Hailey longtemps avant que Josh l'apprenne et elle avait prétendu que la solidarité féminine ne lui permettait pas de le lui dire. Mad n'était pas une informatrice fiable, mais il n'avait pas mieux.

— Rien. On a seulement bu un café.

Il ne voyait pas si elle était déçue ou si ça ne lui faisait rien. Elle avait parlé à voix basse.

— Il te plaît ?

Elle rit.

— Alors ? insista-t-il.

— Il ne s'intéresse pas à moi de cette façon. C'est un client.

— Ça ne répond pas à ma question.

Elle lissa des plis inexistants dans sa robe.

— Pourquoi ça t'intéresse ?

— Je veille sur toi, princesse.

— Ne fais pas ça, répondit-elle sèchement.

Bon sang, il était en train de faire foirer cette occasion en or de réparer ses torts. C'était la première fois qu'il était seul avec elle depuis cette nuit désastreuse chez lui.

— Pardon de t'avoir appelé princesse, dit-il. Je voulais dire Hailey. Nos parents veulent que nous nous réconciliions, et c'est ce que je veux aussi.

Elle renifla.

— C'est difficile de se débarrasser de ses vieilles habitudes, je suppose.

Elle se tourna vers lui.

— Attends, nos parents t'ont dit quelque chose ?

— Mon père m'a demandé de mettre fin à notre guerre pour le bien de nos familles. Que faut-il faire pour cela ?

Il ne dit pas qu'on l'avait averti de ne pas aller trop loin avec elle. Ça ne servait à rien. Il allait faire le nécessaire et il était très peu probable qu'elle tente encore de le séduire après son refus. En outre, le prince playboy lui faisait déjà tourner la tête. L'homme de ses fantasmes.

Elle inspira profondément, prenant un air pensif.

— Ça aiderait beaucoup si tu étais gentil avec moi.

— Gentil, grogna-t-il. Et que suis-je en ce moment ?

— Tu cherches la confrontation.

Allô, l'hôpital ? Ici la charité.

— Ce serait peut-être plus facile si tu étais gentille avec moi.

— Je suis toujours gentille !

Il ferma la bouche avant de relancer une dispute. Franchement ? Elle n'était pas toujours gentille et il *aimait* ça chez elle. Il aimait son esprit combatif, il aimait le fait qu'elle ait des griffes et des dents pointues. Elle était assortie à lui comme aucune femme auparavant. Bon sang.

Quelques minutes plus tard, il se gara devant la vieille maison de style colonial où elle vivait. Il n'était encore jamais entré. Ils s'étaient toujours rejoints à Ludbury House pour se rendre aux mariages.

— Tu peux reculer dans l'allée, dit-elle. Le propriétaire est en déplacement d'affaires. J'ai l'appartement du sous-sol, et l'entrée est à l'arrière.

Hailey vivait dans un appartement du sous-sol pourri ? Il ne s'y était pas du tout attendu, vu comme son entreprise était florissante. Il eut une pensée terrible. Ça avait dû lui coûter une fortune de le payer pour l'accompagner à tous ces mariages. Il résista tout juste à l'envie de se frapper le front pour sa bêtise. Merde, merde, merde.

— Compris, dit-il en se forçant à garder un ton normal.

Il fit marche arrière avec le camion et il coupa le contact. Elle descendit avant qu'il puisse lui ouvrir la portière.

Il détacha la bibliothèque et glissa l'épaisse couverture de déménagement sous le meuble et jusqu'au bord du plateau. Il posa ensuite la bibliothèque dans l'allée. Elle n'était pas légère, mais elle n'était pas très lourde non plus.

— Montre le chemin.

Elle fit le tour de la maison et descendit quelques marches en béton. Il attendit qu'elle déverrouille la porte, puis il la suivit, déposant la bibliothèque dans le salon de son appartement. Ensuite, il observa bouche bée ce nirvana très féminin. Le canapé était couvert de fleurs, les lampes avaient des abat-jour à franges blanches, les étagères étaient remplies de romans à l'eau de rose, et la table basse était couverte de magazines pour futures mariées. C'était une femme qui vivait et qui respirait la romance. Pourquoi était-elle si irritable avec lui ? Elle devait être plus douce, plus ouverte à ses nouvelles tentatives de réconciliation. Ce n'était pas parce qu'il l'avait rejetée une fois alors qu'elle avait laissé tomber sa robe à terre que… non. Ne pense *pas* à ça.

Il se frotta la nuque, évitant de regarder le corps sexy de Hailey, essayant de sortir de sa tête l'image d'elle ne portant qu'un soutien-gorge et un string. Encore. Il regarda autour de lui. Le salon était ouvert sur une petite zone de repas avec une cuisine séparée par un demi-mur. Un petit couloir conduisait à ce qu'il supposait être sa chambre et une salle de bains.

Il la regarda dans les yeux, se contrôlant à nouveau. Plus ou moins.

— Alors, euh, où veux-tu que je la mette ?

Pourquoi cette phrase lui parut-elle soudain cochonne ?

— Dans ma chambre. Je vais te montrer.

Ça, c'était vraiment salace, même si elle l'avait dit de façon très nonchalante. Il la suivit dans sa chambre : une explosion de rose, de dentelle et de fleurs. Un homme avait-il un jour pénétré dans ce territoire féminin ? Le lit avait une tête de lit en laiton, un duvet couvert d'un motif de roses, des couvertures blanches en dentelle et deux gros oreillers derrière un tas de coussins en satin de différentes teintes de rose. La commode et la table de nuit étaient blanches avec des décalcomanies représentants des roses qu'elle avait sûrement appliquées elle-même. Une bordure de roses en haut des murs ajoutait à l'ambiance fleurie.

— Les roses sont-elles en l'honneur de Rose ? demanda-t-il.

Elle regarda autour d'elle.

— Non, elles étaient déjà là. Elle s'appelait déjà Rose quand je l'ai eue. Je suppose que c'était le destin.

Il posa la bibliothèque contre le mur à côté de la tête de lit. Elle avait une table de nuit de l'autre côté. C'était le seul endroit où l'on pouvait caser la bibliothèque.

— Parfait ! s'exclama-t-elle. Ou faut-il la déplacer à côté de la commode ?

— Ça ne passera pas.

— Sur le côté ?

— La moitié sera alors inaccessible.

Elle posa les mains sur ses hanches et étudia l'espace.

— Je suppose que tu as raison.

Elle se tourna vers lui avec un sourire.

— Maintenant, je dois déménager dans un endroit plus grand pouvant accueillir ma bibliothèque.

Il lui sourit à son tour.

— On dirait bien.

Elle quitta la chambre et il la suivit, son regard tombant involontairement sur ses fesses rebondies. Elle s'arrêta près de la cuisine et se tourna vers lui. Il remonta vite le regard vers ses yeux.

— Veux-tu un biscuit à la cannelle ? demanda-t-elle.

Cet acte d'hospitalité le toucha. Elle l'acceptait, plus ou moins.

— Non, merci. Je n'aime pas les sucreries.

Il avait cependant aimé ses brownies, ils étaient incroyables, et il n'avait toujours pas découvert l'ingrédient secret. Elle ne voulait pas partager la recette parce qu'il était son ennemi. Quoi qu'il en soit, elle ne lui avait pas proposé des brownies.

Elle jeta les cheveux par-dessus son épaule.

— Comment peux-tu ne pas aimer les sucreries ?

Il s'approcha d'elle.

— Je n'aime pas, c'est tout.

Elle jeta les bras en l'air.

— Mais c'est la seule chose que je sache cuisiner !

Il franchit la distance entre eux, laissant malgré tout un espace poli lui permettant de résister à l'envie de la prendre dans ses bras. *Elle t'est interdite.*

— Je sais cuisiner. Mon patron m'a fait prendre tout un tas de cours de cuisine pour Garner's.

Elle rougit.

— Mad dit que tu as suivi ces cours parce que tu es un gourmet.

— Qu'a-t-elle dit d'autre sur moi ?

Elle pinça les lèvres.

— Seulement des choses bien. Elle est la présidente du fan-club de Josh.

Il sourit. Au moins, Mad l'avait soutenu.

Elle fit un pas en arrière dans la cuisine et alluma la lampe.

— C'est sûrement pour ça que tu es si irritable tout le temps.

Elle se tourna et se servit un verre d'eau. Son hospitalité avait dû disparaître, car elle ne lui en proposa pas.

— Je ne suis pas irritable. Quoi, tu penses que le genre de nourriture que l'on mange affecte notre personnalité ?

Elle posa bruyamment son verre sur le plan de travail.

— Oui.

Il croisa les bras.

— Tu n'es pas si douce.

Elle posa les mains sur ses hanches.

— Bien sûr que si.

Il secoua lentement la tête en souriant.

Elle laissa tomber ses mains et lui fit un petit sourire.

— Eh bien, je ne mange pas de beaucoup de douceurs non plus. En général, je les donne.

— Hypocrite.

Elle lui fit signe de reculer car il l'empêchait de sortir de la cuisine. Il se décala et elle passa à toute vitesse à côté de lui, comme s'il était sur le point de lui sauter dessus. Percevait-elle le désir terrible qui lui parcourait les veines ? Peut-être. Mais elle ne connaissait pas l'étendue de sa volonté. Il pouvait se contrôler, garder ses distances pour le bien de tout le monde. *Et toi alors ?* chuchota une voix dans sa tête. *Qui prendra en compte ce que tu veux ?*

— Je suppose que nous devrions retourner là-bas, dit-elle joyeusement en se tenant bien trop loin de lui.

Ils s'observèrent. Les secondes passèrent dans un silence très chargé. Toutes ses terminaisons nerveuses s'éveillèrent, son pouls frappait fort, il était entièrement focalisé sur elle, vorace.

Elle laissa échapper un soupir tremblant, passa une main dans ses cheveux et détourna le regard.

— Passe devant, dit-il.

Elle s'avança vers la porte et l'ouvrit pour lui. Il s'arrêta devant elle, la fixant dans les yeux avec tout le désir qu'il avait refoulé pendant trop longtemps. À ce moment précis, il ne se souciait que d'elle, de communiquer avec elle de toutes les façons possibles.

Elle fit claquer la porte en la refermant… Ce fut le signal du départ. Il ne la quitta jamais des yeux en posant une main au-dessus de sa tête et en se penchant vers elle, tout près mais sans la toucher, leurs corps étant si proches qu'il sentait sa chaleur.

Elle souffla :

— Josh ?

— Oui.

— Si nous franchissons cette limite, ça pourrait très mal tourner. Nous nous disputons tellement. Et nos parents se marient dans trois semaines et demie.

Il repoussa sa culpabilité, ne pouvant s'attarder là-dessus car il était déjà parti trop loin.

— Peut-être que si nous arrêtons de nous battre contre notre désir, nous arrêterons de nous disputer, et tout se passera bien.

Elle déglutit. Il vit son pouls battre rapidement dans son cou.

Il fit glisser ses doigts le long de sa gorge.

— Tu es la star de mes rêves érotiques.

Elle se lécha les lèvres et fixa la bouche de Josh.

— Es-tu en train de me faire le coup de *Désir Féroce* ?

Il y avait une touche d'espoir dans sa voix. C'était un tome de la série de romances érotiques qui plaisaient à son groupe de lecture. Il avait vu les films car sa belle-sœur les avait produits et avait joué dedans. Ils étaient *torrides*. Et le type, il ne se privait pas de réclamer la femme qu'il voulait.

Il lui parla de si près qu'il sentit sa respiration contre ses lèvres.

— Veux-tu que je te fasse le coup de *Désir Féroce* ?

Elle arrêta un instant de respirer.

— Bien sûr que non. Je…

Il la fit taire, sa bouche réclamant la sienne, ses doigts passant dans ses cheveux, la maintenant en place, prenant ce qu'il voulait depuis si longtemps. Tout en lui monta d'un cran, la chaleur, l'urgence. Il approfondit le baiser, et elle s'ouvrit immédiatement, douce et abandonnée. *Putain, oui !* Le baiser devint sauvage, urgent, il lutta pour se contrôler. Elle poussa un petit gémissement du fond de la gorge, enfonça les ongles dans ses épaules. Il froissa le tissu de sa robe entre ses mains, prêt à la lui arracher. *Ralentis.*

Il rompit le baiser, essayant de reprendre son souffle.

— Tu aimes mon baiser féroce ?

— Arrête de jubiler.

Elle ferma les yeux et attendit la suite.

Il la lui donna. Elle avait les mains sur son cul maintenant, l'attirant contre elle, levant les hanches pour le rejoindre. Il sentit sa queue bander, son désir était au-delà de tout contrôle, il glissa la main sur l'intérieur de sa cuisse, atteignant un petit bout de culotte humide. Merde. Il arracha sa bouche à la sienne, respirant fort.

— Quoi ? demanda-t-elle.

Il laissa tomber ses mains et s'écarta.

— Je ne veux pas me presser avec toi.

— Mais j'en ai envie.

La réalité refit irruption. Leurs parents patientaient chez Garner's, attendant de lui qu'il mette fin à leur petite guerre de façon polie, pas qu'il revienne en donnant l'impression qu'il venait de baiser. Il voulait faire plus que l'embrasser, et il pensait qu'elle aussi. Seulement, il avait beau réfléchir, le timing était mauvais. De plus, il avait quitté son poste au travail. Il devait seulement être en pause.

Il se passa la main dans les cheveux.

— Je dois retourner au travail.

— C'est toi le patron, maintenant.

Elle se rapprocha encore de lui et caressa son torse, le remontant comme un coucou.

— Ne peux-tu pas prendre une nuit de congé ?

Il immobilisa ses mains sur son torse.

— Le timing est mauvais, rien de personnel, d'accord ? J'en ai envie moi aussi, mais ils ont besoin que je vienne faire ma part de travail. De plus, je dois ramener le camion à mon père. Ta mère et mon père nous attendent.

Il n'ajouta pas que franchir cette limite maintenant alors que leurs parents les attendaient était comme un gros « je t'emmerde » adressé à son père. Josh lui avait promis de garder ses distances. Pour sa défense, il avait toujours été entêté et son père le savait. Malgré tout, ça ne passerait pas bien. C'était exactement le genre de drames qu'ils étaient censés éviter.

Elle retira brusquement les mains des siennes. Puis elle partit sans un mot, empruntant les marches qui menaient à l'extérieur.

Il poussa un soupir, remit ses vêtements en place et la rejoignit dans l'allée.

— Tu comprends que c'est juste le mauvais moment, n'est-ce pas ?

Ses yeux jetèrent des éclairs.

— J'en ai assez que tu me rejettes. Espèce de, de, d'allumeur !

Il eut un sourire en coin.

— Je ne dis pas non, je dis plus tard.

Elle lui jeta un regard noir, sa bouche formant un rictus qui était bien trop sexy.

— Retourne chez Garner's avec nos parents. Je reste ici.

Il lui tint le menton.

— Es-tu vraiment fâchée contre moi ?

Elle écarta les lèvres comme si elle voulait qu'il l'embrasse encore, et ses yeux bleus s'adoucirent. Tellement sexy.

— Non. C'est juste que je suis très excitée et que tu es bestial.

Il sourit et posa la main sur la joue de Hailey.

— Bon, d'accord.

— Penses-tu vraiment que ça pourrait marcher entre nous ? J'ai toujours cru que nous risquions de nous entre-tuer, et puis, je ne sais pas... quand tu m'as embrassée, c'était différent.

— La solution est peut-être de s'embrasser davantage.

Il caressa sa joue douce avec le pouce et lui fit un baiser rapide.

— Je vais demander à mon père de déposer Rose et je t'enverrai le plan par texto plus tard.

Elle posa brusquement la main sur sa bouche.

— Oh, mon Dieu, j'ai oublié Rose.

Il ricana. Il l'avait embrassée jusqu'à ce qu'elle perde tous ses moyens. *Sympa.* Il se tourna et se dirigea vers le camion, ne souhaitant pas risquer un autre baiser. Lui aussi, il en perdait ses moyens.

— C'est peut-être *moi* qui te rejetterai la prochaine fois, appela-t-elle derrière lui.

Il se tourna en souriant.

— Bien sûr. Sauf si je te fais le coup de *Désir Féroce*. Il se trouve que ça te fait tout oublier sauf moi.

Elle tourna les talons et retourna chez elle.

Une force mystérieuse l'attira, le poussant à suivre ses pas et à se placer de l'autre côté de la porte. Il n'avait peut-être pas tout à fait fini avec elle ce soir-là.

Il entendit le bruit du verrou et de la chaîne. Puis un *boum* caractéristique. Comme si, frustrée, elle avait donné un coup de pied dans la porte ou cogné sa tête contre le bois. Quoi qu'il en soit, il aimait qu'elle le désire autant après juste un baiser. Elle était peut-être aussi folle de désir pour lui que lui pour elle.

Il remonta les marches en courant et monta dans le camion. C'était la deuxième fois qu'il devait retourner au bar sans elle. La première avait été le soir désastreux où il avait essayé de lui rendre l'argent de la boîte à chaussures. Son père et Brandy allaient lui poser des questions. Bon sang, Hailey donnait vraiment une mauvaise image de lui en restant chez elle. Comme s'il avait échoué à réparer les choses entre eux. Il ne pouvait pas vraiment leur dire jusqu'où il était allé dans l'autre direction.

Il sourit intérieurement. Ce baiser lui avait révélé tout ce qu'il avait besoin de savoir. Cette chose entre eux était réelle. Ivre à cause de la vodka, mon œil. *Bien essayé, ma belle, mais tu es à moi.*

Et tant pis pour tous les autres. Il était bien décidé à faire fonctionner cette relation de sorte que personne ne puisse redire quoi que ce soit. L'alternative – une guerre totale au sein de la famille – était un trop grand désastre pour y penser.

9

Deux jours. Quel goujat. Il l'avait embrassée, l'avait bien allumée, n'avait pas donné de nouvelles pendant deux foutues journées ! Elle sursautait chaque fois qu'elle recevait un texto avant d'être immédiatement déçue. Elle pensait qu'après des années de disputes, ils allaient enfin pouvoir avancer. Ce baiser avait été incroyable, du genre *prends-moi maintenant*, et puis… rien. Elle avait besoin d'un type sérieux, d'un homme, pas d'un garçon qui voulait jouer à des petits jeux. Elle poussa un soupir de frustration. Maintenant c'était vendredi, et pour une raison très bête, elle avait cru passer la journée au lit après… mon Dieu, depuis combien de temps n'avait-elle pas eu de sexe ? Plus de six mois. C'était terrible pour une femme ayant besoin de passion. Que ce foutu Josh aille se faire foutre.

Pensait-il qu'elle était à son service ? Non, monsieur. Pas elle. Elle cliqua sur sa messagerie. Oh, elle avait un e-mail du prince Phillip. Elle eut un petit frisson d'excitation, avant de se souvenir qu'il n'avait pas paru très intéressé par elle. Il voulait certainement des renseignements pour le mariage de sa sœur. C'était lui qui gérait le mariage aux États-Unis, essentiellement parce qu'il voulait que sa sœur se concentre sur ses examens de fin d'année. Oui. Il avait envoyé la dernière version de la liste des invités et fait quelques demandes qu'elle pouvait facilement satisfaire. Elle téléchargea la liste des invités, parmi lesquels figuraient beaucoup de membres de la famille Rourke. Elle était un peu surprise que toutes ces personnes de la famille acceptent de voyager pour le mariage aux États-Unis alors que le mariage officiel à Villroy n'avait lieu que quelques mois plus tard.

Elle répondit au message, rassurant Phillip que tout serait en ordre. Elle reçut un texto quelques minutes plus tard.

Phillip : Merci, Hailey, vous avez bien facilité l'organisation de ce mariage. Je viens de rentrer à l'hôtel et j'ai dû gérer les exigences irritantes de ma sœur après une journée épuisante de réunions de travail. Je suis certain que vous connaissez ça. Je ne sais pas comment vous arrivez à supporter les clients tout le temps.

Son ton lui sembla moins formel que d'habitude, comme s'il avait besoin de parler. Elle répondit rapidement : Aucun problème. J'aime travailler avec les clients, mais je sais ce que vous voulez dire. Parfois on a besoin de se reposer. :) J'ai été surprise par la quantité de membres de la famille Rourke faisant le déplacement dans le Connecticut. Vous devez avoir une famille très unie pour qu'elle assiste aux deux mariages.

Phillip : Bof. C'est la populace dont le sang bleu est dilué, mes cousins de Brooklyn. Ils n'ont pas été invités au mariage à Villroy parce que leur père a épousé une roturière contre l'avis de sa famille et il a abdiqué. Silvia est si sentimentale qu'elle les a invités. Apparemment, elle a passé beaucoup de temps avec eux depuis qu'elle est à Yale. Elle aime les hommes bourrus et grognons et prétend qu'ils sont charmants.

Puis-je vous appeler ? Je suis trop fatigué pour venir vous voir, mais j'aimerais vraiment une oreille sympathique.

Hii ! Elle répondit un joyeux *Bien sûr !* Son téléphone sonna un peu plus tard.

— Bonjour, dit-elle chaleureusement.

— Ah, cette douce voix me fait plaisir. Je n'ai entendu rien d'autre que des rejets toute la journée venant de types en costard.

— Sur quel genre d'affaires travaillez-vous, si vous me permettez la question ?

Il poussa un soupir qu'elle entendit très clairement au téléphone.

— Je ne suis pas censé en parler, mais si vous jurez de garder le secret…

— Tout à fait. Je suis la reine de la discrétion.

Il rit.

— Hailey, Reine de la Discrétion. Ça me plaît. Alors, nous sommes en train de négocier avec les pontes de différentes chaînes d'hôtel parce que nous envisageons de construire un complexe hôtelier à Villroy. Nous perdons les jeunes, qui partent pour des emplois plus enthousiasmants en Angleterre et en France. L'espoir est d'apporter un plus d'argent du tourisme et de garder une part de notre population active jeune. Nous ne pouvons pas être une île sur laquelle il n'y a que l'ancienne génération. C'est le début de la fin. Bien sûr, Gabriel, l'héritier, n'est pas d'accord. Ça, c'est mon grand frère rabat-joie. Il pense que nous devons continuer comme avant, avec la pêche traditionnelle, mais il fallait que j'explore quelques pistes. Quelqu'un doit penser de façon moderne. Je veux préparer une proposition de complexe hôtelier avec des données chiffrées et le convaincre.

Elle réfléchit un instant à ce que les gens pouvaient faire dans un complexe hôtelier.

— Vous pourriez avoir un hôtel qui emmène les touristes faire des expéditions de pêche. Ce serait une expérience unique tout en permettant de garder votre mode de vie traditionnel.

— Merci ! C'est ce que j'ai dit à Gabriel.

— Cependant, si j'étais en vacances dans le bel hôtel d'un royaume insulaire, non pas que j'ai un jour voyagé si loin, mais si je le faisais, j'aimerais surtout visiter le château royal. Ooh ! Vous pourriez organiser des mariages exotiques au château. Offrir une expérience de conte de fées aux mariés.

Silence.

— C'est juste une idée, ajouta-t-elle vite.

— Non, je comprends l'attrait, mais c'est une résidence privée. Nous sommes assez nombreux à vivre encore là-bas. C'est tellement grand que nous ne nous marchons pas les uns sur les autres.

— Je comprends tout à fait le besoin de vie privée.

— Parlez-moi un peu plus de votre travail. J'aimerais savoir comment vous êtes montée si vite en si peu de temps. Silvia m'a dit que votre article dans *Spécial Mariages* vous place dans l'élite des organisatrices de mariage.

Elle eut un si grand sourire qu'elle en avait mal aux joues. La fierté la réchauffa tout entière. Elle avait travaillé très dur pour tout ce qu'elle avait, et elle recevait rarement des compliments pour cela. La majorité de ses clients ne se rendait pas compte de sa valeur, car elle restait en retrait et s'assurait que tout se passe bien pour leur mariage. Les clients s'attendaient à ce que le mariage soit parfait – c'était pour cela qu'ils payaient une organisatrice de mariage – mais il fallait beaucoup de travail pour arriver à ce niveau.

— Merci, Phillip. Ça me touche. Vous souhaitez vraiment connaître les détails de ma carrière ?

— Oui, vraiment. Ça m'aidera peut-être à trouver quelques bonnes idées pour chez moi. Un complexe hôtelier n'est peut-être pas la solution adéquate.

— Ce n'est pas du tout une mauvaise idée, assura-t-elle.

— Alors, comment ça fonctionne ? Êtes-vous propriétaire de la villa ? Y vivez-vous également ?

Il semblait vraiment vouloir connaître les détails, et elle aimait parler de son travail. Elle parla et parla et parla. Phillip maintint un flot continu de questions. Il était si doué pour l'écoute qu'il était facile de lui parler.

— Vous êtes incroyable, dit-il quand elle eut fini.

Elle rougit et se redressa un peu sur sa chaise.

— Merci.

— Je sais que ça peut paraître complètement fou, mais j'aimerais vous faire une offre.

— Que voulez-vous dire ?

— Vous avez dit louer Ludbury House à la ville. Pour la

stabilité de votre entreprise, vous devriez en être propriétaire. J'aimerais l'acheter pour vous.

Elle eut un instant le souffle coupé. Elle avait cherché à l'acheter l'année précédente, mais le coût était bien trop élevé : deux millions en plus de taxes foncières très lourdes. Même si elle vivait à l'étage pour économiser son loyer et qu'elle louait la villa à la ville pour des événements, elle ne s'approchait pas du budget nécessaire. *Quelle proposition princière !*

— C'est beaucoup trop cher. Je ne pourrais jamais vous demander ça.

— En retour, vous pourriez être consultante pour moi avec le complexe hôtelier ou d'autres idées que vous pourriez trouver afin d'aider Villroy. Je suis vraiment impressionné par tout ce que vous avez accompli toute seule.

Elle resta sans voix.

Il poursuivit :

— Un prêt sur dix ans avec deux pour cent d'intérêt vous irait ?

Elle écarquilla les yeux en comprenant qu'il négociait un investissement et qu'il ne faisait pas un geste princier pour elle.

— J'ai bien peur que ça reste hors de mon budget.

Elle avait déjà fait ses comptes, et même un emprunt sur trente ans était difficile.

— Faites quelques calculs et nous verrons si nous pouvons trouver une solution.

— Il me faudrait un emprunt sur beaucoup plus long-temps pour approcher de mon budget.

— Envoyez-moi les détails par mail quand vous aurez le temps. Maintenant, je voudrais vous demander quelque chose.

— Tout ce que vous voulez, répondit-elle immédiatement.

Cet homme essayait de l'aider à réaliser son rêve.

Il éclata de rire.

— Ah, Hailey, une femme faite pour ma nature capitaliste. J'aime que nous voyions les choses de la même façon. Juste entre vous et moi, je me suis un peu enlisé. J'ai rompu avec quelqu'un après cinq ans, et puis j'ai couché ici et là en Europe. C'est une autre raison pour laquelle je suis ici, en dehors de veiller sur ma sœur et de chercher des pistes commerciales : je suis censé rester discret. Puis je vous ai rencontrée, belle Hailey qui a réussi. Tout ça pour demander : voulez-vous m'accompagner au mariage de ma sœur ? Vous êtes le genre de femme classe qui pourrait réparer ma réputation.

Elle était effectivement très classe et ça ne la gênait pas de l'aider.

— Bien sûr. Vous parlez du mariage de Silvia ici, n'est-ce pas ?

Silvia l'avait déjà invitée par courtoisie, mais ceci était un peu différent, car elle irait *avec* lui. Elle devait demander à Ally de l'aider à couvrir quelques-uns des détails le jour du mariage afin que Hailey puisse se concentrer sur l'amélioration de l'image de Phillip devant sa famille et ses amis proches.

— Ici et à la maison, répondit-il. Tous frais payés, bien sûr.

Ahh ! Le prince veut que je l'accompagne au mariage royal à Villroy !

— Ça ne les gênerait pas, étant donné que je suis une roturière ? lâcha-t-elle.

Il avait dit que ses cousins de Brooklyn n'étaient pas invités au mariage de Villroy parce que leur père avait abdiqué le trône en épousant une roturière.

— Mes cousins sont seulement exclus parce que leur père était l'héritier. Moi, je suis juste l'héritier de réserve, et j'ai plus de libertés. Je vous promets que vous serez traitée royalement.

— Ce serait merveilleux, répondit-elle avec ce qu'elle espérait être une voix calme et pleine de sang-froid.

Elle avait toujours voulu voyager, mais elle n'avait jamais eu l'argent pour le faire. Elle n'était même jamais montée en avion. Au plus loin, elle était allée en bus à Washington, pour le voyage de classe de quatrième.

— Merveilleux, dit Phillip. Je vous enverrai les détails. Il y aura pas mal de journalistes à la maison, et ça m'aiderait beaucoup. Encore merci.

— Merci à vous ! Il me tarde vraiment.

— On se parle bientôt.

— Quand vous voulez.

Il raccrocha. Elle resta longuement immobile, stupéfaite. Allait-elle vraiment se rendre à Villroy en tant qu'invitée d'un prince pour un mariage royal ? Qu'est-ce que ça signifiait ? Était-elle juste un accessoire pour réparer sa réputation, ou s'intéressait-il à elle ? Il était très attirant : beau, étonnamment terre à terre, et un vrai prince. Elle ne devait pas faire une fixation sur cette histoire de prince, mais c'était difficile. C'était comme dans tous les films de conte de fées qu'elle avait vus. Il était impossible de résister au côté royal de la chose.

Elle devait parler à Mad, sa meilleure amie et la seule femme qu'elle connaissait qui parlait couramment le « garçon » grâce à toute sa bande de grands frères. Elle lui envoya d'abord un texto : *Désespérément besoin de parler. Est-ce le bon moment pour appeler ?*

Elle savait que Mad était très occupée entre son travail de barmaid et de serveuse chez Garner's et la fin de ses études. En outre, elle vivait avec son fiancé et ils occupaient la moitié de leur temps avec des cochonneries.

Mad répondit : *Passe à la maison. Park fait des hamburgers sur le barbecue. On en ajoute un pour toi.*

Hailey : *J'arrive !*

Elle ferma vite, s'occupa de Rose et monta avec elle en voiture. Mad vivait dans un appartement à Eastman, la ville voisine de Clover Park. Elle était si soulagée que Mad soit disponible. Ce genre de nouvelles ne pouvait pas attendre.

Quand elle arriva à l'appartement de Mad et Parker, Mad l'accueillit avec son tee-shirt usé habituel, un bermuda et des chaussures de travail noires. Elle était menue et musclée, son corps nageait dans ses vêtements « confortables ». Elle s'était attaché les cheveux en queue de cheval, ce qui lui donnait un air intéressant, car elle cherchait à se débarrasser de sa couleur rouge pompier. Maintenant, seule la queue de cheval était rouge et le reste était brun.

— Tes cheveux ont presque l'air normaux, dit Hailey en agitant sa queue de cheval.

— N'est-ce pas ? Je commence à me souvenir de ce à quoi je ressemblais avant.

Elle sortit Rose du sac de transport et la serra contre elle.

— Bonjour, bébé.

Hailey entra dans l'appartement confortable avec un canapé d'angle en cuir, un grand pouf, et une table basse en verre. Une télévision grand écran était accrochée au mur en face du canapé.

— Reste après dîner, dit Mad. On regarde une super émission dans laquelle ils restaurent des voitures anciennes.

Parker travaillait dans un garage où l'on restaurait des voitures. Ce n'était pas vraiment le truc de Hailey, mais elle aimait que Mad l'inclue toujours.

— Peut-être. Ça dépend de ma fatigue. Ça a été une sacrée semaine !

— Je comprends. Une bière ?

Elle posa Rose qui suivit Mad dans la cuisine, reniflant les miettes.

— Je vais juste prendre de l'eau.

Hailey passa elle aussi dans la cuisine et elle se servit de l'eau. Elle savait où tout se trouvait.

Mad sortit deux bouteilles de bière du réfrigérateur, les décapsula et en porta une sur la petite terrasse en béton où Parker s'occupait du barbecue. Il était grand avec une certaine grâce sportive, ses cheveux bruns soulignant des pommettes saillantes et une mâchoire anguleuse. Hailey le salua à travers la porte vitrée. Il leva la main en souriant. Parker était très bien assorti à Mad, ils étaient tous les deux sportifs, forts, et durs. Il était réservé alors que Mad était extravertie, mais cela s'équilibrait.

Mad revint avec une balle de tennis qu'elle fit rebondir jusqu'à Rose dans la cuisine. Rose n'arrivait pas à la prendre dans sa bouche, alors elle courait après en la faisant rouler dans toute la cuisine.

— Bon, dit Mad en s'asseyant sur le canapé. Crache le morceau. Pour quelqu'un qui a désespérément besoin de parler, tu prends vraiment ton temps.

Hailey la rejoignit en posant son verre d'eau sur la table basse.

— On appelle ça la politesse.

— Ha ! On appelle ça gagner du temps.

Elle but une gorgée de bière avant de demander :

— Qu'a encore fait Josh, cette fois ?

Elle connaissait leur passé houleux. Elle avait été témoin de la plus grande partie.

— Ce n'est pas lui. Te souviens-tu du Prince Phillip ?

— Ah, oui. Difficile d'oublier le type dont tu n'arrêtes pas de parler. Qu'est-il arrivé ? Il t'a invitée pour un rendez-vous ?

Elle s'agita un peu à sa place, puis elle croisa les jambes, posant les mains sur les genoux d'un air très calme.

— Encore mieux, je crois, je ne sais pas. Je n'arrive pas à savoir où j'en suis. D'abord, il m'a proposé d'acheter Ludbury House pour moi.

— Quoi ? s'écria Mad.

Elle posa sa bière sur la table basse et se pencha en avant.

— Tu déconnes !

Hailey hocha la tête, ravie que Mad comprenne l'énormité de l'événement.

— Je sais que ça paraît fou, non ? Mais c'est peut-être seulement un investissement pour lui. Il m'a proposé un prêt avec des intérêts très bas.

— A-t-il demandé un pourcentage de ton entreprise ?

— Non.

Mad agita la main.

— Il essaie d'acheter ton amour. Il n'a sans doute pas l'argent de te faire un cadeau direct, alors il propose ce qu'il peut. C'est vraiment un truc de prince. Tu lui plais.

Hailey passa une main tremblante dans ses cheveux. C'était extrêmement excitant. Mad avait généralement raison quand elle traduisait le langage masculin, sauf quand elle taquinait Hailey en lui disant qu'elle plaisait à Josh. Josh l'avait peut-être embrassée récemment une fois qu'*elle* en avait pris l'initiative, le suppliant presque de lui faire le coup de *Désir Féroce*, mais il y avait eu une longue période pendant laquelle elle savait qu'il la détestait. Ce n'était peut-être pas de la détestation, mais elle lui déplaisait fortement. Bref. Pourquoi pensait-elle à Josh maintenant ? Il l'avait totalement laissée tomber. Des petits jeux. Elle n'avait pas le temps pour ce genre de conneries.

Mad la dévisagea.

— Ça te plaît, les histoires de royauté ?

— À qui ça ne plairait pas ? C'est comme tous les fantasmes de conte de fées avec lesquels grandissent les jeunes filles.

— Pas moi.

— Eh bien, moi si. Et non seulement il a offert de m'aider avec mon entreprise, mais il m'a aussi invitée à l'accompagner aux mariages royaux de la princesse Silvia, ici et sur Villroy cet été !

Sa voix partit dans les aigus et se brisa d'excitation. Elle arrivait à peine à croire qu'elle allait voyager avec l'élite. Imaginez les gens qu'elle allait rencontrer !

Mad grogna et attrapa sa bière. Elle la posa contre sa bouche et parla autour.

— Il te veut.

Elle gigota un peu. Et si elle devenait une princesse ?

Ou bien elle était une des nombreuses femmes que Phillip mettait dans son lit avant de les jeter. N'avait-il pas dit qu'il avait fait ça dans toute l'Europe ? Peut-être faisait-il maintenant la même chose en Amérique ? Hailey était arrivée à un âge où elle avait besoin de savoir qu'il y avait au moins la possibilité d'une relation en plus du sexe. Elle avait pensé que Josh… non. *Arrête de penser à ce crétin.* Elle voulait une relation. Sinon elle aurait gardé sa relation de copains de baise. Pendant des années, tous ses besoins physiques avaient été réglés de cette façon, mais à la fin, elle avait voulu de l'amour.

Elle s'affala dans le canapé. C'était douloureux à admettre, parce qu'elle était si fan de l'amour, mais elle n'en avait encore jamais fait l'expérience par elle-même. C'était un peu gênant étant donné son travail et son approche marketing en tant qu'accro à l'amour.

— Et Josh ? demanda Mad.

— Quoi, Josh ?

— Ne fais pas semblant de ne pas comprendre. Il se passe quelque chose. Josh est différent maintenant.

— Ah bon ?

— Oui, il sifflote et tout.

Elle eut soudain chaud, à moitié gênée et à moitié excitée par le souvenir de leur baiser.

— Je ne sais pas pourquoi.

— Menteuse. Qu'est-il arrivé ? Et ne me dis pas rien.

Hailey poussa un soupir exaspéré. Elle ne pouvait pas parler de Josh à Mad. Mad allait se ranger du côté de son frère. Il était son grand frère et elle lui était redevable parce qu'il l'avait aidée à payer l'université.

— Écoute, je voulais juste que tu traduises le langage masculin de Phillip. Je ne veux pas parler de ton frère.

— Très bien. Je lui poserai la question moi-même.

Josh ne lui donnerait jamais les détails. Il était bien trop secret pour cela, et tout le monde savait que Mad n'avait aucun filtre. Elle se mordilla la lèvre. Elle connaissait bien Josh par certains côtés, et par d'autres, c'était un grand mystère. Elle n'aurait jamais dû franchir la limite avec lui. Il avait semblé si sincère en disant qu'ils pouvaient arrêter de se disputer pour que ça marche entre eux. Et puis plus rien. Elle eut la gorge serrée. Elle était fatiguée de voir Josh écrabouiller ses sentiments. Maintenant elle était coincée pour toujours avec lui à cause de leurs parents. Les fêtes allaient être bien gênantes. Elle allait devoir supporter de le voir avec les petites amies qu'il risquait de ramener, comme quand il était gaga de Clarissa. Bon sang.

— Bref, dit Hailey. Merci pour la traduction. Seras-tu à la réunion du club de lecture chez Claire dimanche soir ?

La réunion du Club de Lecture Happy End avait été déplacée chez Claire au lieu du rendez-vous habituel au café Something's Brewing. Claire était une star de cinéma trop célèbre pour apparaître en public sans faire sensation, alors elles se voyaient parfois chez elle dans le Connecticut.

— Oui, je passerai te prendre.

Mad aimait covoiturer pour parler, et elle aimait également conduire.

— Merci.

Parker ouvrit la porte de la terrasse.

— C'est l'heure des burgers.

Elle rejoignit Mad pour sortir les sauces et les chips. Ils s'installèrent au petit bar qui séparait la cuisine du salon et ils attaquèrent le repas. Park était assis sur un tabouret à l'extrémité, puis Mad, puis Hailey. Rose était allongée sous le bar, prête à se jeter sur le moindre petit morceau de burger pouvant tomber vers elle.

Mad leur parla de ses cours et du projet de lancement d'un nouveau produit pour un grand groupe. Ce qui était bien avec Mad et Parker, c'était que Hailey n'avait jamais l'impression de tenir la chandelle, elle faisait simplement partie de la bande. Mad lui avait aussi donné l'impression de faire partie de sa famille dès le départ, en l'incluant naturellement. Bien sûr, elle s'inquiétait du fait que sa mère peu fiable risque de faire capoter ce que Hailey avait de bien avec le clan Campbell. Tout le monde allait se retourner contre elle parce que sa mère avait blessé leur père. Elle pensa alors à Josh, le seul membre de la famille Campbell avec lequel elle ne semblait pas pouvoir faire la paix. Josh avait-il des intentions avec elle ? Et Phillip ?

Josh avait-il déjà oublié leur baiser passionné ?

Les hommes et leurs petits jeux stupides. Qu'ils aillent tous se faire voir ! Après ça, elle allait retourner dans les bras du meilleur genre d'homme : l'homme fictif de sa dernière lecture torride.

Elle jeta un coup d'œil à Mad qui riait pendant que Parker lui souriait, les yeux pleins d'amour. Hailey eut un gros pincement au cœur. Connaîtrait-elle un jour l'amour ?

10

___

Samedi après-midi, Josh avait fait le pire match de basket de
sa vie avec les autres. C'était comme s'il avait les muscles en
plomb et il n'arrivait pas du tout à se concentrer. Il avait eu
l'intention de contacter Hailey vendredi – quand il savait
qu'elle avait fini le travail – pour l'inviter à dîner dimanche
soir. Il devait travailler les vendredis et samedis soir, car
c'étaient les moments les plus chargés chez Garner's. Il fallait
donc qu'il la voie le dimanche. Il avait passé une grande
partie du jeudi à réfléchir aux meilleures idées de sorties
pouvant montrer ses intentions sérieuses, et il avait fini par
choisir de préparer le dîner chez lui. Ensuite, il avait passé la
majorité du vendredi à réfléchir au meilleur menu. Il avait
prévu de cuisiner le repas, de glisser l'argent qu'il lui devait
dans son sac quand elle ne regardait pas, et de lui donner le
cadeau qu'il avait spécialement commandé pour elle. Ils
allaient s'embrasser, bien sûr, mais il avait l'intention de ne
pas aller trop vite. Il voulait qu'elle sache que c'était sérieux,
qu'il n'était pas seulement mû par le désir, contrairement aux
autres hommes. Et puis tout s'était brutalement effondré
quand Mad l'avait appelé pour lui dire que le stupide prince
avait proposé d'acheter Ludbury House pour Hailey. Voilà un
grand geste. Il était clair qu'elle plaisait à ce type. Non seulement ça, mais Hailey avait accepté d'accompagner le prince à

un mariage à Villroy. Pourquoi acceptait-elle des rendez-vous avec un autre type après leur baiser intense ?

Et si elle partait à Villroy et qu'elle ne revenait jamais ?

Le prince pouvait offrir le strass et les paillettes, le genre de vie de conte de fées dont rêvait Hailey. N'avait-elle pas dit qu'elle fantasmait sur le prince quand elle lisait une de ses histoires romantiques ?

Il sortit à grands pas du terrain de basket et attrapa sa bouteille d'eau.

Jake, son jumeau, apparut à côté de lui et but longuement de sa propre bouteille d'eau. Grâce à leur lien spécial entre jumeaux, Josh savait que Jake se rendait compte qu'il jouait mal parce qu'il était contrarié. Il savait sûrement aussi que c'était à cause de Hailey. La plupart des désagréments le laissaient indifférent, mais les griffes roses de Hailey s'étaient bien enfoncées en lui.

— Hé, dit Jake.

Josh grogna et but plus d'eau. Il n'avait pas envie d'en parler.

Jake s'essuya la bouche sur la manche de son tee-shirt.

— Tu es libre cet après-midi ? J'ai quelque chose à te montrer à la maison.

Il choisit une expression neutre en baissant les paupières : c'était un visage impassible qui fonctionnait avec tout le monde sauf Jake. Il devait quand même essayer, car il était de si mauvaise humeur qu'il ne voulait infliger ça à personne.

— C'est quoi ?

Jake lui donna un coup de hanche.

— Viens, tu verras bien.

Il dévisagea son frère. Jake sourit.

Josh affirma une évidence pour l'avertir :

— Je suis de très mauvaise humeur.

— Ça te mettra de bonne humeur.

Jake souffla avant de continuer :

— C'est un cadeau, d'accord ? C'est trop gros pour te le donner ici. Tu veux bien venir ?

Un cadeau ? Un gros ? Ce n'était pas leur anniversaire. Il aurait menti en disant qu'il n'était pas curieux. Et c'était bien mieux qu'une discussion à cœur ouvert avec Jake au sujet de ses problèmes avec les femmes. Depuis que Jake avait épousé Claire, il agissait comme s'il était un expert des relations.

Josh inclina la tête.

— D'accord, merci. Le temps que je me douche et je te rejoins là-bas.

— À plus tard, dit Jake avant de partir vers sa BMW.

Josh marcha jusqu'à sa Miata décapotable en se demandant pourquoi il recevait un cadeau et ce que ça pouvait être. Il chassa ainsi le nuage noir au-dessus de sa tête et éclaircit son esprit. Il n'aurait jamais dû toucher à Hailey pour commencer. Il avait su que ce n'était pas bien sur le moment, et pour une raison stupide il avait cru que tout finirait par marcher. Il serra les doigts autour du volant. Il avait le bar de ses rêves, la famille, des amis qui étaient comme des frères, et... plein de bonnes choses.

Jake avait plein de choses *incroyables*. Josh passa par le portail sécurisé de la ferme équestre de Jake et Claire qui était plutôt un grand domaine. Claire était riche grâce à son travail de star du cinéma et sa société de production de films, et Jake avait fait fortune avec son entreprise de technologies Dat Cloud. Josh aurait pu participer au projet de Dat Cloud dès le départ, mais il avait choisi une voie différente. Il ne le regrettait pas. Il avait juste de temps en temps un petit pincement en se demandant ce qui aurait pu être. Il passa devant quelques maisons historiques faisant partie de la propriété avant d'arriver sur l'allée circulaire de la maison principale. Jake et Claire avaient emménagé quelques mois auparavant, en janvier. Josh était déjà venu, mais il ne s'y était toujours pas habitué. Cet endroit sentait l'argent à pleins poumons.

Il sortit de la voiture et contempla un instant la propriété magnifique. Des hectares de collines ondoyantes avec des bois juste derrière, et tout était en train de s'épanouir au printemps : les arbres en fleurs, les feuilles et l'herbe toutes vertes, les massifs de jonquilles d'un jaune éclatant. Les chevaux broutaient dans un enclos, près d'un étang. Il y avait d'autres granges et étables au loin. *Sympa.*

Il se tourna vers la grande maison en pierre et en stuc, avec ses poteaux et ses poutres en bois de style Arts and Crafts aux étages supérieurs et sa grande terrasse couverte. Il se dirigea vers la porte et souleva le heurtoir en métal. La porte s'ouvrit juste après. Jake savait sûrement qu'il était là grâce aux gardes qui avaient laissé Josh entrer au portail.

— Entrrre, entrrre, dit Jake d'une voix traînante en imitant Dracula.

Josh ricana et le suivit à l'intérieur.

— Dans mon repaire, dit Jake en s'y dirigeant.

Josh le suivit à travers le vestibule jusqu'à la cuisine et dans les escaliers menant jusqu'au repaire masculin au sous-sol. En gros, c'était le bar dont rêvait Josh, mais dans la maison de Jake. Il n'y avait pas *un* mais *deux* bars là-bas, l'un pour les boissons normales, et l'autre pour les dégustations de vin avec une cave remplie de bouteilles extraordinaires. Le bar ordinaire était une grande salle dans laquelle se trouvaient des choses merveilleuses : une télé grand écran, une table de billard, une table de ping-pong, un jeu de flipper et des jeux d'arcade à l'ancienne.

Jake contourna la salle de dégustation et se dirigea vers la zone principale du bar, s'arrêtant au bout de la pièce. Josh s'arrêta à côté de lui, et ils observèrent tous les deux le nouvel ajout dans ce repaire masculin : un magnifique juke-box vintage en chrome brillant avec des bordures lila, la platine pour quarante-cinq disques visible derrière la vitre. Un autre élément du bar rêvé de Josh dans la maison de son jumeau.

— Joli, murmura Josh en essayant de cacher sa jalousie.

— Il est à toi, dit Jake.

Josh tourna brusquement la tête vers son frère.

— C'est mon cadeau ? Pour quelle raison ?

— C'est un cadeau pour te féliciter avec ton nouveau bar. Quand tu auras terminé ton extension, je te le ferai livrer. Qu'en penses-tu ?

Josh eut la gorge serrée par l'émotion. Il avait été envieux alors que son frère, comme d'habitude, était généreux. Il déglutit en se retournant vers le juke-box.

— Il est vraiment cool. Merci beaucoup.

— C'est une antiquité. Mille neuf cent soixante-deux, entièrement restaurée. Une sélection de cent vingt disques pour quarante-cinq tours. Tu peux voir le tout s'enclencher et faire tourner le disque, le son est stéréo.

— C'est incroyable.

Il se tourna vers Jake.

— J'apprécie beaucoup.

Jake hocha la tête en souriant et en regardant le juke-box.

— Il me tarde de le voir dans ton bar. Tu veux jouer au billard ?

— D'accord.

Un poids tomba de ses épaules. Un cadeau merveilleux et une partie de billard étaient exactement ce dont il avait besoin pour se détendre après avoir passé deux jours à planifier puis à laisser tomber son stupide rendez-vous avec Hailey. Il était très loin d'être un prince, que ce soit par ses actes ou ses titres de noblesse. Il était juste un type qui possédait le bar local. D'une certaine façon, sa grande réussite – devenir propriétaire de Garner's – lui sembla trop peu et trop tard.

Jake regroupa les billes et cassa. Josh passa en mode de concentration extrême, car une partie de lui avait besoin de gagner. Le temps fila en battant son frère à plate couture. Ce qui était étrange, c'était que Jake semblait s'en moquer. Le laissait-il gagner ?

Jake prépara un coup impossible, visa et rata.

Josh mit fin à la partie en gagnant.

Jake sourit.

— C'était une bonne partie.

— Pourquoi es-tu si content ? aboya Josh. Je t'ai laminé.

Jake sourit encore davantage.

— Claire est enceinte. Neuf semaines. Nous attendons un bébé pour le trente octobre.

Il éclata de rire.

— Je vais être papa !

Josh eut le cœur serré en voyant le sourire rayonnant de

son jumeau, le bonheur inscrit sur son visage. Une déferlante d'envie intense l'empêcha momentanément de parler. Jake l'abandonnait loin derrière lui.

— Josh ?

Il revint dans le moment présent.

— Félicitations ! Waouh, c'est une grande nouvelle.

Il s'approcha de son frère, empoigna sa main et le serra dans les bras avec une tape dans le dos pour faire bonne mesure.

La vie n'était pas un concours, mais si c'était le cas, Jake avait gagné. Son jumeau l'avait battu de deux minutes à la naissance et il menait depuis, personnellement comme professionnellement. À trente-cinq ans, Jake avait tout : une entreprise très florissante, une maison magnifique, une superbe femme aimante, et maintenant un bébé. Bientôt, Jake allait entièrement se consacrer à sa nouvelle famille. Ils allaient sûrement avoir une ribambelle d'enfants. Pendant ce temps, Josh avait un appartement pourri avec une seule chambre et il venait de dépenser toutes ses économies et de s'endetter pour acheter le bar. Finalement, même le fait d'être propriétaire du bar ne semblait pas suffire. Pas de femme, pas même de petite amie. Sa mauvaise humeur plongea vers le désespoir. S'il avait pu pleurer, il aurait été comme Hailey qui avait pleuré à chaudes larmes dans son bureau deux semaines auparavant. Bien sûr, c'était avant le prince playboy. Maintenant, la vie de Hailey était remplie de soleil et de villas.

C'était le fond du trou. *Je nage dans le malheur.*

Il ressentit une pointe de culpabilité quand Jake le serra contre lui avant de se pencher en arrière en tenant Josh par les bras.

— Tu es le premier à le savoir.

Josh déglutit malgré la boule dans sa gorge.

— Je suis vraiment heureux pour Claire et toi.

Il s'écarta et se tourna vers l'escalier.

— Je vais monter et féliciter Claire.

— Attends.

Jake s'approcha du mur et appuya sur le bouton de l'interphone.

— Claire Jordan est appelée, Claire Jordan. Veuillez vous présenter au repaire de Jake.

La voix de Claire se fit entendre :

— De quoi t'as besoin ?

Jake fit un clin d'œil à Josh.

— J'ai besoin de ton joli cul ici, et vite.

— Va te faire.

Jake se pencha plus près de l'interphone.

— Josh est ici.

Ils entendirent un soupir de Claire.

— Pourquoi ne l'as-tu pas dit plus tôt ? Je descends tout de suite pour voir ta moitié.

— C'est toi, ma moitié, roucoula Jake.

Claire fit un bruit de baisers et Jake sourit comme un idiot. *Que quelqu'un me mette une claque si je fais un jour cette tête pour une femme.*

Josh enfonça les mains dans les poches de son jean.

— Quand vas-tu l'annoncer à papa ?

— Brandy et lui viennent dîner ce soir, je leur dirai à ce moment-là. Après ça, je l'annonce à tout le monde.

— Je suis honoré que tu me l'aies dit en premier.

— Bien sûr. Je suis surpris que tu n'aies pas été alerté par ton sixième sens de jumeau. J'ai eu du mal à garder le secret aussi longtemps.

Il se força à sourire.

— Je suppose que ça fait trop longtemps que nous n'avons pas fait une recharge de jumeaux.

Quand ils étaient petits, ils se « rechargeaient » en se tapant dans les mains avec un bruit de moteur.

— Oui, ha !

— À qui l'a dit Claire ?

Hailey le sait-elle ? Bon sang, pourquoi tout tournait toujours autour d'elle ?

— Claire l'a dit à ses parents il y a plusieurs semaines, et ils l'ont appris à son frère. Demain soir, ses amies vont se réunir ici pour leur réunion du club de lecture et elle leur annoncera la grande nouvelle. En dehors de ça, seulement les personnes directement concernées sont informées. Elle ne veut pas que les paparazzis viennent prendre des photos d'elle enceinte.

— C'est compréhensible.

Jake eut un grand sourire en regardant par-dessus l'épaule de Josh.

— Et voilà ma magnifique femme enceinte.

— Mon beau mari et son jumeau tout aussi beau, rétorqua Claire avec son rire rauque.

— Hé, protesta Jake. Je suis l'étalon de ton choix ici.

Josh sourit et avança vers Claire.

— Félicitations !

Il baissa les yeux vers son ventre, toujours plat sous son haut en soie noire. Il croisa ses yeux noisette, vit ses cheveux blonds remontés en chignon. Même habillée de façon décontractée, la beauté et la présence de Claire étaient ensorcelantes. Pas étonnant que les caméras l'adorent.

— Merci !

Claire le serra dans ses bras. Elle s'écarta soudain en le regardant droit dans les yeux.

— Qu'est-ce qui ne va pas ?

Josh choisit une expression de visage neutre.

— Rien.

Claire ne le crut pas.

— Tu es si tendu que c'est contagieux. Et je connais ce visage. Jake fait la même tête quand quelque chose tourne mal et qu'il ne sait pas comment l'arranger.

Bon sang, elle était perspicace.

— As-tu des difficultés avec le bar ? Quelque chose t'empêche de faire les travaux ? Tu n'arrives pas à obtenir les permis ?

Claire se mêlait de ses affaires parce qu'elle l'aimait, comme elle aimait toute leur famille. C'était la seule raison pour laquelle il n'était pas irrité qu'elle insiste malgré son besoin tout à fait acceptable de faire comme si tout allait très bien dans cette époque merdique. De plus, il ne voulait pas jouer les rabat-joie alors qu'ils allaient avoir un bébé.

— Tout va bien avec Garner's, assura-t-il.

Elle fronça les sourcils.

— Et moi aussi, ajouta-t-il.

Jake et Claire échangèrent un regard entendu avant de se retourner vers lui.

Il haussa une épaule.

— C'est juste que je suis fatigué. Je n'ai pas bien dormi la nuit dernière.

— Des insomnies ? demanda Jake, compatissant.

Il savait que c'était en général lié au syndrome de stress post-traumatique.

— Non, c'est juste que je réfléchissais. Je me suis tourné et retourné dans le lit sans dormir.

— C'est la définition de l'insomnie, précisa Jake.

Josh évita le regard analytique de Claire et il se focalisa sur Jake.

— Ce n'était pas pareil. En général, je suis très agité pendant les insomnies, comme si j'avais besoin de sortir du lit et de faire des choses. Cette fois, j'étais fatigué, mais mes pensées n'ont pas arrêté de tourner dans ma tête.

Il espérait que les informations soient suffisantes pour pouvoir retourner aux belles conversations sur les bébés.

— À qui pensais-tu ? demanda Claire.

Elle avait insisté pour qu'il fasse un pas vers Hailey, affirmant que leurs disputes étaient un leurre. Bon, il s'avérait qu'elle avait eu raison. Ça ne l'aidait en rien.

— Vous avez choisi des noms pour le bébé ? demanda-t-il.

Claire posa une main sur son bras.

— Je veux seulement t'aider, Josh. Je t'aime, tu sais.

La gorge nouée, il dut se contenter de hocher la tête. Entendre « je t'aime » lui faisait quelque chose. En général, il ne se sentait pas très aimable. Il se transformait en vieux célibataire endurci à seulement trente-cinq ans.

— J'ai du cidre sans alcool pour fêter l'occasion, dit Jake. Trinquons.

— Ooh, Jake, merci.

Claire se leva sur la pointe des pieds pour l'embrasser.

Ravi de cette distraction, Josh s'installa au bar. Juste après, Claire s'assit à côté de lui. Jake passa derrière le bar, ouvrit le cidre et leur versa un verre à chacun.

Jake leva son verre.

— Pour un bébé en bonne santé !

— Bravo ! dit Josh.

— Santé ! ajouta Claire.

Ils trinquèrent. Claire but une gorgée et les jumeaux firent de même.

Josh cacha une grimace parce que la boisson était trop sucrée.

— Alors, quelles sont les dernières nouvelles avec le prince de Hailey ? demanda Claire joyeusement en retournant le couteau dans la plaie.

Le prince de Hailey. C'était tout dire. Tout le monde l'avait vu venir. Hailey était une princesse qui devait se trouver un prince.

— J'ai entendu dire qu'ils avaient bu un café ensemble, ajouta Claire. C'est sympa, mais je pensais qu'un prince proposerait quelque chose de plus excitant.

Josh frappa le bar de la main.

— Il a proposé de lui acheter Ludbury House ! Une putain de villa ! Est-ce assez excitant pour toi ?

— Josh, dit sévèrement son frère.

— Pardon, Claire, marmonna Josh. Je ne voulais pas mal te parler.

Claire lui donna un coup d'épaule.

— Je préfère t'entendre dire ce que tu penses au lieu de te voir tout retenir d'un air malheureux. Alors le prince lui a offert une villa. Que lui as-tu offert, toi ?

Josh fixa le comptoir d'un air sombre. Il avait un cadeau gênant et une idée de rendez-vous qu'il avait jetée par la fenêtre. Il ne pouvait pas lui offrir la belle vie de conte de fées qu'elle méritait. Le prince était sûrement un rêve devenu réalité pour elle.

— Propose-lui ce qu'elle aura avec toi, dit Jake. N'essaie même pas de concurrencer l'achat d'une villa.

Josh eut un rictus.

— Merci, monsieur l'expert des relations.

Jake continua à offrir des conseils.

— Propose de cuisiner pour elle – tu es un grand chef –,

invite-la à une partie de basket avec les autres…

— Elle n'est pas du tout douée pour le basket, rappela Josh.

Ils avaient tous vu ses talents peu sportifs sur le terrain quand elle s'était liée d'amitié avec Mad. Et il avait abandonné l'idée de cuisiner. Le prince avait sûrement parmi ses employés un chef qui s'était entraîné dans une école de cuisine française très chic.

Jake continua comme si Josh n'avait rien dit.

— Emmène-la pique-niquer au parc. Tu te souviens que tu allais faire ça avec Claire quand nous avons échangé nos rendez-vous ? On peut même faire du paddle là-bas. C'est amusant et la météo se réchauffe.

Josh lui jeta un regard pour qu'il se la ferme. Il n'était pas loin de lui mettre une claque.

Claire ajouta son grain de sel.

— Hailey veut une romance à l'ancienne. Elle veut qu'on lui fasse la cour, qu'on cherche à la conquérir.

Il se figea. Maintenant qu'il y pensait, Claire avait peut-être raison au sujet de la romance. L'appartement de Hailey était rempli de romans à l'eau de rose et de magazines de mariage. Devait-il prouver qu'il était un bon parti en faisant quelque chose de romantique ? Il avait cru que l'idée du dîner était bonne, mais Claire savait peut-être quelque chose qu'il ne savait pas. Il était possible que Hailey veuille quelque chose d'encore plus démodé. Il ne savait pas trop quoi.

Il jeta un regard en coin à Claire, et il rougit en marmonnant :

— Tu veux dire, comme des fleurs ?

— Ça pourrait en faire partie, concéda-t-elle.

Jake intervint encore.

— Une romance à l'ancienne ? Tu devrais demander des conseils au vieux. Papa a réussi à faire emménager Brandy avec lui en l'espace de cinq semaines, et maintenant ils vont se marier.

Josh regarda Jake dans les yeux et ils éclatèrent de rire.

— Tu imagines demander des conseils de drague à papa ? demanda Jake.

— Il est resté célibataire pendant des années ! ajouta Josh en riant encore.

Son père était bien pire que lui dans le domaine des célibataires endurcis.

— Plus maintenant, dit Claire fermement. Jake, tu me dis que ton père avait apprécié la façon dont son beau-père traitait sa mère comme une reine. C'est comme cela qu'il a traité votre mère…

— Ça l'a vachement aidé, dit Jake.

En effet, leur mère les avait abandonnés le lendemain de Noël, sans un regard en arrière, quand Mad n'avait qu'un an.

Claire continua :

— Et c'est pour cela qu'il a pris le temps de vous apprendre les manières d'un gentleman. N'a-t-il pas dit que c'était important de traiter les femmes comme vous traitez votre petite sœur, de façon attentionnée et respectueuse ?

Ils devinrent silencieux.

— Josh ? Jake ?

Josh marmonna « Oui » en chœur avec Jake. De vrais jumeaux.

Claire se tourna vers lui.

— Josh, est-ce ainsi que tu traites Hailey ? Es-tu attentionné et respectueux ?

Euh… il lui avait offert son bras pour l'accompagner plus d'une fois. En général, elle l'ignorait, alors il ne savait pas si cela comptait. Il eut l'impression que lui ouvrir la portière de la voiture n'était pas suffisant.

Claire parla d'une voix douce.

— Vous taquiner et vous moquer l'un de l'autre ne vous avance pas beaucoup.

Il ne dit rien. C'était trop tard pour réparer ça, et il commençait à voir que la faute reposait sur lui.

— Sait-elle qu'elle te plaît ? demanda Claire doucement. Sait-elle que tu la respectes ?

Quand il resta silencieux, elle ajouta :

— Est-ce qu'elle te plaît et la respectes-tu ?

Josh sortit son téléphone de la poche et tapota quelques fois dessus avant de montrer l'écran à Claire.

— Regarde les choses gentilles que j'ai dites sur elle et son entreprise dans l'interview de *Spécial Mariages*.

Les yeux noisette de Claire furent compatissants, sa voix si apaisante qu'il commençait à croire qu'il avait raté quelque chose d'important avec Hailey.

— C'est très gentil, mais lui as-tu déjà dit quoi que ce soit qui ressemble à cet article directement à elle ?

— Je l'ai dit devant elle pendant l'interview.

Il se tourna vers Jake, cherchant désespérément du soutien. Il ne pouvait pas avoir tout foiré complètement.

— Est-ce le genre de choses que tu as faites avec Claire ?

— Non.

Claire soupira bruyamment.

— Je n'en avais pas besoin. Je ne suis pas Hailey. Josh, je connais cette femme. Elle veut une romance à l'ancienne, elle veut que tu la courtises.

Josh rangea son téléphone dans sa poche, puis il écarta le col de son tee-shirt de son cou qui surchauffait.

— Ça veut dire quoi, on est au dix-huitième siècle ?

Jake rit.

Claire jeta un regard noir à Jake qui se tut tout de suite. Elle se retourna ensuite vers Josh.

— Je parle de petites attentions. Rejoins-la à la réunion du Club de Lecture Happy End ici demain soir. Lis le livre et participe de façon significative. Rejoins-la dans ce qu'elle aime. Si tu n'arrives pas à gérer le surplus d'œstrogène, tu peux faire des pauses pour traîner avec Jake. Elle a besoin de savoir que tu la respectes et que tu te soucies assez d'elle pour t'intéresser à ce qu'elle aime.

Jake eut un petit rire amusé.

— Chéri, dit Claire d'un ton mielleux avec un sourire inquiétant. Pourrais-tu me ramener la salade de fruits ici ? Et coupe quelques tranches de fromage, le Monterey Jack. J'ai besoin de plus de protéines maintenant que je mange pour deux.

— Je m'en occupe.

Jake déguerpit.

Josh réfléchit à la suggestion de Claire. Malheureusement

pour son côté masculin, tout ce qu'elle venait de dire au sujet des activités de midinette qu'aimait Hailey était logique, et c'était quelque chose qu'il n'avait pas essayé. Il n'avait plus de bonnes idées, et Claire lui en présentait une en or. En outre, cela correspondait au cadeau gênant qu'il lui avait acheté. Il pouvait peut-être le glisser dans son sac quand elle ne regardait pas. Merde. C'était bien plus dur que son idée de l'inviter à dîner, mais il était désespéré.

— Quelle est la longueur du livre ? demanda-t-il en espérant que ça ne prendrait pas trop de temps.

Il devait travailler ce soir et il ne voulait pas passer tout un dimanche à lire un roman mièvre.

— Lis le putain de livre et tu verras bien, aboya Claire. Tu dois faire des efforts avec elle. Si tu veux la facilité, continue à flirter au hasard avec les femmes qui entrent dans ton bar. Ça marche bien pour toi ?

Il écarquilla les yeux, surpris par son ton. L'amour vache de Claire.

Elle but quelques gorgées de cidre.

— Pardon, j'ai les hormones en folie et je suis un peu plus agressive que d'habitude.

Elle reprit un air sérieux avant d'ajouter :

— Bien sûr, je pensais tout ce que je viens de dire.

— Aucun souci.

Waouh, Jake devait être débordé. Il posa son verre à vin sur le côté.

— Alors, euh, de quoi parle le livre ?

— D'amour.

Il pouvait le lire en diagonale si nécessaire.

— Tout le livre traite d'amour ?

— Oui, c'est un parcours, comme celui que tu fais.

Il vit son regard entendu. Il était sur un parcours vers l'amour, et il ne le savait même pas. La situation n'était peut-être pas si sombre.

11

La situation était terriblement sombre.

Josh le sut dès qu'il arriva juste à temps pour le groupe de lecture chez Jake et Claire, s'incrustant accidentellement dans le monde des œstrogènes. Les femmes étaient déjà là, assises dans un cercle de canapés blanc et de fauteuils à fleurs dans le salon, bavardant gaiement. Claire lui avait-elle donné la mauvaise heure, ou bien étaient-elles toutes arrivées en avance ? Elles l'aperçurent l'une après l'autre.

La conversation s'arrêta net.

Son cadeau pour Hailey se trouvait dans la poche intérieure de sa veste en polaire noire, qu'il voulait désespérément retirer parce qu'il était brûlant de gêne, mais il n'osait pas risquer la honte supplémentaire de voir le cadeau tomber sur le sol où tout le monde aurait pu le voir. Il ne l'avait pas emballé.

Tous les regards passèrent de lui à Hailey. Tout le monde semblait savoir qu'il avait un but avec elle ce soir. Le feu de sa gêne devint une fournaise lorsque Hailey fronça les sourcils, perplexe.

— Josh, que fais-tu ici ?

Il se racla la gorge.

— Tu m'as invité.

— Non, pas du tout.

Il agita paresseusement une main en l'air, souhaitant retourner en arrière et NE JAMAIS SUIVRE LES CONSEILS DE CLAIRE.

— Mais si, au début, quand tu as lancé le club de lecture, tu m'as invité, alors je me dis que la proposition est toujours valable.

Les lèvres roses de Hailey formèrent un O de surprise.

— C'était il y a deux ans et demi !

— Tu es vraiment bienvenu, Josh, déclara Claire. Je t'en prie, assieds-toi.

Elle se leva et traîna un fauteuil fleuri vers le cercle de femmes.

Sois un homme. Tu as lu le livre. Tu as une mission.

Il s'installa sur le fauteuil. Les femmes le regardèrent. Il mourait de chaud dans sa polaire. Pourquoi avait-il choisi de mettre une chemise en flanelle par-dessus son tee-shirt aujourd'hui ? Une goutte de sueur coula le long de son front. Il l'essuya et fit de son mieux pour se fondre dans la masse.

Claire prit les devants.

— J'ai beaucoup aimé cette histoire avec la petite nièce adorable, pas vous ?

Silence de mort. Les femmes lui jetaient des regards curieux.

Josh intervint, cherchant désespérément à lancer la conversation.

— C'était limite, mais tout s'est bien terminé.

Contre toute attente, la fin du livre avait été touchante, alors que c'était un roman historique qui se passait dans l'Angleterre d'autrefois.

— Ce n'était pas si facile, dit Mad. Vous vous souvenez quand… Bon sang.

Elle le montra de la main.

— Je ne peux pas parler des scènes torrides alors que mon frère écoute.

Il se tourna vers Claire. *Règle ça.*

— Je suis enceinte ! annonça Claire.

Les femmes se mirent toutes à la féliciter avec enthousiasme, tout le monde quittant sa place pour serrer Claire dans ses bras et s'exclamer. Il profita de la situation pour retirer sa polaire et sa chemise qu'il posa sur ses genoux.

— Josh ! s'exclama Mad. Viens là ! C'est une grande nouvelle.

— Je l'ai déjà félicitée hier.

— Tu l'as appris avant nous ? demanda Mad.

Les femmes se tournèrent vers Claire d'un air interrogateur. Claire sourit.

— Jake le lui a dit. C'est une histoire de jumeaux. Vous savez que vous êtes toutes comme des sœurs pour moi. Je devais attendre de vous le dire en personne. En revanche, gardez-le pour vous, s'il vous plaît. On ne va pas du tout en parler au public.

Les femmes se réinstallèrent rapidement en murmurant leur compréhension du besoin d'intimité de Claire. Bientôt, tout le monde fut assis dans le cercle.

Hailey était assise à côté de Mad, en face de lui dans le cercle. Elle sortit une liseuse numérique de son sac et jeta un coup d'œil vers lui.

— En général, je lis un passage préféré pour en discuter ensuite, mais avant de commencer, je me demandais, Josh, si tu étais là en tant que fan du livre ou pour t'en moquer.

Il sentit le regard de Claire sur lui, l'encourageant à dire ce qu'il fallait. Les mots de Claire résonnèrent dans sa tête : *Elle a besoin de savoir que tu la respectes et que tu te soucies assez d'elle pour t'intéresser à ce qu'elle aime.*

Il s'éclaircit la gorge.

— Je respecte le travail de l'auteur et je te respecte, je veux dire je respecte tout le monde ici qui a aimé le livre.

Les lèvres de Hailey s'incurvèrent pour former un petit sourire doux et elle baissa les paupières.

— C'est gentil, merci. Alors tu as vraiment lu le livre ?

— Oui.

Mad désigna sa veste en polaire et il vit qu'elle dessinait maintenant le contour de son cadeau.

— On dirait qu'il l'a apporté. Tu fais ça à l'ancienne, Josh, en achetant le livre de poche.

— Est-il signé ? demanda Hailey. J'ai raté le stock limité d'exemplaires signés à Book It.

— Il est signé, répondit-il avant de vite refermer la bouche.

Signé par l'auteur, oui, mais ce n'était pas le choix du club de lecture. C'était son cadeau.

— Puis-je voir ce qu'elle a écrit ? demanda Hailey. J'ai entendu dire qu'elle écrit quelque chose de différent dans chacun.

— Oui, fais tourner, l'encouragea Mad en se levant et en venant se placer devant lui. Elle tendit la main.

— Montre-le-moi.

Il fit son meilleur regard intimidant à sa sœur.

— Non.

— Pourquoi pas ? demanda Mad.

— C'est privé.

Il jeta un regard noir à sa petite sœur avant de grogner :

— Va t'asseoir.

Une lueur d'amusement apparut dans les yeux marron de Mad.

— Qu'est-ce que tu caches, Joshie ?

— Rien, aboya-t-il.

Elle leva une main pour lui ébouriffer les cheveux. Il s'écarta et elle lui prit sa veste avant de courir à sa place. Bon sang, il s'était fait avoir par sa feinte.

Il pouvait la récupérer de force, mais il savait que Mad n'hésiterait pas à se battre. Elle était ceinture noire, et elle avait l'habitude de se bagarrer avec ses grands frères. Il ne voulait pas se battre avec sa sœur. D'un autre côté, il ne voulait pas être humilié en public.

Mad sortit le cadeau.

— Range-le, grogna-t-il. Ce n'est pas pour toi.

Elle examina le cadeau et elle ricana.

— Oh, waouh. Tu l'as vraiment acheté ?

Elle ouvrit la page couverture.

— Il est signé et tout. C'est exceptionnel.

Elle le tendit à Hailey en disant d'un air solennel :

— C'est pour toi.

Toutes les femmes parlèrent en même temps :

— Comment s'appelle le livre ?

— Qui est l'auteur ?

— Pourquoi Josh l'a acheté pour toi ?

Il s'avachit dans son fauteuil en fermant à moitié les paupières. La désolation se mêlait à la honte. Il avait voulu lui donner en privé pendant qu'il expliquait qu'il était un bon parti. Maintenant, tout le monde allait donner son avis. L'horreur.

Hailey parut surprise et elle parla d'une voix aiguë.

— Je, euh, je ne sais pas pourquoi, mais c'est *Accidentellement Enceinte par le Cow-boy*, de T. L. Frieze. Il est écrit : Hailey, continue ta chevauchée ! Profite de ton propre cow-boy. Elle a dessiné un petit chapeau de cow-boy et signé de son nom.

Josh sentit les cheveux se hérisser dans sa nuque. Pourquoi Hailey semblait-elle aussi surprise ? Mad lui avait dit que c'était le livre préféré de Hailey et qu'elle avait toujours voulu un exemplaire signé. Il l'avait spécialement commandé sur le site de l'auteur et il avait payé des frais supplémentaires pour une livraison rapide.

Il jeta un regard assassin à Mad.

Elle lui tira la langue.

Il pointa un doigt vers elle qui promettait sa vengeance. C'était une des plaisanteries de Mad. Maintenant qu'il avait fini de payer ses frais universitaires, elle avait recommencé à lui jouer des tours. Pendant un moment, elle avait fayotté avec lui. Il aurait dû le savoir.

Les femmes se firent passer le livre. Il y eut des chuchotements tout bas, sans doute concernant le sens caché du livre. Peut-être voulait-il mettre Hailey enceinte, ou peut-être était-elle déjà accidentellement enceinte. *Putain.* Ce n'est pas le genre de romance à l'ancienne qu'il était censé présenter à Hailey. Maintenant, il passait pour un vicelard.

Hailey se leva dans sa robe rouge à manches courtes qui laissait apparaître toutes ses courbes, l'air d'une star et parfaitement maquillée comme d'habitude, ce qui ne l'ennuyait pas comme autrefois. Elle n'était pas snob et au-dessus des autres. Elle était passionnée, fougueuse, et il avait vu ce qu'il y avait sous ses vêtements de marque. Il refoula ce souvenir lorsqu'elle s'approcha de lui. Il jeta un coup d'œil à côté d'elle en voyant soudain qu'elle ne portait pas le sac de transport pour chien.

— Où est Rose ?

Il était même venu préparé, avec un peu de beurre sur les poignets et une tranche de pepperoni dans un petit sachet plastique caché dans la poche de sa chemise en flanelle.

Quand elle fut près de lui, il sentit son odeur florale et sexy.

— Jake l'a emmenée voir les chevaux à l'étable. C'est bien qu'elle vive des expériences différentes.

Il ne trouva rien de plus à dire, malgré l'émotion qui montait en lui, son cœur battant vivement. Soudain, il eut l'impression que l'enjeu était énorme. Son cadeau s'était avéré être une plaisanterie, mais son intention était très, très réelle.

Les yeux bleu clair de Hailey le scrutèrent un moment, l'air légèrement perplexe. Il essaya de ne pas s'agiter.

— Merci pour le cadeau, Josh.

Il grogna.

— Mad a dit que c'était ton préféré.

Hailey tourna vivement la tête vers Mad qui éclata de rire. Hailey souffla et se retourna vers lui.

— J'apprécie le geste. Merci.

— Il est évident que Mad s'est moquée de moi. As-tu, euh, lu celui-là ?

Elle se pencha pour chuchoter à son oreille et il resta immobile comme une statue.

— À vrai dire, j'évite les histoires de grossesse accidentelle parce que j'en étais une. Mad ne le sait pas, personne ne le sait. Je ne peux pas trouver la situation de mère célibataire romantique, car j'ai subi ça.

Il la regarda dans les yeux quand elle se releva. Elle lui avait confié quelque chose qu'elle n'avait même pas dit à Mad.

— Je sais ce que ça fait quand un parent nous fait faux bond, dit-il.

Elle déglutit.

— Oui, eh bien, mon père est mort quand j'étais petite, mais… il n'a pas vraiment été un père avant ça de toute façon.

— Je suis désolé de l'apprendre. Et vraiment désolé que le livre te rappelle ça. Tu peux le jeter.

Elle leva le menton.

— Hors de question. C'est le premier cadeau que tu m'offres.

— Ce n'est pas comme une villa.

D'où est-ce que ça sortait, ça ? Ils s'entendaient presque bien et voilà qu'il éprouvait le besoin de mentionner le prince machin.

Elle l'observa et il vit le moment où elle comprit qu'il savait ce que le prince lui avait proposé. Elle allait sûrement partager beaucoup moins d'informations avec Mad, maintenant qu'elle savait qu'elle s'était confiée à une balance.

— Je suppose que c'est vrai, dit-elle doucement.

Cherchant désespérément à rattraper la situation, il se pencha tout près et parla du fond du cœur :

— Écoute, le livre était censé te montrer que je suis un bon parti. Peu importe ce que disent nos parents. Nous méritons notre chance. Ta mère ne va pas abandonner mon père juste parce que nous pourrions faire quelques erreurs, si ?

Elle écarquilla les yeux.

— Je pensais que nos parents voulaient que nous nous pardonnions.

Elle se pencha vers lui et chuchota :

— Es-tu en train de dire qu'ils ne veulent pas que nous soyons ensemble ?

Il hésita avant d'admettre :

— Mon père m'a dit de garder mes distances. D'être poli et c'est tout. Il pensait que nous allions entraîner trop de drames dans la famille, détruire la paix pour toutes les fêtes de famille, les anniversaires, les fêtes de fin d'année, mais moi je dis, on s'en fout.

Elle se redressa, se couvrant la bouche avec les doigts, les yeux brillants.

Merde. Il avait dit ce qu'il ne fallait pas. Il était censé faire un geste romantique et il l'avait contrariée.

— Ne t'inquiète pas pour mon père, dit-il vite. Ça ne va pas détruire leur mariage. Ta mère est amoureuse de lui.

Elle hocha la tête avec raideur et retourna s'asseoir. Puis elle resta là à fixer le sol.

Il eut le cœur serré, la gorge nouée, l'estomac retourné. *Et maintenant ?*

Claire prit les commandes comme un général d'armée.

— Mesdames ! Revenons à notre lecture. Et donnez ce livre sur les cow-boys à Mad. Il se trouve que c'est son préféré parce que Park et elle font beaucoup de jeux de rôle de cow-boys… Elle fait le cheval.

Tout le monde éclata de rire.

— Pas du tout ! protesta Mad vivement.

Les femmes sautèrent sur l'occasion en taquinant Mad. C'était absurde de les imaginer faire un jeu de rodéo, tous les deux ayant été élevés dans les banlieues du Connecticut, mais il ne put même pas s'efforcer de sourire. Pas alors que Hailey semblait si bouleversée.

Il n'était vraiment pas le prince romantique de ses rêves.

Hailey était assise au club de lecture, secouée par la tournure des événements. Elle avait craint tout ce temps que sa mère fasse faux bond à Joe et que cela retourne les Campbell contre elle, alors qu'apparemment, Joe était déjà contre elle. Elle ne pouvait même pas assurer à Josh que sa mère resterait même s'il y avait un vrai problème de paix familiale. Sa mère fuyait quand les choses devenaient stressantes. Elle déglutit, vraiment blessée par le jugement de Joe. Bien sûr, il n'était pas contre son amitié avec Mad, et il avait dit qu'elle serait comme une fille puisqu'il épousait sa mère, mais il ne la voulait pas pour son fils. Josh aurait dû le lui dire avant de l'embrasser. Elle s'était inquiétée des conséquences familiales et il avait seulement dit que leurs parents voulaient qu'ils fassent la paix. Joe devait penser que ça ne fonctionnerait jamais entre Josh et elle à cause de la façon dont ils se disputaient tout le temps. Elle aussi, elle s'était inquiétée de ça, jusqu'à ce que Josh l'embrasse. Elle n'avait jamais ressenti ce genre de passion avec quelqu'un d'autre. Elle se disait qu'ils étaient peut-être faits l'un pour l'autre. Puis il l'avait rejetée et elle s'était refroidie. Là, il était encore gentil. Où en étaient-ils maintenant ?

Elle fixa le livre de cow-boy qui dépassait de son sac. Il le lui avait apporté en cadeau, et il avait bravé le club de lecture avec toutes les meilleures amies de Hailey et sa sœur, qui allait se moquer de lui. Et il avait pris la soirée au sérieux, lisant le livre et contribuant intelligemment à la discussion. Il était clair qu'il n'était pas là pour se moquer de la romance, ou d'elle. Et même si Mad, la fourbe, l'avait piégé avec ce livre, le fait que Josh lui ait demandé ce qu'elle aimerait comme cadeau devait signifier qu'il se souciait d'elle. Il respectait ce qu'elle aimait. C'était important, étant donné leur passé houleux. Pendant trop longtemps elle avait eu l'impression qu'il était secrètement – ou pas si secrètement – en train de rire d'elle. Ce soir, il était extrêmement sérieux. Il voulait qu'elle sache qu'il était un bon parti.

Elle caressa le pelage dru de Rose. Le fait qu'elle ait laissé tomber sa robe la première fois qu'elle s'était retrouvée seule avec Josh avait donné l'impression qu'elle se servait de lui pour son corps magnifique. Elle était une femme passionnée, mais à l'époque elle avait cru que cela pouvait les rapprocher. Avec tous les sentiments refoulés qu'elle avait pour lui et en croyant qu'elle avait besoin de stabilité dans sa vie, elle s'était lancée. Il fallait reconnaître que ce n'était pas son heure de gloire, elle avait été un peu ivre et très perturbée parce que sa mère et Joe emménageaient ensemble. Sa tentative maladroite de séduction aurait dû être un indicateur de son craquage six semaines plus tard, quand sa mère et Joe s'étaient fiancés.

Elle aimait beaucoup Josh. Et quand ils ne se disputaient pas, comme ce soir, elle était attirée par lui. C'était le genre d'homme sur lequel elle pouvait compter. Elle l'avait vu en action, avait vu ses petits frères et sa sœur ainsi que ses amis se tourner vers lui. Il avait été là pour elle lors de sa crise de larmes à la fête de fiançailles de leurs parents. Alors, pourquoi n'arrivaient-ils pas à être sur la même longueur d'onde ?

Maintenant, Josh était dans la cuisine avec Jake pendant que les femmes parlaient à Claire de sa grossesse et de son état. Elle essayait sans cesse d'écouter les grondements de la discussion des jumeaux, cherchant à déterminer qui était qui. Ils étaient identiques, mais Jake était bien plus ouvert et expressif, Josh toujours réservé. Ils avaient cependant le même sens de l'humour, terminaient la phrase de l'autre et de temps en temps, ils parlaient en chœur. Ce devait être fabuleux d'avoir grandi avec un jumeau. C'était comme avoir son meilleur ami avec soi tout le temps.

Claire lui serra le bras.

— Peux-tu m'aider à porter quelques carafes d'eau ? J'ai mis des fruits dedans pour donner du goût. C'est ma version des boissons sans alcool.

— Bien sûr.

Elle tendit Rose à Mad afin d'avoir les deux mains libres. Mad n'interrompit même pas sa conversation, continuant à parler en serrant Rose contre elle. Mad était comme la deuxième maman de Rose depuis qu'elle s'était occupée d'elle pendant quelques semaines, avant de la donner à Hailey en cadeau de la part de toutes ses amies.

En arrivant dans la cuisine, Claire annonça :

— C'est le moment des boissons fruitées.

Jake et Josh se retournèrent en même temps. Elle pouvait les distinguer parce que Jake gardait ses cheveux bruns soigneusement coupés court, sa mâchoire rasée de près, et ses vêtements étaient de marque. Il bougeait aussi plus vite que son jumeau. Josh flânait, très détendu, comme si rien ne valait le coup de se presser. Ses cheveux sombres étaient assez longs pour boucler sur sa nuque, toujours un peu ébouriffés, avec une barbe de trois jours et des vêtements usés et décontractés.

Jake sourit à Claire comme si elle était la meilleure femme sur terre.

Hailey ravala une pointe de jalousie. Elle se tourna et se trouva nez à nez avec Josh qui la fixait d'un air interrogateur auquel elle ne sut pas répondre. Tout ce qu'elle savait, c'était qu'elle ressentait quelque chose de fort pour lui, et pourtant elle craignait les conséquences de s'impliquer avec lui. Aller à l'encontre de la famille dont elle avait voulu faire partie pendant si longtemps, être discrets, se disputer sûrement, ce qui serait bien plus douloureux une fois que son cœur était entièrement engagé. Et, si ça ne fonctionnait pas, les dégâts affecteraient plus qu'eux deux. Le risque semblait trop élevé.

Elle se dirigea vers le frigo en sentant le regard de Josh sur elle.

— Comment vas-tu ? demanda-t-il quand elle passa devant lui.

Elle s'arrêta et se retourna vers lui, en reprenant ses bonnes manières.

— Je vais bien. Et toi ?

Il fourra les mains dans les poches de son jean.

— Bien.

Ses yeux sombres étaient encore pleins de questions.

— Bien, répéta-t-elle.

— Je comprends pourquoi tu aimes le groupe de lecture, dit-il. C'est sympa de parler avec ses amis de quelque chose que l'on aime. C'est un peu comme, euh, une expérience où on crée des liens.

La mâchoire de Hailey tomba en entendant cette observation pertinente à laquelle elle ne s'attendait pas.

— C'est très vrai. À l'origine, je l'avais conçu comme un moyen de rapprocher les personnes célibataires. C'est à ce moment-là que je t'ai invité pour la première fois. Tu sais, ce devait être un groupe de lecture pour célibataires, mais nous n'avons jamais eu d'hommes, alors c'est devenu une sorte de sororité focalisée sur la romance.

Il la regarda dans les yeux, parlant d'une voix basse et rauque.

— J'aurais dû accepter ton invitation à l'époque.

Elle rougit.

— Oh. Eh bien, c'était il y a longtemps. Beaucoup d'eau a coulé sous les ponts.

De l'eau. Elle devait aider Claire avec l'eau.

— On s'en occupe ! chantonna Claire en passant avec deux pichets d'eau fruitée.

Jake la suivit avec un autre pichet et une pile de gobelets en plastique rouge.

Soudain, il n'y eut plus que Josh et elle dans la cuisine. Elle déglutit, gardant les mains dans le dos avant de les lâcher. Pourquoi était-ce si gênant ?

Il s'approcha d'elle et se pencha près de son oreille.

— Je ne suis pas venu ici parce que je voulais parler d'un livre.

Elle humecta ses lèvres, le cœur battant beaucoup trop fort.

— D'accord.

Il lui prit la main, la porta à ses lèvres et déposa un baiser. Comme dans la romance historique qu'ils venaient de lire !

— Hailey…

Il prit ses deux mains dans les siennes.

— Oui, souffla-t-elle.

— Je veux te courtiser, créer un feu qui couve lentement entre nous. Ce sera réel et ça vaudra le coup pour tous les deux, ou bien ça ne se produira pas du tout. J'aurais dû te le dire dès que j'ai compris que nous étions faits l'un pour l'autre.

Elle retint son souffle.

— Quand as-tu compris cela ?

— Quand tu m'engueulais chez Garner's parce que j'essayais de te parler seul à seul juste avant que le prince fasse son apparition. Tu refusais de passer du temps avec moi parce que tu étais blessée par mon rejet, qui venait du fait que j'essayais de faire ce qu'il fallait, d'ailleurs, rien de personnel. Maintenant je pense que ce qu'il faut, c'est être avec toi, pas garder mes distances.

Elle fronça les sourcils en réfléchissant.

— Pourquoi pensais-tu que nous étions faits l'un pour l'autre alors que je t'engueulais ? Aimes-tu que je me fâche contre toi ?

Il serra ses mains.

— J'aime que tu sois sincère avec moi.

— Oh. C'était après mon craquage gênant dans ton bureau.

Elle secoua la tête avant de rajouter :

— J'ai eu bien trop de moments gênants avec toi.

Il eut un sourire en coin.

— J'avoue que c'était difficile de te regarder pleurer à cause de la compassion que j'avais pour toi, mais j'étais content de pouvoir t'aider à ma façon.

Elle eut le cœur serré par sa gentillesse. Elle n'avait pas su qu'il avait vraiment ressenti de la compassion à l'époque, mais elle avait été dans un tel état qu'elle n'aurait sans doute pas compris. Elle le regarda dans les yeux en essayant de décider l'étape suivante : se rapprocher ou s'éloigner. Il la regarda avec sérieux et sincérité.

Elle déglutit.

— Je ne sais pas. Je suis vraiment inquiète. Notre famille est contre nous et ils ont peut-être raison. Nous nous disputons beaucoup et si ça ne fonctionne pas, il y aura des conséquences.

Il passa sa grande main dans ses cheveux, entourant sa nuque et l'attirant vers lui. Elle retint sa respiration, des papillons dans l'estomac, une pulsation entre les jambes. Elle sentit son souffle chaud sur ses lèvres.

— Donne-nous une chance.

Il baissa lentement la tête en enfonçant ses doigts dans les cheveux de Hailey, inclinant son visage vers lui pour un baiser. Elle ferma les yeux et attendit, vibrant presque d'anticipation. Enfin, ses lèvres frôlèrent doucement les siennes, puis il recommença. Elle n'avait jamais ressenti de la douceur de sa part. Elle ne savait pas si c'était ce qu'elle voulait. Cela lui semblait trop fade, pas du tout le genre de Josh.

Il se redressa, laissant tomber sa main de sa chevelure. Elle faillit pleurer de déception. C'était tout ? Deux minuscules baisers qu'elle avait à peine sentis ?

Il parla d'une voix rocailleuse.

— Je ne travaille pas demain soir. Viens chez moi pour notre premier rendez-vous officiel. Je te préparerai à dîner.

— Alors, nous allons agir dans le dos de ton père ?

— Ceci nous concerne, et personne d'autre.

Il fit passer une mèche de cheveux derrière son oreille et

déposa un baiser chaleureux à l'endroit sensible juste au-dessous de son oreille, la faisant frissonner.

— Je veux te préparer un repas incroyable. C'est mon unique qualité parmi de nombreux défauts.

Elle rit un peu, mais elle était toujours inquiète.

— Eh bien, si c'est ta seule qualité.

Il ricana.

— J'ai une autre qualité, une *grande* qualité, mais nous ne l'aborderons pas demain soir, alors ne t'inquiète pas pour ça.

Elle détourna le regard, gênée parce qu'elle s'était jetée sur lui comme une espèce de nymphomane désespérée.

— Je n'étais pas inquiète pour ça.

— Je veux dire, quand ta robe est tombée par terre…

— J'ai compris ! D'accord, Josh !

Il posa les mains de chaque côté de son visage.

— Tu es si facile à énerver. Je te taquine, je ne cherche pas une dispute.

Elle se calma. C'était difficile d'être irritée alors qu'il la tenait comme si elle était très importante, en la regardant tendrement.

— Il va falloir que je trouve des choses pour t'embêter à mon tour.

Il laissa tomber ses mains sur ses épaules.

— Tu peux essayer. Maintenant, avant de continuer, je dois savoir si tu m'apprécies pour ce que je suis, et pas seulement pour mon joli visage et mon corps de rêve. Je suis un bon parti.

Elle sourit, amusée par sa tournure de phrase.

— Je t'aime pour plus que ton joli visage et ton corps de rêve. Tu es certainement un bon parti.

— Excellent.

Il la serra dans ses bras et l'embrassa comme s'il le voulait vraiment. Oui ! C'était le genre de baisers qu'elle aimait. Il avait cette façon de la tenir, une main dans ses cheveux, l'autre au creux de son dos, leurs corps se touchant complètement quand il posait la bouche sur la sienne. Ce n'était pas tout, Dieu merci. Il fut agressif, affamé, il la dévora. Elle venait d'atteindre un niveau d'excitation fébrile, collant ses hanches contre lui pour demander plus, quand il la déposa à trente centimètres de lui.

— Retourne voir tes amies, dit-il d'un ton bourru. J'arrive dans quelques minutes.

— Non. Pourquoi ?

Elle baissa le regard et vit la bosse sous son jean, et elle sourit, ravie d'avoir autant d'effet sur lui que l'inverse. Un embrasement lent ne fonctionnerait jamais entre eux et c'était très bien comme ça. Ce genre de passion était rare et ce dont elle avait toujours rêvé.

Elle retourna voir ses amies avec les jambes tremblantes, priant de ne pas avoir fait une erreur en passant à l'étape suivante avec lui.

12

Josh était tendu. Elle le remarqua dès qu'il ouvrit la porte pour leur premier rendez-vous officiel. Était-ce parce que l'enjeu était très élevé ? Ou parce qu'il était si perturbé par le désir qu'il avait de la peine à contrôler ? Elle avait passé un peu trop de temps la nuit précédente à imaginer comment c'était d'être nue avec lui – des niveaux de passion sauvages et hallucinants – raison pour laquelle elle portait une robe en tricot blanche aux épaules nues qui lui allait comme une seconde peau, se terminant à mi-cuisse, avec des talons aiguilles noirs. Mais d'abord : un rendez-vous civilisé qui donnait le ton du reste de leur relation. Aucune pression. Bon sang, maintenant elle était tendue, elle aussi.

Il indiqua le canapé en gardant ses distances.

— Mets-toi à l'aise. J'espère que tu aimes le steak.

Il avait fait un effort sur son apparence, depuis son visage rasé de près à son eau de Cologne épicée et boisée et ses vêtements : une chemise bleu pâle, un pantalon gris et des chaussures en cuir.

— Oui, ça me va très bien.

Elle posa Rose sur le sol avec son jouet, un vieil ours en peluche vert, et elle posa son sac près du canapé. Ensuite elle se tourna et marcha jusqu'à Josh. Elle se pavana en balançant les hanches. Pourquoi porter cette robe si elle ne l'utilisait pas à son avantage ?

— Tu es très beau ce soir.

— Merci. Toi aussi. Tu pourrais porter un sac et tu serais magnifique quand même, mais tu le sais, non ?

Elle resta momentanément sans voix. C'était la première fois que Josh faisait un commentaire sur son apparence, et c'était un sacré compliment.

Il se retourna vers la cuisine.

— Comment aimes-tu la cuisson de ton steak ?

— À point.

— Compris.

Il s'arrêta et se tourna encore vers elle.

— Et Rose ?

Elle eut un grand sourire, aimant la façon dont il veillait sur son bébé à fourrure.

— Elle n'a encore jamais mangé de steak. J'imagine qu'une cuisson à point lui conviendra tout à fait.

Il lui fit un sourire qui la réchauffa comme un rayon de soleil. Elle avait si rarement vu Josh lui sourire. C'était de la plus pure beauté masculine.

Il entra dans la cuisine et elle le suivit. Ça sentait très bon. Ses appareils électroménagers étaient blancs et relativement neufs. Divers ustensiles de cuisine, des verres doseurs et des bols étaient posés sur le long comptoir mélaminé. Une petite table carrée couverte d'une nappe blanche dans un coin était mise pour deux personnes avec un vase de roses et de gypso-phile et de longues bougies blanches dans des bougeoirs en argent. Une jolie touche romantique.

Il indiqua le vase avec les roses.

— Elles sont pour toi. J'ai dû les mettre dans l'eau pour qu'elles puissent s'ouvrir à temps pour le dîner.

— Ooh, merci.

Elle se pencha et sentit leur odeur.

— Elles sont magnifiques.

Il marcha vers le comptoir et passa la main dans un sac plastique.

— J'ai acheté un jouet à mâcher pour Rose. Il est fait à partir d'une lance d'incendie recyclée.

Il arracha l'étiquette et posa le jouet dans sa main. C'était un jouet rectangulaire orange qui faisait un bruit de froissement.

— Oh, mon Dieu, on adore ! C'est adorable.

Elle partit dans le salon et s'agenouilla à côté de son bébé à fourrure, lui offrant le jouet.

— Rose, qu'en penses-tu ?

Rose le renifla, puis elle le lécha. Hailey laissa tomber le jouet sur le sol et Rose sauta dessus, roulant parterre et le léchant avec enthousiasme.

Hailey regarda Josh par-dessus son épaule. Il se tenait dans l'entrée de la cuisine et souriait en voyant Rose jouer. Il était irrésistiblement sexy, il dorlotait son chien, cuisinait pour elle, mais elle était bien décidée à ne pas se jeter sur lui. Il voulait une passion lente, quelque chose de réel. Elle aussi. C'était simplement difficile d'attendre, maintenant qu'elle avait eu un avant-goût de la passion.

Elle se leva et passa une main dans ses cheveux.

— As-tu du vin ?

— Oui, j'ai un bon merlot. Je le laisse respirer. Je vais nous servir un verre. Les steaks ont mariné toute la nuit. J'ai des pommes de terre cuites au four. Et des épinards et des champignons. Et pour le dessert…

— Tu fais aussi des pâtisseries ?

— C'est un fraisier de chez Garner's. Il n'est pas trop sucré.

Elle s'avança vers lui.

— Miam. Ceci est donc un premier rendez-vous typique pour toi ?

— Non.

Il retourna à la cuisine et jeta un coup d'œil aux pommes de terre dans le four.

— En général, je n'invite pas de femmes ici.

Elle rougit, ravie d'être une des rares femmes à être invitée. Il lui sembla incroyable d'avoir pensé autrefois que c'était l'antre du péché.

— Pourquoi pas ? Est-ce ton sanctuaire privé ?

Il se redressa et ferma la porte du four.

— Parce que la plupart des femmes ne sont pas très impressionnées par l'endroit où je vis, mais tu l'as déjà vu avant, alors…

Il sortit deux verres à vin d'un placard et leur servit du merlot à tous les deux. Il lui tendit un verre.

Elle était abattue à cause de cette remarque nonchalante, mais elle le remercia et but une gorgée.

— Puis-je faire quelque chose pour t'aider ?

— Je m'en occupe. Détends-toi.

Elle s'installa à table et le regarda sortir une grande poêle, ajouter du beurre, puis les champignons. C'était étrange d'être avec Josh de cette façon, la scène était si domestique, si paisible.

— Pourquoi penses-tu que nous nous disputons autant ?

Il jeta un coup d'œil par-dessus son épaule.

— Tu es si facile à énerver que je ne peux pas résister. Je pensais surtout que c'était amusant.

Il se remit à cuisiner, mélangeant les champignons avec une spatule en bois.

— Pourquoi revenais-tu toujours à la charge ?

Elle observa son large dos. Pourquoi se mêlait-elle tout le temps de ce qu'il faisait ? La moitié du temps, elle avait été si furieuse qu'elle avait voulu l'étrangler. Et maintenant… elle avait simplement envie de le toucher, de l'embrasser, de le goûter. Oh la la, elle devait vraiment arrêter de penser à lui nu.

Il la regarda.

— Tu ne sais pas ?

Elle revint à la conversation.

— Je n'arrivais pas à m'arrêter quand nous étions lancés. C'est un peu malsain, quand même. Je veux dire, j'ai vraiment été contrariée par…

Il inclina la tête.

— Nous avons sans doute laissé dégénérer la situation. J'ai essayé de faire amende honorable quand j'ai compris que je t'avais blessée. Quoi qu'il en soit, après coup, je me dis que je t'embêtais parce que j'étais attiré par toi alors que je ne le voulais pas. Je n'étais pas clair dans mes intentions. Clarissa m'a aidé à me comprendre plus profondément. Tu sais, à devenir plus conscient de mon inconscient et comment il se manifeste dans la vraie vie.

Clarissa.

— Pff. Ne sais-tu pas qu'il ne faut pas parler de son ex quand tu as un rendez-vous galant avec quelqu'un d'autre ?

Il reprit la cuisine en maugréant :

— Je ne savais pas qu'il y avait des règles.

— Bien sûr qu'il y a des règles. Tu devrais être focalisé sur le moment présent avec la personne qui est avec toi. As-tu cuisiné pour elle ?

Il la regarda.

— Je croyais que tu venais de dire…

— Oublie ça. Je ne veux pas le savoir.

En se sentant bêtement irritée, elle laissa son vin sur la table et elle passa dans le salon pour voir comment allait Rose. Elle était roulée en boule sur le canapé de Josh, les pattes sur son nouveau jouet, profondément endormie. Il n'en fallait pas beaucoup pour satisfaire Rose, et ne s'était-elle pas mise à apprécier Josh très vite après tous ses grognements et ses aboiements ? Elle ne savait toujours pas ce qui avait fait changer Rose d'avis au sujet de Josh. Cela avait commencé au dîner avec leurs parents. Rose avait peut-être perçu les humeurs de Hailey, et quand elle était fâchée contre Josh, Rose l'était aussi. Quand elle était calme, Rose également. Ha. Quel chien intelligent et perspicace.

Elle retourna à la cuisine et elle s'assit. Josh s'occupait des steaks. Elle but son vin en le regardant cuisiner, faisant beaucoup d'efforts pour elle, plus qu'aucun autre homme avant lui. Bon, elle n'avait pas des tonnes d'expérience, car elle était restée très longtemps avec son copain de baise, ce qui empêchait toute véritable relation. Ici avec Josh, elle avait presque l'impression d'être passée dans un univers alternatif. Josh gentil, romantique, qui essayait vraiment de communiquer avec elle au lieu de l'énerver. Elle en était déstabilisée, comme si elle ne savait plus à qui elle avait affaire. Que savait-elle de lui, d'ailleurs ?

Peu de temps après, Josh alluma les bougies et posa leurs assiettes de nourriture sur la table.

— Bon appétit.

Il semblait détendu maintenant qu'il avait fini de cuisiner. Ce n'était peut-être pas du désir refoulé qui l'avait rendu tendu. Bon sang.

— C'est incroyable. Merci.

— Dis-le-moi si ton steak est cuit comme tu l'aimes.

Elle coupa un morceau joliment à point, avec une petite touche rosée.

— C'est parfait.

Ils mangèrent en silence pendant quelques minutes. Elle ne parvint pas à parler de banalités avec lui au sujet de la météo ou de la nourriture. Ils se connaissaient assez pour avoir dépassé les conversations ordinaires, mais elle ne trouvait aucun sujet commun en dehors de leurs amis et de leurs parents, ce qui était déjà un terrain miné.

Elle soupira.

—Josh ?

— Oui.

— Raconte-moi quelque chose sur toi. Maintenant que nous ne nous disputons pas, je me rends compte que je ne te connais pas vraiment si bien que ça.

— Bien sûr que si. Tu connais ma famille, mes frères honoraires, tu sais où je travaille et tu sais que j'aime la bonne nourriture. Il n'y a rien d'autre à savoir.

Elle était certaine qu'il y avait d'autres choses. Il était complexe et il n'aimait pas révéler sa main. Mad avait dit plus d'une fois que Josh était un stratège sur le long terme. Mais à quoi employait-il ses stratégies ? Elle se repassa vite leur histoire commune, cherchant à remplir les trous dans ses connaissances.

— Tu te souviens quand tu sortais platoniquement avec des femmes parce que ça faisait partie de mon business plan ?

C'était un autre de leurs arrangements. D'abord il l'avait accompagnée aux mariages, et puis quand elle avait vu qu'il était un gentleman – pendant ses heures de travail, en tout cas – elle l'avait sous-traité auprès des femmes célibataires qui espéraient trouver leur happy end. Il était simplement censé les inviter à un rendez-vous afin de réparer la confiance qu'elles avaient dans la gent masculine. Hailey se chargeait de la suite. Une partie de son business plan était de rapprocher les gens. Plus il y avait de couples heureux, plus elle pouvait organiser de mariages. Après coup, elle ne savait pas très bien pourquoi il avait accepté.

Il coupa un morceau de steak.

— Oui.

— Pourquoi avais-tu accepté de faire ça ?

— Pour l'argent.

Il se remit à manger.

— Mais si tu pouvais te permettre de payer les frais d'université de Mad et qu'il te restait encore assez pour acheter Garner's et construire l'extension, j'ai dû mal à croire qu'il te fallait la petite somme que je t'ai payée.

— C'était amusant.

La curiosité prit le dessus chez elle.

— Où emmenais-tu les femmes que j'ai envoyées vers toi ? Que faisais-tu avec elles ?

Franchement, certaines des femmes qu'elle avait aidées étaient si perturbées par les hommes pourris qu'elles avaient fréquentés, qu'elles avaient plus ou moins abandonné tout espoir. Après Josh, elles étaient prêtes à se relancer dans le jeu de la séduction.

Il mâcha et avala sa bouchée.

— Des choses simples et pas chères comme un tour à pied de Clover Park, du lèche-vitrine, je leur achetais une glace, on se promenait sur la jetée au bord de l'eau et je leur gagnais un lot dans un des jeux de la foire.

— Pourquoi l'as-tu vraiment fait ?

Il posa sa fourchette et la regarda dans les yeux.

— Franchement, pour te rendre jalouse.

Elle écarquilla les yeux.

— Pourquoi serais-je jalouse de rendez-vous platoniques ?

— J'espérais que cela t'inquiète. À vrai dire, c'était vraiment une façon détournée de faire les choses. C'était avant que je comprenne mes histoires de subconscient.

Elle pinça les lèvres.

— Avant Clarissa.

— Oui.

— Quelles histoires de subconscient ?

— Je te désirais tout en ne voulant pas te désirer.

Elle eut le souffle coupé, le cœur qui battait vite. Il la voulait déjà à l'époque ? C'était il y avait plus de deux ans ! Elle l'avait plus ou moins désiré tout ce temps aussi – il était canon – mais en même temps elle ne le voulait pas parce qu'il se disputait si souvent avec elle.

— Pourquoi ne voulais-tu pas me désirer ? À cause de toutes nos disputes ?

Il secoua la tête.

— Ça ne fait rien. J'ai changé d'avis maintenant.

— Parce que tu pensais que j'étais une princesse ? devina-t-elle.

Il la regarda.

— Y a-t-il moyen de ne pas parler de ça et de simplement manger ?

— Non.

Il piqua une pomme de terre sur sa fourchette.

— Tu vas mal le prendre. Puis tu seras fâchée contre moi et tout le travail que j'ai fait pour un premier rendez-vous parfait aura été pour rien.

— Dis-le-moi. Je peux le supporter.

Il poussa un soupir.

— Je détestais que tu sois une reine de beauté. Tu semblais hautaine, le nez en l'air avec tes vêtements de couturier et ta coiffure et ton maquillage parfaits.

— Enclin à critiquer, je vois.

— C'était plutôt une répulsion viscérale pour tout ce que je pensais que tu étais.

Elle le fixa avec de grands yeux pendant qu'il continuait à toute vitesse.

— Comme je te l'ai dit, j'avais tort. Je détestais ces concours de beauté et c'est mon problème. Je t'ai jugée d'après mes propres mauvaises expériences avec ma mère et mon ex.

— Ton ex ? Tu veux dire Clarissa ?

— Non.

Il mangea un peu plus de steak, alors elle l'imita.

— Je suis certaine qu'un psychologue s'éclaterait avec celle-là, mais je suis sorti avec Miss Massachusetts à l'université. J'étais amoureux d'elle. Elle était amoureuse d'elle-même. Quoi qu'il en soit, elle m'a laissé tomber et elle a épousé un type riche qu'elle a rencontré dans un gala de charité. Elle ne m'a pas invité à ce gala, je n'étais même pas au courant. Je l'ai découvert bien plus tard par quelqu'un d'autre qui l'avait lu dans les pages *people* du journal.

— Elle n'est jamais revenue au campus ?

— Non. Un des employés de son vieux plein aux as a vidé sa chambre universitaire pour elle un mois plus tard.

Elle lui jeta un regard plein de compassion.

— Tu as raison. C'est une séance chez le psy qui s'annonce.

Sa mère reine de beauté était également partie avec un vieux riche.

— Merci. Je suis content de t'avoir raconté ça.

Elle sourit intérieurement et reprit le repas en réfléchissant à ce qu'il lui avait dit. Il avait eu de mauvaises expériences avec les reines de beauté et sans le savoir, elle l'avait perturbé avec ça.

— J'ai seulement fait les concours pour payer la fac. C'était le seul moyen pour moi.

Il tendit le bras au-dessus de la table et posa sa main sur la sienne.

— Tu as fait ce que tu devais faire, et tu sais quoi ? Je le respecte.

Elle déglutit malgré la boule dans sa gorge. Elle n'était pas habituée à autant d'intensité et de franchise chez un homme.

— Merci.

— Maintenant, raconte-moi tous tes petits secrets. La fac, la vie amoureuse, les expériences dont rêvent les psychologues.

Ils éclatèrent de rire.

Elle n'avait pas encore très envie de prendre la parole, car elle aimait le voir s'ouvrir pour la première fois.

— Alors, après miss Massachusetts, y a-t-il eu quelqu'un d'autre de sérieux ?

Il lui jeta un regard parce qu'elle avait changé de sujet, mais il répondit quand même.

— J'ai surtout eu des rendez-vous sans lendemain. Mais, tu sais, j'étais dans l'armée pendant un moment. Il y avait trop de déplacements pour rester avec quelqu'un pendant longtemps, non pas que je le souhaitais. Après l'armée, je suis rentré chez moi, je me suis remis sur pied, et enfin j'ai pris mes quartiers chez Garner's, où il était facile de rencontrer des femmes au bar.

— Jusqu'à la magnifique Clarissa, qui a fait de toi un homme meilleur.

Elle ne put cacher le sarcasme dans sa voix. Il parlait beaucoup trop de son ex.

Il y eut une lueur d'amusement dans ses yeux sombres, mais il ne dit rien.

— Avez-vous vraiment rompu à cause d'une boîte à chaussures pleine d'argent ?

Il but une gorgée de vin en la regardant dans les yeux.

— Nous avons rompu parce qu'elle savait que c'est toi que je désirais vraiment, même si je ne me l'étais pas encore avoué.

Waouh. Elle rougit et ne sut absolument pas quoi dire. Elle devait peut-être remercier Clarissa d'avoir ouvert les yeux de Josh.

Il leva le menton vers elle.

— C'est ton tour. Crache tes secrets.

Elle déplaça des pommes de terre sur son assiette.

— Je n'ai pas de secrets. Tu donnes l'impression que c'est sinistre.

— Ne fais pas la poule mouillée.

Elle lui décocha un regard noir et jeta ses cheveux par-dessus son épaule.

— Je ne suis pas une poule mouillée. Que veux-tu savoir ?

— Tout.

— Il n'y a pas vraiment grand-chose à dire. La vie amoureuse…

Elle finit son vin d'une longue gorgée.

— J'ai, euh, fréquenté quelques hommes, rien de sérieux. Au lycée, les garçons voulaient pouvoir se vanter d'avoir été avec moi, et quand une amie me l'a appris, j'ai fait attention à garder mes distances pour ma propre sécurité.

Il resta raide comme un pilier, les sourcils froncés d'inquiétude.

— Hailey, c'est affreux. L'as-tu dit à quelqu'un ? N'y avait-il personne pour veiller sur toi ?

— Eh bien, je n'avais pas de grand frère trop protecteur, si c'est ce que tu veux dire. Ma mère m'a dit que les hommes étaient ainsi et elle m'a conseillé de flirter et d'être inatteignable. Elle n'avait pas tort. Ça allait beaucoup mieux. Personne ne veut être utilisé ou abusé de cette façon.

— Et tes amies ?

— Après-coup, avec le recul, hein ? Ce n'étaient pas de vraies amies. J'étais la fille la plus populaire de l'école, la reine du lycée, la chef des pom-pom girls et tout ça, avec beaucoup d'amies très jolies, mais je pense que mes amies cherchaient toutes secrètement à me rabaisser un peu. Elles étaient jalouses de mes vêtements – que ma mère obtenait à des prix très réduits dans la boutique où elle travaillait – de mes victoires aux concours de beauté, et de l'attention que je recevais dans les journaux.

Il pinça les lèvres d'un air sombre.

— Était-ce mieux à la fac ?

Elle hocha la tête.

— C'est là que j'ai rencontré Liam, à la fin de ma première année. J'avais décidé que l'université serait le moment où je commencerais vraiment à sortir avec quelqu'un, en me disant que les hommes étaient plus mûrs et que je ne ferais pas partie d'une espèce de compétition macho, tu sais, pour savoir qui baisait la reine de beauté. Alors j'ai eu quelques rendez-vous et j'ai été très souvent déçue, croyant que quelque chose s'épanouissait avant de découvrir que quand ils me connaissaient mieux, ils n'étaient pas du tout intéressés. Ce qui n'aidait sans doute pas, c'est que je n'étais pas à l'aise avec l'idée de passer tout de suite à des choses plus charnelles. Ce n'était pas que je n'étais pas intéressée ou curieuse, c'était juste que j'avais besoin d'émotion pour passer à l'acte. Je suppose que je voulais simplement me sentir aimée.

— Alors, Liam t'a fait ressentir ça.

Elle poussa un soupir.

— Liam était gentil. Il a été très franc en disant qu'il aimait mon apparence et qu'il voulait une liaison sans engagement. Il me semblait familier, pas dangereux, sûrement parce que nous nous ressemblons : même couleur de cheveux, les yeux bleus, la peau claire. Voilà la séance de rêve pour psychologue, ha ! Je ne mettais plus la barre très haute avec les hommes et j'en avais assez d'être vierge. Alors… nous avons couché ensemble. Ce n'était pas de l'amour, mais c'était une sorte de relation. Ça a duré pendant des années par intermittence et jusqu'à très récemment. Nous nous entendons très bien, il est très cultivé et sophistiqué, et une part de moi se disait que ça finirait par se transformer en amour, mais… ça n'a pas été le cas. J'ai fini par y mettre un terme il y a un peu moins de six mois, parce que je me suis rendu compte que je voulais autre chose.

Il but une gorgée de vin en ne la quittant pas du regard.

— Tu n'as couché qu'avec un seul homme ?

— C'est ça que tu retiens de mon histoire ?

Allô ? Je veux une vraie relation. Je veux autre chose, et c'est là que tu interviens.

— Un homme ?

— Oui.

Josh la fixa longuement. Elle tripota sa serviette en tissu, la pliant soigneusement dans un sens, puis la repliant dans l'autre. Il savait qu'elle avait vingt-sept ans et il la jugeait pour son inexpérience. Il avait sûrement été avec trente femmes, non, quarante, des centaines ! C'était un porc.

Elle froissa la serviette en serrant le poing.

— Avec combien de femmes as-tu été ?

Il jeta un coup d'œil à son poing avant de la regarder à nouveau dans les yeux.

— Es-tu en train de me dire que l'organisatrice de mariages entremetteuse, obsédée par la romance et accro à l'amour autoproclamée n'a jamais été amoureuse ?

Lui et sa foutue perspicacité. Il avait vite rassemblé les pièces du puzzle en partant du copain de baise pour arriver à son défaut gênant. Elle posa la serviette sur ses genoux et l'aplatit. Il continua à la juger en silence.

Elle leva la tête et frappa la table des deux mains.

— Parlons d'autre chose.

Il lui prit la main.

— Comment ai-je pu me tromper autant à ton sujet ?

Elle lâcha un petit soupir de soulagement. Ne la jugeait-il pas, finalement ?

— Je suppose que tu as vu ce que tu voulais voir.

— J'ai vu ce que tu m'as *laissé* voir. Et maintenant tu me laisses t'approcher. J'aime cette version de toi.

Elle laissa échapper un petit sourire nerveux. C'était comme s'il fixait sa partie la plus vulnérable, la sensation était inconfortable.

Il sourit.

— Et c'est gentil de vouloir faire de moi le deuxième homme avec lequel tu couches.

Elle écarta les lèvres de surprise.

— Je croyais que nous allions tout faire dans la lenteur.

— C'est le cas. J'aime simplement le savoir.

Ils terminèrent le dîner dans un silence chargé. Elle ne pouvait penser qu'à ce qui allait arriver après. Lentement, mais à quel point ? Allait-elle devoir se satisfaire d'un baiser de bonne nuit très chaste, ou pouvait-elle lui donner envie de faire plus sans devoir subir un autre rejet ?

Elle repoussa son assiette et lâcha :

— Et maintenant ?

— Veux-tu du dessert ?

— Non, j'ai trop mangé. Le dîner était délicieux.

— Je suis content qu'il t'ait plu. Maintenant tu peux m'aider à faire la vaisselle.

Elle cacha sa déception en plaquant un sourire sur son visage.

— D'accord.

Il secoua la tête.

— Ne fais pas ça.

— Quoi ?

— Ne me fais pas ce faux sourire. Sois toi-même. Fronce les sourcils si tu veux. Ne fais rien. Mais ne sois pas fausse.

— J'étais polie.

— Ne le sois pas non plus.

Elle souffla.

— As-tu d'autres ordres à me donner ?

Il se frotta le menton avec une lueur espiègle dans les yeux.

— Je te le ferai savoir.

Plus tard ce soir-là, Hailey eut le morne choix de rentrer chez elle en ayant échoué à tenter Josh avec sa robe moulante, qu'elle avait pourtant montrée à son avantage. Elle refusait de faire des avances trop évidentes alors qu'il l'avait rejetée, mais elle commençait à être très tendue. C'était presque comme s'ils étaient un vieux couple. Elle ignorait comment, mais ils étaient passés de meilleurs ennemis à amis en sautant la partie où ils étaient amants. Après avoir fait la vaisselle – elle avait lavé, lui séché et rangé – ils firent faire une promenade à Rose et puis ils regardèrent un film à la télévision. D'accord, oui, il lui avait tenu la main, mais rien de plus. Et il lui avait permis de choisir le film. Bien sûr, il fallait qu'elle lui montre un des films les plus romantiques de tous les temps, un vieux mais bon film, *L'Amour à tout prix*.

Elle aurait dû savoir que le film ne lui donnerait pas de grandes idées romantiques, car à la fin il dit :

— Je ne comprends pas. En quoi était-ce romantique ? Elle aimait un type qu'elle ne connaissait pas et puis elle est partie avec son frère.

— Elle a suivi son cœur.

— Le type était dans le coma.

— Elle l'a sauvé.

Il attrapa la télécommande et éteignit la télé. Rose, qui dormait sur les genoux de Josh, leva la tête avant de se rendormir.

— Penses-tu que tu aimerais être avec mon frère ?

Elle lui fit un sourire diabolique.

— Lequel ?

— Jake, répondit-il sèchement. Il est comme moi, mais avec de l'argent.

Elle écarquilla les yeux, surprise qu'il soit vraiment sérieux. Il avait vraiment un complexe d'infériorité en ce qui concernait l'argent.

— Tu ne devrais pas te tracasser avec son argent. Tu as simplement choisi une carrière moins lucrative.

Il serra la mâchoire.

— Je ne suis pas tracassé.

Elle ne le contredit pas. Jusqu'ici, ils s'entendaient plutôt bien, et elle ne voulait pas que la soirée se termine sur de l'amertume. D'un autre côté, il était clair qu'il avait une inquiétude réelle et complètement irrationnelle par rapport à son jumeau.

— Jake est…

Il se pencha plus près d'elle.

— Quoi ?

— Ne lui dis pas et ne le dis pas à Claire.

Il lui fit signe de continuer.

— Ennuyeux.

Josh sourit.

— Pourquoi est-il ennuyeux ?

— Je ne sais pas pourquoi. Il l'est, c'est tout.

— Et moi, suis-je passionnant ? Moi qui travaille dans le bar d'une petite ville avec une vie tranquille, c'est plus palpitant qu'un milliardaire ?

— Je n'ai pas dit que tu étais passionnant, mais juste que *lui* est ennuyeux.

Il éclata de rire, faisant sursauter Rose qui descendit de ses genoux, sauta du canapé et marcha jusqu'à son sac de transport.

— Ça a le mérite d'être franc. On dirait que Rose est prête à rentrer chez elle.

Elle se leva en comprenant le message.

— Nous allons partir, alors.

Elle prit son sac à main et fit entrer Rose dans le sac de transport.

— Merci pour le dîner. Bonne nuit.

Il leva un coin de la bouche, faisant son sourire satisfait typique. Elle se raidit, extrêmement irritée. C'était comme s'il savait qu'elle le désirait et qu'il la taquinait en ne faisant rien.

— Bonne nuit, dit-il d'un ton nonchalant.

Elle tourna les talons et se dirigea vers la porte en essayant de ne pas montrer son irritation. Elle devait se concentrer sur le positif : il avait cuisiné pour elle, regardé un film romantique qu'il n'avait pas choisi, et bien traité son bébé à fourrure.

Il la suivit en disant :

— Je vais t'ouvrir la porte.

Elle laissa échapper un petit soupir de déception, atteignit la porte et se tourna vers lui. Son baiser de bonne nuit allait sans doute être un petit bisou sur la joue, peut-être même pas.

— Pourquoi as-tu l'air si déçue ? demanda-t-il d'une voix espiègle en glissant sa main chaude sous ses cheveux et en la posant sur sa nuque.

— Je ne le suis pas, mentit-elle.

Il baissa la tête et lui mordilla le cou. Elle sursauta en laissant échapper un petit cri de surprise.

Il lui serra la nuque.

— Je t'ai dit de ne pas faire semblant avec moi. Pourquoi es-tu déçue ? N'as-tu pas aimé le dîner ? N'as-tu pas aimé le film ? Ou est-ce parce que nous n'avons jamais eu le *dessert* ?

C'était un sous-entendu très clair. Il la taquinait, c'était sûr.

Elle garda la bouche fermée.

Il ne lâcha pas son cou et leva l'autre main, posant le pouce sur ses lèvres. Une douce caresse sur la lèvre supérieure lui fit entrouvrir la bouche, puis il caressa la lèvre infé-rieure avant d'appuyer dessus. Elle frémit quand il se pencha lentement et posa ses lèvres sur les siennes, pour un doux baiser qui lui donna envie de plus.

Il la relâcha. Ils se dévisagèrent pendant un moment plein de tension. Elle était au bord de la combustion spontanée à cause de tout son désir accumulé.

— Hailey.

Tout se déversa d'un coup :

— Je suis déçue parce que je voulais le dessert et tu ne me l'as pas donné.

S'il te plaît, comprends cette métaphore de désir sexuel. Je ne peux pas encore une fois me mettre dans la position d'être rejetée par toi.

— Je te l'ai proposé.

— Je n'avais pas faim alors. Maintenant, oui.

C'est une métaphore, crétin !

Il inclina la tête.

— Alors, si je te donne du dessert, tu diras que c'était un rendez-vous romantique satisfaisant ? Du genre qui te fait tourner la tête ?

— Ma tête est fermement posée sur mon cou.

Elle leva le menton d'un air de défi avant d'ajouter :

— Je n'ai pas encore la tête qui tourne.

Un petit sourire passa sur les lèvres de Josh et ses yeux sombres brillèrent. Elle retint sa respiration lorsqu'il souleva les sacs de ses épaules et les posa sur le sol. Elle regarda Rose qui leva la tête avant de se recoucher dans son sac confortable.

Josh lui prit la main, l'éloigna de la porte, et lui fit enfin tourner la tête, littéralement, en la soulevant et la faisant tourner dans ses bras.

13

Lorsqu'il la ramena dans sa chambre, elle frissonna d'excitation.

Il la posa sur ses pieds, ferma la porte de la chambre derrière elle et lui jeta un regard de braise.

— Me fais-tu confiance ?

— Euh…

Elle ne s'était pas attendue à cette question. La confiance était assez compliquée par leur passé.

— Te sens-tu en sécurité avec moi ?

— Oui.

Elle le connaissait en tant que protecteur de tous ses frères et sa sœur plus jeunes et récemment d'elle-même, bien qu'elle ne le lui ait jamais demandé.

Il entrecroisa leurs doigts, levant les mains de Hailey au-dessus de sa tête et appuyant leurs mains jointes contre la porte.

Il parla d'une voix rauque près de son oreille :

— Bien. J'ai besoin d'être aux commandes. Pas de mouvements brusques, ne me saisis jamais par-derrière. Je ne veux pas te faire mal, tu comprends ? Ce sont mes déclencheurs. Es-tu d'accord avec ces conditions ?

Son cœur saigna pour lui. Elle savait qu'il avait été au

combat, mais elle ne connaissait pas l'étendue de ses séquelles.

— Oui, je comprends. Dois-tu expliquer ça à toutes les femmes que tu mets dans ton lit ?

Il bougea afin de la regarder dans les yeux.

— Non. Je prends le contrôle et c'est tout, mais tu es différente. J'ai l'impression que tu pourrais être plus agressive.

Elle secoua la tête.

— Je ne suis pas agressive.

— Oui, eh bien, je pourrais faire ressortir ça chez toi.

Il l'embrassa alors, pas avec force, une simple pression enjôleuse en refermant ses lèvres sur les siennes, son corps appuyant lentement contre elle. Elle fondit contre lui. Le soulagement parce qu'il s'investissait enfin lui permit de se détendre complètement. Il passa la langue dans sa bouche, l'enflamma, et le baiser devint sauvage. Son cœur se mit à battre plus vite, le sang parcourait ses veines à toute vitesse, elle était trempée de désir. Elle n'avait encore jamais été aussi excitée de sa vie… son corps dur qui la coinçait contre la porte, ses mains qui la maintenaient captive, et sa bouche qui la dévorait.

Il baissa les mains et plaça celles de Hailey sur sa taille. Elle s'accrocha à lui en se souvenant qu'il ne voulait pas de gestes brusques. Il déplaça la bouche le long de son cou, la mordillant avant de l'apaiser avec sa langue. Elle inclina la tête, lui offrant un accès plus facile. Des picotements électriques alternaient avec de vives étincelles de plaisir. Il fit glisser ses mains le long de ses jambes, attrapa le bord de sa robe et la remonta sur ses hanches. Ensuite il la souleva, le plaça entre ses jambes et se frotta contre elle en l'embrassant, une main dans ses cheveux, l'autre dans son dos. Elle gémit dans sa bouche, serrant ses épaules, secouée par une pulsation brûlante. *Oui, oui, oui.* Elle avait besoin de ça depuis si longtemps.

Il rompit soudain leur baiser, la regardant fixement en glissant les doigts entre eux pour passer sous son string et la caresser. Elle eut un tressaillement dans les hanches en sentant ses doigts fermes.

— Chh, détends-toi, chuchota-t-il en la caressant.

Elle rua brusquement et il l'immobilisa avec une main sur sa hanche, l'autre la touchant intimement, son regard fébrile plongé dans le sien. Elle haleta, la pression montant en elle, de puissantes déferlantes de plaisir la traversant. Elle essaya de se retenir, souhaitant qu'il jouisse avec elle.

— Josh !

— Ne lutte pas, grogna-t-il.

Il plongea les dents dans son cou et elle explosa, le plaisir irradiant depuis son centre jusqu'à ses orteils. Elle se sentait électrifiée partout : sa peau, ses seins, son sexe. Elle s'effondra contre lui, puis il la transporta jusqu'au lit, retira les couvertures et la posa doucement. Elle cligna paresseusement des paupières, constatant soudain qu'elle était encore habillée.

Elle s'assit et fit passer la robe par-dessus sa tête avant de la poser sur la table de nuit.

Josh fut soudain à côté d'elle, nu, agenouillé sur le lit. Elle lui fit un sourire bête, se sentant à moitié ivre.

— Bonjour, toi.

Il dégrafa son soutien-gorge et le lui retira.

— Bonjour, répondit-il tendrement.

Il posa les mains sur ses seins et caressa ses tétons avec les pouces, jusqu'à les faire durcir.

— J'ai joui tellement fort, souffla-t-elle.

Il grogna et la saisit par les hanches, la tirant plus bas sur le matelas. Il fit glisser le string de Hailey le long de ses jambes et lui enleva, puis il écarta ses jambes. Ensuite il la couvrit avec son corps, posant les mains de chaque côté de sa tête, la titillant avec son érection, glissant de haut en bas.

Elle fit passer les doigts dans ses cheveux, depuis ses tempes jusqu'à sa nuque, d'un geste lent et fluide dans ses cheveux doux et épais.

— As-tu une protection ?

— Tu ne m'as pas vu la mettre ?

— J'étais distraite par ma robe. Elle est difficile à enlever à cause du tissu stretch.

Il lui mordit la lèvre inférieure.

— Cette robe m'a tenté toute la soirée, sorcière.

Elle sourit et fit courir ses mains sur ses épaules et les lignes musclées de son dos.

— C'était mon plan.

— Maintenant, c'est mon plan que nous mettons en action.

Il posa ses lèvres sur les siennes en la pénétrant d'un seul coup. Elle se serra autour de lui, encore excitée. Il plongea profondément en elle, durement, de plus en plus vite, et ses muscles internes se serraient et se desserraient autour de lui. Elle fut consumée par la pression, le désir, la tension qui s'accumulait en elle. Consumée par lui. Il respirait fort dans ses oreilles, son corps puissant la martelant, son odeur masculine, son goût, tout chez lui dominait ses sens. Elle se cambra vers lui et poussa un petit cri, le plaisir s'intensifiant. En chantant son nom, son corps se souleva du lit lorsqu'un autre orgasme la foudroya. Il continua les secousses, puis il se laissa aller, trembla contre elle, son corps retombant lourdement sur elle.

Un peu plus tard, il se hissa au-dessus d'elle, posa la main sous son menton et l'embrassa profondément.

— Que dis-tu de ça pour le dessert ?

Elle rit.

— C'est le meilleur dessert que j'ai eu.

— Ah oui ?

Il caressa son cou avec le nez avant de rouler sur le dos à côté d'elle.

— Je te garde dans mon lit cette nuit.

— Je serais fâchée que tu me jettes dehors.

Elle fixa le plafond en flottant dans une bulle de bonheur. Elle venait de coucher avec Josh Campbell, son ancien ennemi. L'homme qui se disputait avec elle, qui la poussait dans ses retranchements jusqu'à des niveaux d'angoisse extrême, et maintenant tout avait changé. Elle se sentit plus proche de lui qu'elle l'avait cru possible. Elle aurait aimé pouvoir arrêter le temps et toujours rester ainsi, détendus et contents, en paix. Une petite inquiétude se mit à la ronger. Et maintenant ? Avaient-ils une chance en tant que couple après toutes leurs querelles ? Sauraient-ils maintenir la paix sur le long terme ? Et que dire du fait que son père ne voulait pas que Josh soit avec elle ?

Elle ne voulait pas gâcher le moment, alors elle garda ses inquiétudes pour elle et elle s'assit.

— Je vais à la salle de bains et ensuite je récupère Rose.

— S'il te plaît, dis-moi qu'elle ne dort pas dans ton lit.

Elle se tourna pour le regarder, puis elle ne put s'empêcher de le toucher, ses doigts parcourant son torse magnifique. Elle n'avait pas vu l'effet au complet. Sa peau était plus sombre que la sienne de quelques teintes, ses pectoraux et ses abdos étaient bien définis, il avait quelques poils bruns sur le torse.

Elle baissa le regard. Il était épais, toujours dur, ses jambes musclées comme un athlète. La perfection masculine.

— Pas de cicatrices ?

Il plia le genou en lui montrant l'arrière de sa cuisse.

— Une blessure au couteau. Quelques-unes dans le dos également, une brûlure, une balle, un coup de couteau. Les rares fois où l'inattendu est venu de derrière. J'ai appris vite.

Elle déglutit.

— Est-ce que ça va ?

Il retendit la jambe.

— J'ai eu de la chance. La balle et le couteau n'ont rien touché de crucial. La brûlure est la conséquence d'une explosion.

— Puis-je voir ?

Il s'assit et elle bougea lentement derrière lui. Les cicatrices avaient bien guéri : un long trait sur sa cage thoracique, une brûlure sur l'omoplate, et un trou plissé près de l'autre épaule. Elle ne le toucha pas, se souvenant de son avertissement. À la place, elle repassa devant lui et l'embrassa doucement.

— Je suis désolée pour ce que tu as traversé.

— Je vais bien.

— Tu es fort et dur, je sais. Malgré tout, j'aurais aimé que tu ne sois pas blessé.

— Quand es-tu devenue aussi gentille ? grommela-t-il.

— Quand tu m'as enfin satisfaite.

Elle fit un petit sourire espiègle et descendit du lit.

Il retomba sur le dos.

— Pas de chien dans le lit.

Elle entendit le froissement de l'emballage du préservatif dont il se débarrassait sûrement.

Elle marcha vers la porte.

— Dès qu'elle va me voir passer dans le couloir, elle voudra me suivre. Aie un peu de cœur.

— Très bien. Fais-lui un lit dans le coin avec une taie d'oreiller ou ton sac, par exemple. Ou encore mieux, dans le placard.

Elle se tourna vers lui, la main sur la poignée de la porte.

— Elle va supplier pour que je la soulève. Ne t'inquiète pas, elle ne prend presque pas de place.

Il se leva, marcha à grands pas vers elle, l'air dur et bagarreur. Un frisson d'excitation la parcourut. Il posa les mains sur la porte, l'emprisonnant avec son corps, et parla d'une voix mielleuse :

— Laisse-moi dire les choses de cette façon. La deuxième fois sera plus lente, plus torride, plus longue. Ça ne fonctionnera pas avec un chien pour témoin. Compris ?

— Oui, souffla-t-elle.

Il sourit.

— Bien.

Il recula et lui ouvrit la porte. Elle sortit avec les jambes tremblantes et Rose passa à côté d'elle, filant dans la chambre. Oups.

Quand elle revint dans la chambre, elle était vide. Un peu plus tard, la porte se ferma doucement et Josh posa un doigt sur ses lèvres pour la faire taire.

— Où est Rose ? chuchota-t-elle.

Il la tacla, la jetant sur le lit. Elle poussa un petit cri de surprise et il couvrit sa bouche avec la sienne. Elle se perdit dans son baiser pendant qu'il la caressait. Il remonta jusqu'à son oreille.

— J'ai donné l'os du steak à Rose. Elle mange ça pour que je puisse te manger.

Elle laissa échapper un soupir tremblant. Ça lui convenait.

Il eut un sourire en coin.

— Maintenant, je sais comment te faire taire.

— Tu es bestial.

Il lui tint la mâchoire et l'embrassa. Ce fut profond, chaud, humide. Il descendit le long de son corps en laissant un sentier de baisers brûlants déposés la bouche ouverte. Elle frissonna. Il plongea la langue dans son nombril et remonta ses grandes mains sur ses jambes qu'il écarta. Elle arrêta de respirer.

Un coup de langue et elle sursauta.

Puis un baiser, juste ses lèvres… douces et chaudes. Elle ferma les paupières.

Un autre baiser avec la langue. Magique. Électrique. Elle cambra les hanches pour venir à sa rencontre. Elle soupira et passa les doigts dans les cheveux de Josh, le tenant contre elle, flottant dans un brouillard agréable, son corps vibrant de plaisir, la douceur devenant plus sauvage et cochonne par un glissement qui la prit par surprise. La respiration haletante, le corps plus tendu, les doigts serrés dans ses cheveux, suppliant silencieusement *Ne t'arrête pas, ne t'arrête pas*. Un plaisir violent lui coupa le souffle lorsque ses lèvres et sa langue et, ô mon Dieu, ses doigts passèrent à l'action. Elle trembla, le plaisir étant si intense qu'un cri se coinça dans sa gorge, et puis elle craqua violemment, son corps se mettant à trembler pendant qu'il l'accompagnait dans une vague après l'autre de plaisir.

Elle s'effondra, complètement molle, essayant de reprendre son souffle. *Merde, bordel de merde. Le meilleur orgasme de ma vie. Je vais vénérer sa bouche pour toujours.*

Il remonta le long de son corps et sourit.

— Ah bon ?

Mince. Dans son état à moitié cohérent, elle devait l'avoir dit à voix haute.

— Josh.

Elle n'avait plus de mots. Elle en avait déjà trop dit.

Il l'embrassa.

— Avec plaisir.

Une fois qu'elle eut récupéré l'usage de ses jambes, elle partit jeter un coup d'œil à Rose. Elle dut lui retirer l'os et la nettoyer. Puis elle lui prépara un lit avec une serviette dans un coin de la chambre de Josh.

Elle se glissa sous les couvertures et il l'attira contre lui. Elle n'avait pas l'habitude de dormir avec quelqu'un d'autre que Liam, qui n'était pas très tactile. Elle roula sur le côté, offrant son dos à Josh. Il se colla contre elle par-derrière. Rose grimpa par le duvet au pied du lit. Hailey ne dit rien, impressionnée par ses talents d'escalade.

Elle ne parvint pas à dormir. Elle se tourna sur le dos. Puis elle retourna son oreiller. Puis elle roula sur le côté, face à lui. Il posa le menton au-dessus de sa tête. Quelques minutes plus tard, elle roula sur l'autre côté et s'écarta un peu de lui. Elle retourna encore l'oreiller.

Il lui serra l'épaule.

— Es-tu bien installée ?

— Presque.

— Que fais-tu ?

Elle tourna encore l'oreiller.

— Je cherche le côté frais de l'oreiller.

— Le côté frais ?

— Oui. J'aime le côté frais, mais tu as tout réchauffé. Je ne trouve pas le côté frais.

C'était tellement frustrant. Tout ce qu'elle voulait, c'était dormir.

Josh la fit rouler sur le dos et il passa au-dessus d'elle, poussant les cheveux sur les côtés de son visage.

— Tant que tu es dans mon lit, princesse, je vais tout réchauffer.

— J'ai remarqué. J'apporterai mon propre oreiller…

Elle se tut lorsqu'elle le sentit appuyé contre elle, la réveillant complètement.

— Oh.

— Chut… ne réveille pas Rose.

— Fais attention à ne pas lui donner de coups. Elle est à côté de mes pieds.

— Quoi ?

Josh se releva sur ses genoux et pointa un doigt vers Rose.

— Retourne au lit.

Rose s'approcha en remuant la queue. Josh la souleva et sortit du lit avec elle, puis il la déposa sur la serviette dans le coin. Ensuite, il dut avoir une meilleure idée, car il la souleva avec la serviette et quitta la chambre avec elle.

Hailey s'étira, se détendant enfin, maintenant qu'elle avait tant d'espace pour elle. Elle était presque endormie quand le matelas grinça et que Josh chuchota :

— J'ai allumé la télé pour qu'elle entende des voix et qu'elle pense avoir de la compagnie. J'ai dû la caresser un peu pour qu'elle se pose. Maintenant, où en étions-nous ?

Elle sentit son cœur gonfler d'affection. Il prenait tellement bien soin de son bébé à fourrure ! Elle ouvrit les bras pour lui et lorsqu'il appuya son grand corps dur contre elle, elle s'y accrocha.

Josh s'assit sur le lit, entièrement vêtu d'un tee-shirt et d'un jean, attendant que Hailey finisse sa douche. Il s'était douché pendant qu'elle dormait, s'était occupé de Rose – en la faisant sortir et en lui donnant un peu de steak qu'il avait mis de côté pour son petit-déjeuner – et il avait glissé l'argent de la boîte à chaussures dans le sac de Hailey. Jusqu'ici, tout se passait selon ses plans. Enfin, il n'avait pas prévu de coucher avec elle si tôt, mais il savait qu'elle en avait terriblement envie et il en avait assez de les priver tous les deux. Et ça valait le coup, oh oui, tellement.

Dès qu'elle était prête, il avait l'intention de préparer des omelettes aux herbes fraîches pour le petit-déjeuner. La cuisine était son atout : la plupart des hommes ne prenaient pas la peine d'apprendre et il était extrêmement doué.

Le téléphone de Hailey s'illumina sur la table de nuit avec un message. Phillip : *Comment va mon organisatrice de mariages préférée ?* Émoticône de clin d'œil.

Josh jeta un regard noir au téléphone, immédiatement à cran. Ce type utilisait des émoticônes comme sa petite sœur.

Un autre texto de Phillip. *Tu es par là ? J'ai besoin de ma dose de Hailey.*

Il saisit le téléphone et le retourna face cachée sur la table de nuit. *Hailey est à moi.* En tout cas, c'était ce qu'il espérait. *D'accord, tout doux. Ce n'est pas parce que Phillip a envoyé un stupide texto dragueur que Hailey en a fait autant.* Il fixa le téléphone, envisageant sérieusement de lire toutes leurs conversations par texto. Plus d'informations pouvaient l'aider à être un peu moins jaloux. Le téléphone était sûrement verrouillé.

Il poussa un soupir. Il avait demandé à Hailey si elle lui faisait confiance, mais il devait maintenant se demander s'il avait confiance en elle. S'intéressait-elle à un autre type dans son dos ?

Il jeta un regard vers la porte ouverte de la chambre juste au moment où Hailey s'approcha, ne portant rien de plus que sa serviette bleu marine. Il pouvait oublier Phillip. C'était lui qui était seul avec Hailey.

Mon Dieu, elle était magnifique, même sans maquillage et avec seulement une serviette. Elle avait attaché ses longs cheveux avec un élastique, ils étaient juste un peu humides, quelques mèches tombant sur ses joues roses et dans son cou. Il lutta contre l'envie de lui arracher la serviette. S'il continuait à la baiser, elle n'allait pas comprendre qu'il avait des intentions sérieuses.

Il ferma à moitié les paupières, essayant de cacher son désir.

— Comment aimes-tu la façon lente dont je te fais la cour jusqu'ici ?

Il voulait lui rappeler que c'était l'effet qu'il cherchait.

Elle s'assit à côté de lui en croisant les jambes d'un air sage, comme une dame.

— Je ne crois pas que nous puissions appeler ça très lent, maintenant que nous avons couché ensemble.

— Est-ce que ça t'ennuie ?

— Non.

— Tu aimes ça jusqu'ici ?

Il avait fait tout ce à quoi il pensait pour la romance à l'ancienne : les fleurs, le dîner et un cadeau pour Rose. Bon sang, il aurait dû trouver un cadeau pour Hailey également. En fait, elle avait eu ce livre gênant. Mad avait intérêt à surveiller ses arrières. Ça faisait longtemps qu'elle méritait une plaisanterie. Il se rendit soudain compte que Hailey était silencieuse, ce qui voulait dire qu'elle réfléchissait. Avait-il raté une étape ? Il ne croyait pas qu'elle aurait aimé des friandises. Il ne pouvait pas se permettre de lui acheter des bijoux. Qu'y avait-il d'autre ?

Elle se tourna vers lui.

— Puisque tu me le demandes, ce serait sympa d'avoir… elle agita les mains en l'air… un petit mot ou quelque chose qui dit que tu penses à moi. Quelque chose avec des mots romantiques.

Il la dévisagea.

— J'envoie des textos. C'est l'équivalent moderne des petits mots romantiques.

Et son prince playboy lui donnait déjà ça. Il n'aurait pas dû regarder son téléphone, car il était maintenant irritable. Ils avaient enfin été sur la même longueur d'onde, et il devait faire attention à ne pas tout faire rater. Les conséquences d'un désastre relationnel n'étaient jamais très loin de son esprit, d'autant plus qu'il avait délibérément ignoré l'avertissement de son père sur le fait de garder ses distances.

Elle fronça le nez.

— Tu n'utilises pas des émojis comme les cœurs ou les sourires. Il n'y a jamais de point d'exclamation montrant que tu es enthousiaste à mon sujet.

— C'est parce que je ne suis pas une adolescente.

Elle pinça les lèvres.

— « Quoi de neuf ? » n'est pas un mot d'amour.

Un mot d'amour, hein ? Il ne s'en sortait pas si mal si elle utilisait le mot « amour ». Il retint un sourire.

— Et pourquoi pas ? Ça montre que je pense à toi.

— Ce n'est pas très…

— Princier ?

Bon sang. Ne commence pas une dispute.

— Romantique.

Il croisa les bras.

— Pourquoi ne dis-tu pas exactement ce que tu veux ?

Elle agita la main.

— Si je dois te le dire, ça ne compte pas.

— Moi, ça ne me gêne pas de te dire quoi faire.

Elle se tourna lentement vers lui, le regard enflammé.

— Peut-être que quand on passe sa journée à donner des ordres aux gens comme je le fais pour organiser le mariage parfait, ça donne envie de ne pas toujours être aux commandes.

Il se concentra entièrement sur elle, le sang se mettant à courir dans ses veines. Il baissa la voix et d'un ton dur, lui dit :

— Enlève ta serviette et mets-toi à quatre pattes. Je vais te bai… te faire l'amour comme une bête.

Et voilà, le romantisme n'était pas mort.

Elle se leva et laissa tomber la serviette. Il entendit son cœur battre dans ses oreilles. Il ne s'était jamais habitué à sa beauté stupéfiante. Elle lui retira son tee-shirt. Il souleva et ôta ses autres vêtements en un temps record. Mais elle ne suivit pas ses ordres. À la place, elle le fit asseoir sur le lit et elle s'installa sur ses genoux, s'empalant sur lui. Ils grognèrent tous les deux.

— Putain, Hailey.

Torride et rapide, et c'était entièrement venu d'elle. Il la laissa faire, caressant sa peau douce et odorante, son orgasme menaçant d'arriver. *Attends, attends… merde !* Il la souleva pour l'enlever de ses genoux et elle gémit.

— Le préservatif, grogna-t-il en la posant sur le lit.

Il en attrapa un dans la table de nuit, l'enfila et la rejoignit. Il la fit tourner sur le ventre et remonta ses hanches. Il glissa jusqu'au fond et elle le serra fermement. Un paradis chaud et humide. Il s'enfonça profondément, passant le bras autour d'elle pour la caresser en même temps. Elle était trempée pour lui. Elle chanta son nom comme s'il était tout pour elle. La seule chose qui existe. Elle frissonna autour de lui, le serrant en rythme, un petit cri s'échappant lorsqu'elle jouit.

Son orgasme rugit en lui. La chambre fut plongée dans l'obscurité et le silence avant de reprendre toutes ses couleurs et le bruit. Waouh. Il serra fermement ses hanches pendant un moment, profondément enfoui en elle, faisant traîner ce lien entre eux avant de se retirer. Elle s'effondra sur le ventre.

Il se laissa tomber à côté d'elle. Un peu plus tard, il la regarda et enleva ses cheveux humides de son visage. Il retira l'élastique qui retenait encore tout juste ses cheveux et peigna ses cheveux avec les doigts. Il aimait ses cheveux, si longs et soyeux. Il l'aimait. Il pouvait enfin l'admettre. C'était tordu et difficile parce qu'elle était une femme compliquée, mais il n'y avait aucune autre explication pour son attirance continue. Même maintenant, complètement satisfait, il voulait qu'elle reste toute la journée. Il savait qu'elle devait aller travailler. C'était mardi matin. Pourtant, il ne pouvait pas la laisser partir avant d'être certain que cette relation entre eux était fixée.

Elle avait les yeux fermés, ses longs cils tombant sur ses joues.

— Es-tu réveillée ? chuchota-t-il.

— Je suis morte.

Elle leva la tête et éclata de rire, les yeux bleu clair pétillants, les joues toutes rouges.

Il sourit, une chaleur naissant dans son torse. Il aimait la voir ainsi, aimait que ce soit grâce à lui.

Elle se tourna sur le côté et posa la tête sur une main, complètement à l'aise alors qu'elle était allongée nue avec lui.

— Je me sens tellement bien maintenant. Avant ça, je n'ai pas eu de sexe depuis plus de six mois.

Il le savait grâce à ce qu'elle avait raconté la nuit précédente, mais c'était agréable qu'elle le partage avec lui.

— Ça fait long.

— Sans rire. Pourquoi penses-tu que j'étais si énervée quand tu n'arrêtais pas de me rejeter ?

— Je pensais que c'était parce que tu me désirais désespérément.

Elle rit.

— Il y avait ça, aussi.

Il lui prit la main et embrassa sa paume.

— Alors, maintenant que toi et moi nous sommes liés, tu

ne vas pas à Villroy pour le mariage, n'est-ce pas ? Tu vas tout arrêter avec ce prince.

Cette dernière partie n'était pas une question. C'était plutôt une exigence.

Elle retira sa main.

— Bien sûr que j'y vais. J'ai été invitée. Je ne peux pas refuser de me rendre à un mariage royal.

Il inspira profondément pour se calmer.

— D'accord, alors laisse-moi te demander ça : y vas-tu en tant qu'invitée de la princesse ou du prince ?

Silence.

— Tu es son rencard, grogna-t-il.

— Ce n'est pas ça. Il a une mauvaise réputation et il veut simplement que je l'aide à l'améliorer en étant vu avec moi. Au cas où tu ne l'aurais pas remarqué, je suis quelqu'un de classe.

Elle sourit, cherchant clairement à adopter un ton léger.

Il fronça les sourcils.

— Il veut donc acheter une villa, et tu as accepté d'être son rendez-vous. Y a-t-il autre chose que j'ai raté ?

Elle lui caressa le bras, essayant sans doute de l'apaiser.

— Je suis aussi son rendez-vous au mariage de la princesse ici. Cela fait partie de l'amélioration de sa réputation. Et c'est tout ce qu'il y a à savoir.

— Il te désire.

Elle baissa les paupières et laissa tomber sa main.

— Je pense qu'il a simplement besoin de mon aide.

Il grinça des dents et se redressa.

— Non, c'est toi qu'il veut. Personne n'achète une villa sans rien attendre en retour.

Ses yeux lancèrent des éclairs et elle se redressa aussi.

— Eh bien, je suis nue avec toi et pas lui. De plus, il n'a pas acheté Ludbury House. Les conditions ne me semblent pas raisonnables.

— Hailey, c'est rédhibitoire. Je ne te partagerai pas avec lui. Dis-lui non. Tu n'iras pas à ces mariages avec lui.

— Quel est le problème ? Tu m'as accompagné à plusieurs mariages de façon entièrement platonique.

— C'est parce que je suis un gentleman. Ce n'est pas son cas.

En tout cas, il jouait le rôle du gentleman, même quand le désir était de la partie.

Elle souffla et se tourna pour partir. Il la saisit par le bras et l'immobilisa.

— Quoi ? aboya-t-elle.

— Lui ou moi.

Elle se dégagea d'un coup sec.

— Josh, tu agis de façon jalouse, possessive et ridiculement bestiale et ça ne me plaît pas du tout.

Elle sortit du lit et marcha vers la commode où elle avait posé ses vêtements en une pile bien soignée. Elle enfila son string, son soutien-gorge, puis sa robe. Elle allait prendre le reste de ses affaires et partir d'une minute à l'autre.

Il campa sur ses positions.

— Je ne vais pas rester à te regarder fréquenter un autre homme.

Elle enfila une chaussure à talon haut.

— Je ne suis pas avec lui !

Une autre chaussure.

Il se débarrassa du préservatif, sortit du lit et remit son boxeur.

— Alors c'est moi qui t'accompagnerai à ces mariages.

Elle posa les mains sur les hanches.

— Tu n'as pas été invité. Ce n'est pas si important !

— Ça l'est pour moi. Et ne le laisse pas t'acheter Ludbury House. Tu devrais l'acquérir par ton travail.

Elle jeta ses cheveux emmêlés par-dessus son épaule.

— Tu peux me donner des ordres au lit et j'obéirais ou pas, mais je ne vais pas me faire dire comment vivre ma vie, surtout pas par un lunatique jaloux !

Il serra la mâchoire.

— Je ne suis pas lunatique et jaloux. *Choisis-moi.*

— Ha ! Appelle-moi quand tu auras grandi.

Elle sortit à grands pas de la chambre. Il la suivit.

— Appelle-moi quand tu te soucieras de quelqu'un d'autre que toi-même.

Elle prit Rose et son sac et se dirigea vers la porte. Elle s'arrêta soudain et il eut un espoir énorme. Elle était redevenue raisonnable. Elle revenait vers lui.

Il la regarda ouvrir son sac, fouiller dedans en marmonnant. C'est alors qu'il se souvint de son téléphone.

— Ton téléphone est sur la table de chevet. Je vais le chercher.

Elle se retourna brusquement et agita une poignée de billets.

— Qu'est-ce que c'est ?

— Euh, de l'argent.

Son cou se mit à brûler. Il avait espéré qu'elle le découvre bien plus tard et qu'elle se contente de le ranger dans son porte-monnaie, en lui pardonnant le désastre de la nuit où il avait essayé de lui rendre la boîte à chaussures pleine d'argent.

Elle marcha vers lui avec un regard assassin.

— Tu me paies pour le sexe ?

— Non !

Elle s'arrêta devant lui.

— C'est l'impression que ça donne, Josh. Je couche avec toi, puis je trouve une liasse de billets dans mon sac.

Il lui fallait désamorcer la situation, sinon ils ne dépasseraient jamais cette histoire d'argent. Il adopta un ton taquin.

— Je ne paie pas pour la compagnie, contrairement à certaines personnes que je connais.

Elle l'avait payé pour l'accompagner aux mariages, ce qui était la façon dont il avait obtenu l'argent.

Elle resta bouche bée et il regretta immédiatement ses mots.

— Hailey, je plaisantais parce que c'est ainsi que j'ai eu l'argent.

Elle leva la main, le visage furieux. Puis elle le contourna, partit chercher son téléphone dans la chambre et revint à grands pas. Elle sortit les billets de son sac et essaya de les lui donner.

Il mit les mains dans son dos.

— Prends l'argent. C'est le tien. Tu l'as mérité.

Elle pinça les lèvres, fourra l'argent dans son sac, tourna les talons et marcha vers la porte.

— Pas en tant que prostituée, ajouta-t-il un peu tard.

Elle ouvrit violemment la porte et la fit claquer derrière elle.

Il donna un coup de poing en l'air. Putain de merde. Cette femme était impossible. Il voulait seulement se faire pardonner, et elle ne le laissait pas faire.

Au moins, elle avait gardé l'argent. Problème réglé. Plus ou moins.

Bien sûr, il y avait toujours le problème du prince playboy qui la suivait alors qu'elle ne faisait rien pour le décourager. Josh lui avait dit ce qu'elle devait faire : au revoir, le prince.

Bordel. S'il ne pouvait pas faire entendre raison à Hailey, il devait s'adresser au prince.

14

Hailey fulmina pendant tout le trajet jusqu'à son bureau. C'était déjà assez énervant que Josh agisse comme un lunatique jaloux, mais il avait empiré la situation en cachant l'argent dans son sac après qu'elle ait couché avec lui. Il n'avait peut-être pas eu l'intention de la traiter comme une prostituée, mais ce n'était vraiment pas agréable d'être payée après le sexe.

Quand elle eut fini de vérifier ses messages au travail, elle était assez calme pour avoir une conversation civilisée avec Josh. S'il s'excusait abondamment, elle pouvait faire des efforts pour oublier ses réactions masculines stupides. Après tout, elle était quelqu'un de très classe. Elle sortit son téléphone et l'appela.

— Bonjour, dit-il d'une voix légèrement essoufflée.

— Es-tu en train de faire du sport ?

— Je cours, mais je peux parler en même temps. Pardon pour ce matin. Je n'ai pas aimé la façon dont les choses se sont terminées entre nous.

Elle passa une main dans ses cheveux, légèrement adoucie par les excuses sincères. Ce n'était pas très élaboré, mais Josh n'était jamais très loquace.

— Pour quelle partie souhaites-tu t'excuser ?

— La vérité est que je ne pensais pas que tu accepterais

l'argent si je te le donnais simplement. J'essayais de bien faire. Vraiment, tu devrais me remercier d'agir de façon honorable.

Elle bouillonna. Ses excuses tombaient à l'eau s'il rejetait la faute sur elle.

— C'est tellement bien que tu agisses de façon honorable pendant que moi je me fais cracher dessus.

— Je ne t'ai pas craché dessus. Bon sang, tu transformes tout pour le rendre malveillant. Pour la dernière fois, prends cet argent. Il est à toi de toute façon. Je le gardais juste temporairement.

— Et qu'en est-il de ton côté lunatique et jaloux ?

— Qu'en est-il du fait d'envoyer balader le prince ?

Elle avait donc reçu des excuses foireuses et une autre pique lunatique jalouse. Leur relation allait-elle se passer ainsi ? Car ça ne lui convenait pas du tout et il était trop entêté pour la rejoindre à mi-chemin. Ceci avait peut-être été une erreur. Elle s'était inquiétée depuis le début d'une relation entre eux alors qu'ils se disputaient depuis si longtemps. Fallait-il arrêter les frais avant que quelqu'un souffre ? Chaque fois que leur famille allait se rassembler, cela risquait de rouvrir la blessure. Elle se mit à transpirer.

— Hailey ?

— Oui, dit-elle doucement.

— Tout ce que tu as à faire, c'est dire au revoir au prince, et tout se passera bien mieux entre nous.

Elle avait eu un échange de textos amicaux avec Phillip ce matin. Ce n'était pas comme s'ils s'envoyaient des sextos.

— Pourquoi ne veux-tu pas comprendre qu'il est important pour mon travail ? Et il respecte ce que je fais. Il veut m'aider et le moins que je puisse faire, c'est l'aider à mon tour en l'accompagnant à deux mariages. Si tu me faisais confiance…

Elle se tut en se rendant compte qu'il n'avait pas confiance en elle : encore une conséquence de leur longue relation conflictuelle. Elle avait assez peu confiance en lui aussi. Pourquoi essayaient-ils de former un couple ?

Josh parla d'un ton bourru :

— J'ai envie de te faire confiance, mais c'est un peu dur quand tu prévois de sortir avec un autre type.

— Ce n'est pas ça ! Combien de fois dois-je te le dire ?

— Combien de fois dois-je m'expliquer ? On dirait que tu n'entends que ce que tu veux.

Grr. Elle n'entendait pas une seule chose qu'elle voulait entendre sortir de sa bouche. Elle raccrocha.

Son téléphone sonna un instant plus tard. Josh. Elle soupira et décrocha.

— Quoi ?

— Ne me raccroche pas au nez. C'est lâche et ce que j'aime le plus chez toi, c'est ton esprit guerrier, alors tu peux en découdre avec moi, mais ne sois pas une poule mouillée.

Elle rougit, puis elle se surprit à sourire. Personne ne l'avait encore traitée de guerrière. Cela impliquait une grande force et une attitude teigneuse qu'elle avait toujours voulu assumer. La plupart des gens la voyaient comme une organisatrice de mariages joyeuse avec d'excellents goûts vestimentaires. Josh voyait une guerrière ?

Elle jeta ses épaules en arrière. Oui, elle le sentait maintenant, l'esprit guerrier qui emplissait sa poitrine. Elle s'éloigna d'un pas de son bureau et resta debout, les pieds écartés, la tête haute, imaginant affronter et vaincre un ennemi. Elle donna un coup de pied en l'air. La guerrière Hailey mettait la pâté à tout le monde avec un cri de guerre. *Rhaaa !*

— Tu es toujours là ? demanda-t-il.

Elle se rassit vite, gênée d'être surprise alors qu'elle jouait le rôle de la guerrière, même s'il ne pouvait pas la voir.

— Cette histoire de guerrière me plaît.

— Bien. Parce que tu en es une, et moi aussi. C'est pour cette raison que nous sommes bien assortis.

— Mais ça pourrait être une mauvaise chose. Nous nous disputons tellement. Il te faut sûrement quelqu'un qui a besoin de la protection d'un guerrier. Ce n'est pas mon cas.

— J'ai besoin d'une égale.

Elle arrêta de respirer. Pendant tout ce temps, elle avait cru qu'il se moquait secrètement d'elle alors qu'il pensait qu'elle était son égale ? Soudain, l'incompréhension de Josh ne lui parut pas si terrible. Ce qu'il disait était vraiment bien.

— Ça fait plaisir à entendre.

Il grogna.

Elle supposait pouvoir supporter quelques grognements et grommellements s'il lui sortait de temps en temps des bijoux comme « l'esprit guerrier ». Elle devait maintenant répondre par quelque chose de tout aussi bien.

— Si quelqu'un se met en travers de ton chemin, fais-le-moi savoir et je leur casserai la figure. J'ai beaucoup de connaissances dans cette ville.

— J'ai la chair de poule.

— Vraiment ?

— Bien sûr.

— Tu me taquines encore. Je pensais que tu me prenais enfin au sérieux.

— C'est tellement de travail, maugréa-t-il.

— Personne ne te force à travailler avec moi. Fais ce que tu veux.

— J'aimerais bien.

Il semblait morose, comme si elle était une corde à son cou ! N'importe quoi !

Elle eut terriblement envie de lui raccrocher au nez, mais son esprit guerrier ne pouvait pas la laisser agir comme une lâche. La sonnette retentit, signalant qu'il y avait quelqu'un à la porte de Ludbury House. Josh avait peut-être couru jusqu'à elle ? Se tenait-il sur le seuil avec un bouquet de fleurs sauvages fraîchement cueillies, prêt à lui dire des mots romantiques pour lui faire oublier qu'il était énervant ?

— Je dois partir. Il y a quelqu'un à la porte.

— À plus tard.

Il raccrocha.

Elle ferma la porte de son bureau, enfermant Rose à l'intérieur afin de ne pas être distraite du geste romantique de Josh. Elle prit son temps pour marcher jusqu'à la porte, prenant soin d'être complètement calme. Un coup d'œil à travers la vitre de la porte lui causa un choc. C'était le prince Phillip !

Elle ouvrit à Phillip et ses deux gardes du corps. Le prince était vêtu de façon décontractée avec un tee-shirt en coton blanc et un short de sport noir. Ses gardes étaient aussi détendus, avec des tee-shirts et des pantalons noirs.

— Bonjour ! s'exclama-t-elle. Je ne m'attendais pas à vous voir aujourd'hui. Entrez, entrez.

Le garde passa le premier. Phillip lui sourit avec des yeux bleu-vert pétillants.

— J'ai enfin pu me libérer des réunions. J'espérais que vous puissiez me faire visiter Ludbury House et la ville. J'envisage sérieusement d'investir dans la villa depuis notre discussion.

Elle recula un peu, abasourdie par cette visite inattendue. Elle ne lui avait jamais répondu avec une autre offre et elle ne l'avait pas tellement prise au sérieux.

Phillip passa devant elle, puis le deuxième garde le suivit à l'intérieur. Mince, elle ne savait pas quoi faire de lui. Elle avait du travail.

Elle joignit ses mains.

— Je, euh, j'ai du travail à faire. Pouvez-vous me donner une heure ?

— Bien sûr ! J'aurais dû appeler. J'ai agi spontanément.

Il baissa la voix pour ajouter :

— Je suis impulsif.

Il regarda autour de lui.

— Je vais traîner dans le vestibule. J'ai un livre à lire sur mon téléphone. Prenez votre temps.

Elle sourit, appréciant que ce soit un lecteur. Elle ne connaissait pas beaucoup d'hommes qui lisaient.

— Que lisez-vous ?

— Un thriller politique.

— Sympa. Je ne serai pas longue.

Elle retourna vite à son bureau, ayant du mal à croire qu'elle faisait attendre un prince, mais le travail l'appelait et elle devait y répondre.

Une heure plus tard, elle sortit de son bureau avec Rose dans son sac de transport.

Le sourire de Phillip fut d'un blanc éclatant à côté de sa peau bronzée et sa barbe naissante sombre.

— J'ai trouvé un endroit pour le déjeuner et je nous ai réservé une salle privée. C'est à Greenport, pas très loin d'ici. Nous avons quand même le temps de faire un tour. Le déjeuner est à midi.

Que pouvait-elle répondre ?

— Merveilleux. Alors, vous avez vu le vestibule, voici mon bureau.

Elle indiqua la pièce et il passa la tête à l'intérieur.

— Joli, dit-il.

Elle ferma la porte et la verrouilla, puisqu'ils sortaient.

— C'est par ici pour la salle à manger.

Elle lui montra le rez-de-chaussée : la longue salle à manger, la grande cuisine fonctionnelle et la salle de bal, avant de retourner au grand escalier de l'entrée. Elle le conduisit en haut des marches.

— Ce sont surtout des chambres vides là-haut, je les utilise pour que les personnes importantes du mariage puissent se changer.

Si Josh était ici, il piquerait une crise parce qu'elle montée à l'étage avec un homme. Mais Phillip s'intéressait simplement à la villa pour les affaires, et pendant qu'elle lui montrait tout, il admira les touches historiques comme les moulages et les fresques au plafond, ainsi que certains meubles antiques d'origine.

À partir de là, ils firent un tour rapide de la rue principale où elle montra les différentes entreprises, les magasins et les restaurants. Josh était sûrement derrière le bar chez Garner's. Même s'il ne la voyait pas faire la visite guidée au prince, elle était certaine que les habitants allaient répandre la nouvelle. Elle ne voulait pas risquer une confrontation entre les deux hommes chez Garner's, alors elle ne s'arrêta pas là-bas.

— Et c'est à peu près tout, dit-elle. Au-delà de la rue principale, il n'y a que des maisons, quelques églises et les écoles.

— Tout est très charmant, dit Phillip. Comme vous.

— Oh, répondit-elle en riant. Merci.

— Ma voiture est garée derrière Ludbury House.

Ils repartirent dans cette direction.

— Êtes-vous célibataire, Hailey ?

Elle leva la tête vers lui, surprise par la question. S'intéressait-il à elle ? Il était effectivement très chaleureux et amical. Peu de temps auparavant, elle aurait été aux anges de savoir que l'homme de ses fantasmes pouvait la désirer, mais elle était maintenant impliquée avec Josh. Pouvait-elle dire que Josh était son petit ami ? Elle ne savait pas où elle en était avec lui. Ils étaient sortis ensemble une fois, avaient couché ensemble, déclenché une autre dispute, puis des excuses ratées où il faisait comme s'il avait raison et qu'elle était difficile. Elle secoua mentalement le poing vers Josh. Pourquoi es-tu si impossible ?

— Je lui ai posé une colle, dit Phillip avec un sourire.

Elle rit avant de répondre :

— C'est compliqué.

— Alors, restons simples et profitons de la compagnie l'un de l'autre. J'ai terminé les réunions pour cette semaine. Je vais loger localement afin de profiter pleinement de cette ville charmante. J'ai réservé un Bed & Breakfast entier pour les gardes et moi. Ce n'est pas loin d'ici.

Elle plaqua un sourire sur son visage en se demandant ce qu'elle allait bien pouvoir faire de lui s'il venait la voir toute la semaine.

— Waouh. Vous devez vraiment aimer l'endroit.

— En vérité, je m'ennuie dans ma chambre d'hôtel en ville, et vous êtes un enchantement.

Le compliment la fit rougir.

— Vous êtes de très bonne compagnie également.

La semaine passa à toute vitesse. Elle reçut seulement quelques textos de Josh avec *Quoi de neuf !!!* puis ils cessèrent brutalement. Il avait pensé à utiliser un point d'exclamation – trois pour ajouter plus de sarcasme – afin d'indiquer qu'il était enthousiaste. Ce n'était pas exactement un poème d'amour. C'était étrange qu'elle n'ait pas eu beaucoup de nouvelles de lui cette semaine, mais elle se dit qu'il était occupé par ses plans de reprise de Garner's et les travaux.

Elle était très occupée également. Elle voyait Phillip tous les jours. Au début, elle s'était inquiétée de ne pas pouvoir travailler, mais il facilita les choses en ne venant qu'à midi pour l'emmener déjeuner dans un restaurant chic ici ou là. Après le déjeuner, ils allaient se promener avec Rose, puis il la déposait au travail. Ses gardes du corps les accompagnaient partout en se faisant discrets. Tout fut très agréable et amical. Aujourd'hui, c'était vendredi et ils étaient partis ensemble rendre visite à la princesse Silvia à Yale pour confirmer quelques détails du mariage. Il n'y avait qu'un trajet de quarante minutes depuis Clover Park. Maintenant, Phillip devait retourner en ville.

Elle lui dit au revoir quand ils partirent de Yale, chacun se dirigeant vers sa voiture.

— J'espère que vous avez aimé votre visite.

Phillip lui prit la main et l'embrassa galamment.

— C'était merveilleux. Tout n'est pas obligé de s'arrêter juste parce que je retourne à New York. J'ai réservé l'étage supérieur d'une boîte de nuit samedi soir. Invitez vos amies. Ce sera vraiment sympa.

— Êtes-vous d'accord pour qu'elles soient accompagnées ? Beaucoup de mes amies sont fiancées ou mariées maintenant.

— Tout à fait. Tout le monde a besoin de sortir se détendre, même les vieux fossiles mariés.

Elle rit.

— D'accord, je leur ferai savoir.

Il se pencha et embrassa ses deux joues à l'européenne.

— À demain. Vingt heures pour les cocktails.

Elle hocha la tête en souriant et se rendit à sa voiture, où elle déposa Rose dans son siège en imitation laine à l'arrière. Entraînée par son enthousiasme, elle sortit son téléphone pour un texto groupé à ses amies invitant tout le monde à la boîte de nuit. Elle adorait danser. Quelques textos de ses amies arrivèrent tout de suite affirmant qu'il leur fallait poser la question à leurs hommes avant de lui répondre. Eh bien, pour une fois elle était heureuse de ne pas avoir à le demander à qui que ce soit quand elle avait envie de sortir. Sauf… Josh.

Elle secoua la tête, monta dans la voiture et prit le chemin du retour. Elle n'avait pas eu de nouvelles de Josh de toute la semaine sauf son *Quoi de neuf !!!* sarcastique. Il ne l'avait pas invitée, n'avait pas appelé, n'avait pas pris la peine de traverser la rue pour dire bonjour. Elle n'arrêtait pas de se dire qu'il était simplement occupé, mais c'était quand même vexant. Était-ce ainsi qu'il avait traité Clarissa ? *Elle m'a rendu meilleur.* D'une façon ou d'une autre, elle n'imaginait pas Josh dire un jour une chose aussi incroyable sur elle.

Pourquoi avait-elle l'impression de devoir lui demander son avis avant de rejoindre Phillip au club ? Tout le monde était invité. Ce n'était pas comme si Phillip l'avait invitée à un rendez-vous galant. Le vrai problème était qu'elle avait besoin de plus d'investissement de la part de Josh s'ils avaient vraiment une relation. Elle hésita à appeler, à envoyer un message, ou à passer le voir pour crever l'abcès avec Josh. Les week-ends, il travaillait chez Garner's. Elle finit par décider d'aller le voir.

Elle se confia à Rose en conduisant.

— Je sais, je suis un vrai pigeon d'aller le voir en premier, mais si je ne le fais pas, tout ça va se transformer en dispute. Je dois lui montrer que je suis une adulte responsable capable d'avoir un ami prince. Je dois aussi tâter le terrain pour comprendre ce qu'il peut bien penser, bon sang.

Elle essayait de ne jamais jurer devant Rose. Les chiens étaient sensibles au registre de langue.

Elle soupira. Pourquoi les hommes étaient-ils si compliqués ? Avec tous leurs signaux contradictoires ?

Elle avait déjà fini au travail, alors elle se gara derrière le bar et entra chez Garner's. Elle vit Josh tout de suite : il était au bar et servait de la bière avec un petit sourire. Il se tourna d'un seul coup, son regard intense se verrouillant sur le sien, la faisant sursauter. Elle ne l'avait pas vu en personne depuis qu'ils avaient couché ensemble quatre jours auparavant. Elle ne s'était pas rendu compte comme il lui avait manqué jusqu'à voir ses traits familiers, ses cheveux bruns toujours ébouriffés, sa barbe naissante, son vieux tee-shirt usé étiré sur son torse et ses épaules solides, ses yeux sombres qui brillaient d'intelligence. Elle n'arrivait pas à décider si elle avait envie de l'embrasser ou de l'engueuler.

Elle prit un tabouret vide au bout du bar et posa la petite Rose endormie à ses pieds.

— Salut, Josh.

Josh s'approcha d'elle.

— Hailey.

Son ton fut plutôt glacial.

Elle se pencha au-dessus du bar.

— Ne me dis pas que tu es fâché contre moi. Je suis fâchée contre toi.

Il posa les paumes sur le bar et avança son visage vers elle.

— Comment va ton prince ? Tout le monde parle du fait que tu as passé toute la semaine avec lui. Je vous ai vus vous promener dans la rue. Crois-tu que je n'allais pas le savoir ?

— Est-ce pour ça que je n'ai pas eu de tes nouvelles ?

Il baissa la voix et parla d'un ton menaçant.

— J'étais si énervé que je ne savais pas si j'allais pouvoir éviter de lui casser la figure… ou pire.

— C'est un ami, siffla-t-elle. Tu aurais dû m'appeler ou m'inviter. Qu'est-ce que tu veux que je pense, surtout après cette énorme liasse de billets que tu as jetée dans mon sac après que nous ayons baisé !

Il se redressa et regarda autour de lui. Plusieurs personnes au bar ricanaient en les regardant. Merde. Elle avait peut-être parlé un peu fort.

— Mon bureau, ordonna-t-il.

Elle fulmina en silence, n'aimant pas son ton ni son ordre autoritaire.

— S'il te plaît, dit-il en serrant les dents.

— Très bien.

Elle se leva et posa la sangle du sac de transport pour chien sur son épaule.

— J'allais suggérer une conversation privée de toute façon.

Il leva les yeux au ciel et sortit son téléphone, sans doute pour appeler du renfort, car un peu plus tard, un type sortit de la cuisine et se rendit au bar. Josh lui fit signe de la suivre dans le bureau.

Dès que la porte fut fermée derrière elle, elle dit :

— À quoi tu joues, Josh ?

En même temps qu'il dit :

— À quoi tu joues, Hailey ?

Rose aboya férocement contre Josh.

Josh battit en retraite derrière son bureau, sortit un jouet pour chien en corde tressée du tiroir de son bureau et l'offrit à Rose. Elle perdit toute sa colère en le voyant donner encore un autre cadeau à son bébé à fourrure. Comment pouvait-il être si attentionné avec Rose et pas avec elle ?

Elle posa Rose sur le sol pour qu'elle puisse jouer avec son nouveau cadeau et elle s'installa sur la chaise en face du bureau de Josh.

— Et ça recommence. Nous sommes encore ennemis.

— Nous ne sommes pas des ennemis. Tu es toujours si théâtrale !

— Que sommes-nous, alors ?

Un muscle pulsa dans sa mâchoire.

— Je ne sais pas.

Elle poussa un soupir de frustration.

— Il n'y a pas de quoi être jaloux. Je t'ai dit que Phillip est un ami.

— Est-ce qu'il t'achète Ludbury House ?

Elle détourna le regard, ne sachant pas comment répondre à cela. Elle finit par le regarder à nouveau dans les yeux.

— Il envisage de le faire comme un investissement, mais rien de certain. Je ne m'y attends pas vraiment.

Il fronça les sourcils.

— Ça t'ennuie de me dire pourquoi tu as passé toute la semaine avec lui ?

— Il voulait faire le tour de Clover Park.

— Pendant une semaine ?

— Il logeait tout près.

Elle choisit l'offensive :

— Tu sais, cette histoire de jalousie devient fatigante. Ce n'est pas comme si toi et moi…

— Quoi ? Nous ne sommes pas ensemble ? Parce que j'en

ai vraiment eu l'impression quand tu criais mon nom comme un putain d'alléluia.

Elle rougit.

— Je ne criais pas. On ne parle pas de ça.

Il eut un rictus.

— Tu aimes donc être cochonne, mais tu ne veux pas en parler. Ça ressemble bien à une princesse aussi prude.

Elle se leva d'un bond.

— Ne me traite plus jamais de ça !

Il se leva lentement de toute sa longueur et il lui jeta un regard noir.

— Si elle agit comme une princesse et qu'elle passe tout son temps avec un prince...

— Tu ne m'as jamais appelé ! cria-t-elle. Tout ce que je reçois, ce sont des textos sarcastiques. Et d'ailleurs, j'ai compté l'argent et tu m'as donné plus, comme une espèce de bonus de baise !

— Il s'agissait des intérêts ! Mais je t'en prie, avec plaisir.

Elle fulmina. Encore une fois, il agissait comme s'il avait raison et qu'elle avait tort, tort, tort.

Il fit le tour du bureau pour se placer devant elle, lui prit la main et la posa sur son torse, juste au-dessus de son cœur.

— Et ces textos venaient du cœur.

— Quoi de neuf ! cracha-t-elle. Tu ne ressembles pas du tout au petit ami de mes rêves romantiques.

— Tu ne ressembles pas du tout à la petite amie de mes fantasmes érotiques.

Elle souffla. *Super, vraiment super.* Pourquoi s'était-elle mise à le fréquenter ? Elle aurait dû savoir que leur couple était un désastre en devenir.

Il passa les doigts sous ses cheveux, et elle sentit son cœur battre fébrilement car elle connaissait son geste maintenant : c'était son prélude avant un baiser. Elle monta les mains vers son torse, sur le point de le repousser, lorsqu'il dit :

— Tu es meilleure que n'importe quelle petite amie que j'aurais pu imaginer.

Elle le fixa, abasourdie, une fois de plus stupéfaite par la gentillesse inattendue qui sortait de sa bouche. Et puis il courba la main autour de sa nuque, l'attirant vers lui pour un baiser brutal, exigeant, qui la consuma toute entière. Elle posa les bras autour de son cou, emportée par le souffle brûlant du désir.

Il se déplaça, la faisant descendre sur le bureau, puis il remonta sa robe autour de sa taille, s'installa entre ses jambes, sur elle. Mon Dieu. Ils étaient des animaux. Elle le désirait plus que tout. Elle posa les jambes autour de lui, les mains sur son cul, l'attirant contre elle. Il se balança contre elle, la frottant ainsi, mais ça ne suffit pas.

Elle arracha sa bouche à celle de Josh.

— Josh, supplia-t-elle à moitié.

Il se décala vers son cou, mordillant et suçant la peau sensible, et il passa ses bras dans le dos pour enlever les jambes de Hailey et les poser sur le bureau. Elle pensait qu'il était sur le point de s'écarter, mais il poussa alors son string sur le côté et plongea les doigts en elle. Elle eut le souffle coupé par cette intrusion soudaine, inclinant les hanches vers le haut. Il la repoussa vers le bas avec sa main libre pendant que ses doigts entraient et sortaient. La paume de sa main frotta contre elle et elle vit des étoiles. Le plaisir monta et monta. Fébrile. Intense.

Elle s'agita sous lui en laissant échapper quelques petits gémissements. Il augmenta le rythme, appuya plus fort – trop – et tout en elle se tendit. Il posa la bouche sur la sienne, avalant son cri aigu, et puis elle s'abandonna, traversée par l'orgasme, encore et encore et encore. *O-o-oh oui.*

Il leva la tête, la tenant toujours fermement entre les jambes, son regard de braise la fixant intensément. Elle haleta, muette, le fixant à son tour, à moitié sous le choc. D'abord ils se disputaient, puis…

Quelqu'un frappa à la porte et Josh s'écarta brusquement, il descendit sa robe et posa si vite Hailey sur ses pieds qu'elle en eut le tournis. Elle s'assit sur son bureau et essaya de respirer normalement.

Il s'approcha de la porte et l'entrouvrit.

— Oui ?

— Il y a eu la livraison spéciale. Tu m'as demandé de t'avertir.

— Merci. J'arrive dans quelques minutes.

Il ferma la porte et se tourna vers elle avec un air plein de regrets, les lèvres pincées. Eh bien, il n'était pas le seul à avoir des regrets. Elle n'arrivait pas à croire qu'elle l'ait laissé lui faire ça dans son bureau. Ils étaient à l'arrière d'une cuisine animée dans un restaurant bondé.

Elle se leva sur ses jambes tremblantes et remit sa robe en place, ne sachant toujours pas où elle en était avec lui. Tout ce qu'elle savait, c'était que le sexe était hors de contrôle.

— Nous n'aurions pas dû faire ça.

Il passa un bras autour de sa taille et la serra contre lui, puis il posa une main sous sa mâchoire en la regardant dans les yeux.

— Probablement pas. Mais si Pete n'avait pas frappé à la porte, je t'aurais fait te pencher sur le bureau.

Il plongea doucement les dents dans sa lèvre inférieure et elle eut des papillons dans l'estomac.

— Et tu aurais chanté mon nom, en me suppliant de continuer.

Elle sentit une pulsation à ces mots et quand il appuya son érection contre son ventre, elle eut envie de faire ce qu'il promettait. *Concentre-toi !*

— Josh, je suis venue ici…

— Pour jouir. Il sourit en caressant sa joue avec le pouce.

— Pour parler.

Elle fixa sa bouche.

— C'est très difficile de te parler.

Il leva le menton de Hailey.

— Ce n'est pas parce que je ne joue pas le rôle comme tu t'y attendais que nous ne sommes pas faits l'un pour l'autre.

Elle déglutit. Ses attentes étaient peut-être biaisées par son amour de la romance. Elle passa les bras autour de sa taille et le serra. Puis elle inspira profondément en le regardant dans les yeux.

— D'accord, alors ne te fâche pas, mais Phillip m'a invitée

avec mes amies à nous rendre dans une boîte de nuit à New York demain soir.

Il serra la mâchoire, ses yeux sombres devenant durs.

Elle frissonna en voyant émerger les traces de son côté guerrier : fort, calculateur, mortel. Non pas qu'il lui ferait du mal, c'était à Phillip qu'il en voulait.

— Je voulais juste te le faire savoir. J'essaie d'éviter une crise de jalousie.

Il parla contre ses lèvres, posant la main sur ses fesses d'un air possessif.

— Comment puis-je être jaloux alors que tu jouis chaque fois que tu me vois ?

Elle fut soudain à bout de souffle.

— Je devrais peut-être te voir plus souvent.

Il la relâcha.

— Je serai là-bas demain soir puisque tes amis sont invités. Tu peux dire que je suis un ami maintenant, n'est-ce pas ? Ton amant aussi, évidemment.

Elle passa en revue tout ce qui pouvait mal se passer. La bagarre potentielle. La possibilité de perdre le mariage américain de la princesse, de perdre sa place au mariage royal à Villroy et tous les contacts qu'elle avait espéré créer. Le fait que Josh et elle n'avaient pas encore révélé qu'ils étaient en couple, et que cela reviendrait sûrement aux oreilles de leurs parents par Mad ou une des nombreuses personnes reliées à la famille Campbell. Leurs parents n'approuvaient pas et ils avaient sans doute de bonnes raisons.

Josh glissa la main sous sa robe et la posa entre ses jambes. Elle ne pensa plus à rien.

— Est-il possible que tu ne veuilles pas me voir là-bas ? demanda-t-il d'une voix mielleuse.

Elle entrouvrit les lèvres.

— Josh.

Elle n'arrivait pas à former une pensée cohérente. Le désir embrouillait son esprit.

— Tu es tellement chaude et mouillée, grogna-t-il. On dirait que tu me désires partout.

Il l'embrassa brièvement et quitta le bureau.

Elle resta quelques instants debout, hébétée. Quelque chose de rugueux frotta sa cheville et elle poussa un petit cri, le cœur battant. Oh ! C'était juste Rose avec son jouet en corde dans la bouche, qui avait envie de s'amuser. Mon Dieu, les choses que Rose venait de voir. Elle la souleva et se précipita hors du bureau de Josh en évitant de croiser le regard de ses employés, et elle se faufila par la sortie à l'arrière afin d'éviter Josh également.

L'air frais lui fit reprendre ses esprits. Une chose était sûre : le lendemain soir avait le potentiel d'une confrontation royale. Elle espérait surtout que Phillip ne finisse pas blessé.

15

Josh prit le temps de faire l'exercice de relaxation que lui avait enseigné Clarissa, en inspirant profondément pas une fois, pas deux fois, mais trois fois complètes avant son trajet jusqu'en ville le samedi soir. Il n'avait pas pu quitter le travail aussi facilement qu'il l'avait espéré, alors Hailey était déjà partie avec ses amies. Une soirée en boîte de nuit n'était pas une partie de plaisir pour lui – trop de gens trop proches, les danses rapides, le prince stupide – mais il devait se montrer pour que tout le monde sache, particulièrement le prince, que Hailey et lui étaient maintenant en couple. Il n'avait pas voulu le révéler si vite parce que son père l'avait averti de garder ses distances, mais il s'agissait de circonstances désespérées. D'une façon ou d'une autre, il n'avait pas fait comprendre qu'ils étaient en couple à Hailey, sinon elle n'agirait pas ainsi. C'était vraiment vexant après toutes les peines qu'il s'était donné pour lui préparer un dîner, flatter son chien, la baiser à fond. Il avait même pris le temps de lui envoyer des textos avec les points d'exclamation qu'elle avait suggérés. Il suivait ses instructions à la lettre et qu'obtenait-il ? Que des problèmes. À partir de maintenant, c'était elle qui allait suivre ses instructions à lui.

Il donna son nom au videur à la porte, et le garde le conduisit à l'intérieur de la boîte de nuit rythmée par les basses. Le rez-de-chaussée était essentiellement une piste de danse remplie de gens qui dansaient sur la musique. Des lumières stroboscopiques, une boule disco et divers spots multicolores soulignaient les corps des gens beaux, des drogués, des excités sexuellement. Il réprima un frisson. Il avait intérêt à ne pas voir Hailey se trémousser avec le prince playboy. Les alcôves sur les côtés avec des tables rondes étaient remplies d'encore plus de gens. Un cordon en velours rouge bloquait l'accès aux escaliers, ainsi qu'un énorme garde du corps. Le garde de la sécurité qui accompagnait Josh parla à l'immense garde du corps, et le cordon fut retiré pour lui.

Il fut livré à lui-même, la barrière en velours se refermant derrière lui. *Sois cool. Montre ta place auprès de Hailey, et tous les autres connaîtront leur place.* Il scruta la salle à sa recherche. À l'étage, il y avait d'autres alcôves avec des tables des deux côtés, beaucoup d'espace pour regarder la piste de danse au-dessous, et à l'arrière, une piste plus petite. C'était bien sûr la même musique qu'en bas, et elle était si forte que le sol vibrait.

Il aperçut un grand homme aux cheveux bruns, le dos tourné vers lui, qui dansait avec plusieurs femmes. Il s'approcha, reconnaissant les têtes blondes des amies de Hailey, Carrie et Ally. Naturellement, elles dansaient avec le prince. Le prince penchait la tête pour dire quelque chose à une personne plus petite, et il aperçut ses cheveux blond vénitien distinctifs. Il avança vers le bord de la piste de danse, à côté de quelques-uns de ses amis, Zach et Ethan, qui avaient clairement été traînés ici par leurs copines, Carrie et Ally.

— Josh ! s'exclama Ethan. Je n'aurais jamais cru te voir dans un endroit pareil.

Josh lui donna une légère claque sur la joue.

— Toi non plus, mon vieux.

Ethan était un flic musclé.

— Notre professeur est sûrement en train de prendre des notes sur le rituel de la danse dans la culture américaine.

Zach était professeur d'anthropologie. Ses cheveux bruns étaient un peu longs et il avait une barbe bien fournie qui lui donnait l'air d'être à moitié homme des montagnes, à moitié professeur.

— Ha, ha, dit Zach. La danse joue un rôle important dans le rituel amoureux. Si j'étais toi, j'irais sur la piste.

Hailey ne l'avait pas encore remarqué, elle dansait toujours dans un cercle serré avec le prince, Carrie et Ally. Le prince était entièrement concentré sur Hailey qui portait une robe noire moulante jusqu'à mi-cuisse, ses jambes bien faites se terminant par des chaussures à talons noirs. Dans cette robe, chaque belle courbe depuis ses seins à son cul était mise en valeur, et le tout se grava dans son cerveau.

Josh ne faisait pas de danse rapide. Il s'en sortait très bien avec une bonne valse, mais c'était à peu près l'étendue de ses capacités. Et même ça, il l'avait seulement appris dans le but de séduire. Il avait déjà séduit Hailey. Maintenant, il lui suffisait de lui faire comprendre la situation. C'est-à-dire, qu'ils étaient ensemble. Un couple. Exclusivement. C'était si évident qu'il n'arrivait pas à croire qu'elle ne semblait pas être au courant. Sauf si elle réservait son choix, au cas où le prince lui offrait tout ce que Josh ne pouvait pas. Il serra les poings.

— Que se passe-t-il entre vous deux ? demanda Ethan. Ally a dit que tu avais préparé à dîner pour Hailey. Vous êtes ensemble maintenant ?

Ally travaillait à mi-temps pour Hailey. Apparemment, Hailey avait laissé échapper quelques informations. Très bien. Il s'occuperait des conséquences avec son père plus tard.

— Oui, dit-il à Ethan.

Ethan regarda Hailey qui riait à cause d'une remarque du prince.

— Tu es sûr qu'elle est au courant ?

Il s'avança sur la piste de danse et attrapa Hailey par le poignet. Elle sursauta, puis elle lui donna une tape sur le bras.

— Josh ! Tu m'as fait peur en sortant de nulle part.

— Pardon.

Par-dessus la tête de Hailey, il regarda Phillip qui le fixait à son tour. Il se tourna vers Hailey et l'éloigna davantage de l'intrus.

— Je suis là.

Elle rit.

— Je vois ça. Allez viens, dansons. J'adore cette chanson.

— Je ne danse que les slows.

Elle leva les bras en l'air et dansa devant lui, en faisant onduler ses hanches de façon suggestive. Il la tira contre lui par les hanches et bougea lentement.

— Josh ! Je veux danser, pas me balancer. Viens, retournons danser avec les autres.

— Je suis là pour toi.

Elle se tourna et fit signe à Carrie, Ally et Phillip. L'instant d'après, tout le monde dansait autour de lui. Ally n'arrêtait pas de faire signe à Ethan de les rejoindre et il refusa. Zach se joignit avec enthousiasme aux autres.

Phillip se mit à danser avec Hailey sans la toucher, mais en bougeant de façon provocante, en montant et en descendant les mains dans l'espace autour de son corps.

— Hailey.

Josh lui fit signe du doigt et il se força à bouger. *Bouge, ma hanche, bouge mon bras. Je danse, bon sang.*

Hailey dansa vers lui en ondulant. C'était mieux.

— Où est Rose ? demanda-t-il.

— Elle se fait garder ! C'est trop bruyant ici pour ses petites oreilles.

Elle dansa en cercle autour de lui. Il se tourna afin qu'elle ne se trouve pas dans son dos. Elle passa les doigts dans ses cheveux, levant ses mèches avant de les laisser retomber.

Phillip lui prit la main et la fit tourner en rond. Josh se raidit. Hailey tourna et rit, puis elle prit la main de Carrie et la fit tourner aussi.

Phillip lui fit un petit sourire satisfait.

Josh s'approcha de lui et le fixa. Phillip fit un pas de côté et dansa un peu plus, les yeux rivés sur le cul rebondi de Hailey pendant qu'elle dansait.

Josh se décala, bloquant la vue de Hailey, le dos vers Phillip. Les cheveux se dressèrent sur sa nuque pour signaler le danger, et il se déplaça vite, faisant passer Hailey devant lui et gardant Phillip à côté. Il y avait trop de gens ici. Tout le monde était trop proche. Toutes ses terminaisons nerveuses étaient en alerte. *Danger, danger, danger.* Il compta en se rappelant où il était et pourquoi.

— Allons boire un verre, dit-il à Hailey en lui prenant la main et en la tirant hors de la piste de danse avec lui.

— Josh, je veux danser.

Phillip apparut.

— Elle dit qu'elle veut danser. Ne la traîne pas partout contre sa volonté.

— Ce n'est pas contre sa volonté, cracha Josh. Va-t'en.

Phillip devint plus menaçant.

— Hors de question. Hailey est une de mes bonnes amies.

— Hailey est à moi, aboya-t-il.

— Josh ! s'exclama Hailey.

— Comme c'est rafraîchissant de voir un homme de Néandertal, dit Phillip. Je vais te donner un bel os d'homme des cavernes. Allez viens, Hailey.

— Hailey, allons-y, ordonna Josh.

Hailey jeta les mains en l'air et retourna vers ses amies.

Phillip lui jeta un regard noir.

— Allons régler ça dehors.

— Après toi.

Phillip se dirigea vers l'escalier et Josh le suivit, impatient de donner un bon coup de poing sur le visage trop joli de ce type. Deux gardes apparurent, de chaque côté de Phillip, et Josh s'arrêta. Trois contre un, surtout sans savoir si les gardes étaient armés, ce n'était pas un combat égal.

Il retourna sur la piste de danse. Quelques minutes plus tard, Phillip le rejoignit. Le prince était détendu, dansant comme s'il faisait ça toute la nuit, tous les soirs. Josh était tendu, énervé, mais il refusait de céder la piste alors que sa copine dansait, sexy et merveilleuse. Même ça, c'était un combat.

Danse. Regard noir.

Coup de hanche. Je t'emmerde.

Danse, regard assassin, danse.

Cela dura si longtemps que Josh finit par se fatiguer de ce combat dansé.

C'est alors qu'il se rendit compte que Hailey était partie. Merde !

~

Hailey se réveilla dimanche matin à cause du bruit des aboiements de Rose. Elle ouvrit la porte de la chambre et Rose courut vers la porte d'entrée. Elle devait avoir besoin de sortir. Elle attrapa la laisse, l'accrocha au collier de Rose et ouvrit la porte. Un énorme bouquet de roses était posé à ses pieds. Oh, waouh ! Après toutes leurs fanfaronnades masculines sur la piste de danse la veille – elle aurait pu jurer que Josh et Phillip ressemblaient à des paons effectuant une espèce de bataille rituelle – Josh se rattrapait par des excuses. Elle en avait eu tellement assez de cette rencontre entre gonades qu'elle était partie tôt avec Mad, qui était d'accord avec elle pour dire que les deux hommes agissaient de façon ridicule.

Elle ramassa les roses et monta les marches jusqu'au jardin à l'arrière de la maison. Rose renifla en cherchant l'endroit parfait. Hailey aperçut une petite carte enfoncée dans le bouquet. *Pourvu que ce soit quelque chose de romantique.* Elle ne voulait vraiment plus être fâchée contre Josh. Il devait avoir des sentiments pour elle s'il cherchait à faire fuir les autres hommes, il ne savait simplement pas comment les montrer. Peut-être avait-il parlé à Jake ou à quelques-uns de ses amis masculins plus éclairés, et avait-il enfin compris le message ?

Dès qu'elle eut fait entrer Rose dans l'appartement, Hailey posa les fleurs sur la table basse et sortit la carte de son étui en plastique. Parcourue d'un frisson d'excitation, elle ouvrit lentement l'enveloppe.

Pour une femme merveilleuse,
Désolé que les choses aient dégénéré hier soir.
Phillip

. . .

Rien de Josh. Ses yeux se mirent à brûler. Elle secoua la tête, ramassa les fleurs et les arrangea dans un vase, qu'elle posa sur la petite table de la cuisine. Phillip n'avait jamais visité sa maison, mais elle l'avait montrée lors d'une de leurs promenades à travers la ville. Les fleurs étaient un geste attentionné. Elle chassa Josh de son esprit, se prépara pour sa journée, et se rendit à son rendez-vous du matin à Ludbury House. Elle prenait souvent des rendez-vous matinaux le week-end avec des clients potentiels.

Elle retourna à la maison cet après-midi-là, se prépara un déjeuner et le mangea devant ses belles roses. Elle relut la carte. *Pour une femme merveilleuse.* Et des excuses. Cela la mit encore plus en colère contre Josh. Où étaient ses excuses ? Il agissait comme si elle lui appartenait. Il ne voulait même pas danser avec elle, il voulait simplement que Phillip ne danse pas avec elle. Où était-il ? C'était dimanche après-midi, il était donc sûrement chez lui.

Elle allait marcher là-bas. La promenade de vingt minutes ferait faire de l'exercice à Rose et aiderait Hailey à s'éclaircir la tête pour une conversation rationnelle.

Une fois là-bas, elle sut exactement ce qu'elle voulait dire. Elle appuya sur la sonnette de l'interphone. Il la fit entrer une minute plus tard.

Elle arriva dans le vestibule et vit son air nonchalant, debout dans l'entrée de son appartement, pieds nus en jean et tee-shirt noir, ses cheveux sombres ébouriffés comme s'il venait de rouler hors de son lit, une barbe naissante prononcée sur sa mâchoire carrée. Pourquoi trouvait-elle que son apparence peu soignée était aussi sexy ? Il ne recula pas d'un pas pour la laisser entrer, et elle sentit la tension irradier de lui malgré son attitude décontractée. Il avait la mâchoire serrée, l'air dur.

— Où es-tu partie hier soir ? demanda-t-il avec une désinvolture qui ne la trompa pas une seconde.

— J'ai reçu des excuses de Phillip pour son comportement avec toi hier soir.

Et où sont les tiennes ?

— Bien. Il a agi comme un crétin.

Elle pinça les lèvres, essayant vraiment de garder son calme.

— Vous deux, vous aviez l'air de faire un combat de paons.

— Un combat de coqs.

Elle balaya sa remarque de la main.

— Peu importe.

Elle n'allait pas le laisser la distraire encore une fois.

— Vous vous êtes mal comportés, c'est pour ça que je suis partie tôt avec Mad. C'était gênant.

Elle le regarda, dans l'expectative.

Il baissa les paupières, le visage neutre, ce qui signifiait qu'il cachait quelque chose.

— Si tu cherches des excuses, tu ne les trouveras pas ici. Je t'ai dit que c'était lui ou moi. Je t'ai aussi dit qu'il te désirait, sinon pourquoi me chercherait-il ? Pourquoi n'arrêterait-il pas d'apparaître avec des excuses pourries pour te voir ?

Elle avança vers lui, furieuse qu'il agisse comme si c'était de sa faute. Encore ! Et il n'avait même pas la décence de l'inviter à entrer.

— C'est toi qui as déclenché cette dispute. Tu mourais d'envie de t'en prendre à lui.

— Ce n'est pas vrai. Je protège ce qui est à moi.

Elle vit rouge.

— Tout d'abord, je ne suis pas à toi. Deuxièmement, il n'y a rien dont tu doives me protéger. Phillip est un ami.

— Que sommes-nous, alors ?

— Je ne le sais pas !

— Tiens-moi au courant quand tu le sauras.

Il lui claqua la porte au nez.

Elle frappa à la porte.

— Goujat ! cria-t-elle.

Rose aboya férocement, elle aussi.

Elle tourna les talons et partit. Il était jaloux, pourtant il ne lui proposait rien. Aucune défense, aucune excuse. Rien.

Le rien de Josh grandit jusqu'à devenir un gigantesque trou béant de rien du tout lorsque Phillip lui envoya un énorme bouquet de roses chaque jour de la semaine. Aucun mot. Juste des roses, des roses, des roses. Il était évident que le prince la suppliait de le pardonner, alors même qu'elle l'avait déjà remercié et lui avait dit que tout allait bien. Elle avait peut-être paru si abattue qu'il ne l'avait pas crue. Car en vérité, même avec toutes les belles attentions de Phillip, elle souffrait. Elle ne pouvait pas continuer avec Josh alors qu'elle ne recevait rien en retour. C'était peut-être la fin naturelle de leur relation. Il y avait eu une flamme vive et torride, puis tout s'était éteint.

Elle se traîna jusqu'à la fin du vendredi, soulagée d'avoir enfin terminé le travail. Elle rangea son ordinateur portable et soupira. La sonnette de la porte de Ludbury House retentit. Elle n'attendait personne. Était-il possible que Josh arrive enfin avec une proposition de paix ?

Elle laissa Rose dans son bureau et se précipita vers la porte d'entrée. Son estomac tomba dans ses talons dès qu'elle ouvrit la porte.

— Maman ! Tout va bien ?

Sa mère portait les vêtements qu'elle ne mettait que quand elle était malade : un vieux haut rose en coton avec un pantalon de jogging gris. Un chiffon bleu couvrait ses cheveux et elle portait de grandes lunettes de soleil.

— Je dois sortir d'ici, dit urgemment sa mère. Mon mariage n'est que dans deux semaines et je ne peux pas. Dis à Joe que je rends visite à tante Jane qui est malade, par exemple, d'accord ?

Il n'y avait pas de tante Jane.

Sa mère se tourna pour partir.

Hailey courut dehors.

— Maman, attends !

Sa mère continua à marcher.

Bon sang ! Elle savait que ça allait arriver. Sa mère faisait faux bond à Joe comme Hailey l'avait prédit longtemps avant. Elle se précipita en bas des marches et saisit le bras de sa mère.

— C'est parfaitement normal d'avoir le trac. Ça ne veut pas dire que votre relation ne doit pas exister. Je sais que tu auras une longue vie heureuse avec Joe.

Sa mère fixa le sol.

— Dis-lui juste pour tante Jill, d'accord ?

Il n'y avait pas non plus de tante Jill. Sa mère était fille unique, comme Hailey.

— C'est tante Jane. Sois au moins cohérente dans ton mensonge. Quand reviens-tu ?

— Je ne sais pas.

Elle s'extirpa vite de l'emprise de Hailey et marcha rapidement vers sa voiture qui était garée en travers dans l'allée. Le moteur tournait encore et la portière du côté conducteur était grande ouverte.

— Maman, ne lui fais pas ça. S'il te plaît. Il va s'inquiéter.

Sa mère l'ignora, monta dans sa voiture et partit.

Hailey réfléchit à ses possibilités. Elle ne voulait pas être au milieu de ce bazar, et elle ne voulait surtout pas devoir affronter Joe et lui expliquer que sa mère n'était pas fiable. Comment sa mère ne pouvait-elle pas voir ce qu'elle avait ? Il était si évident que Joe l'aimait. Son regard était si chaleureux et tendre. Il l'appelait sa chérie. Si Hailey avait ce qu'avait sa mère…

Elle déglutit et retourna à l'intérieur. Sa mère allait peut-être revenir à la raison. Ou bien Joe irait à sa poursuite, sauf que Hailey ne savait pas où allait sa mère. Elle frissonna. C'était déjà assez terrible que Josh et elle soient impliqués ensemble contre la volonté de Joe, mais si sa mère ne revenait pas, toute la famille Campbell allait se retourner contre elle. Elle couvrit sa mère de la seule façon qu'elle put trouver : elle envoya un texto à Josh. Il travaillait toujours les vendredis et les samedis soirs. Enfin, sauf quand il devait humilier un prince sur la piste de danse.

Hailey : *Urgence familiale. Ma mère a dû prendre un avion pour voir ma tante Jane. Peux-tu le dire à ton père ? Je ne veux pas qu'il s'inquiète. Je te tiens au courant dès que j'ai des nouvelles.*

Josh : *Bien sûr. Tout va bien ? Tu y vas aussi ?*

Hailey : *Juste elle. Je ne connais pas très bien cette tante. Elle est en Californie.*

Et les mensonges n'arrêtent plus. Elle détestait que sa mère la mette dans cette position. Il y eut des points de suspension indiquant que Josh écrivait et elle attendit. Les points disparurent.

Elle posa son téléphone, s'assit à son bureau et laissa tomber sa tête entre ses mains. Josh et elle étaient dans une impasse, apparemment. Se ressemblaient-ils trop ? Ils étaient tous deux des guerriers stratèges à la volonté très forte et ils se tournaient autour, aucun d'eux ne souhaitant céder un centimètre de terrain. Mais non, ce n'était pas exactement ça. Elle lui avait donné bien plus qu'un centimètre. Elle avait essayé de communiquer avec lui de toute les façons qu'elle connaissait. Pourquoi était-ce si difficile ? Pourquoi Josh était-il si difficile ?

Agitée, elle souleva Rose du petit lit où elle dormait, et se réinstalla à son bureau en caressant doucement la petite chienne. Quelques minutes plus tard, la sonnette de la porte d'entrée retentit et son cœur bondit d'anticipation. Josh avait peut-être décidé de laisser tomber les textos afin de la voir en face. Elle voulait bien tout lui pardonner s'il la rejoignait à mi-chemin.

Elle ouvrit la porte avec Rose dans ses bras, et elle se dégonfla immédiatement quand elle vit le visage souriant de Phillip.

— Bonjour, Phillip.

Il était vêtu de façon formelle avec un costume noir qui avait l'air taillé sur mesure et une cravate rouge. Ses deux gardes se tenaient discrètement sur les côtés.

— Bonjour, dit-il chaleureusement en faisant signe derrière lui.

Une ligne de gens s'approcha depuis les côtés de la villa, grimpant les marches jusqu'à elle. Une femme lui donna un bouquet de roses, trois hommes qui jouaient du violon la suivirent, et une femme avec un appareil photo les rejoignit.

Cela faisait-il partie des événements médiatiques dont Phillip avait besoin pour réparer sa réputation ?

— Hailey.

Elle baissa les yeux et trouva Phillip avec un genou à terre, levant vers elle une bague ornée d'un énorme diamant solitaire étincelant. Waouh !

— Me ferez-vous l'honneur d'être mon épouse ?

Elle le fixa, sous le choc. Les violons continuèrent à jouer, l'appareil photo à prendre des clichés, tous les yeux étaient rivés sur elle.

— Vous feriez une divine princesse de Villroy, dit Phillip. Et vous feriez partie intégrante de notre nouvelle incursion dans le tourisme. De bien des façons, vous êtes exactement ce dont Villroy a besoin. Ce dont j'ai besoin aussi. Venez avec moi et tombez amoureuse de Villroy, de la personne que vous pouvez être là-bas. Vous serez cruciale pour revitaliser notre économie, garder les jeunes travailleurs sur place, garder le pays en vie. Vous pourriez faire tant de choses pour moi, mais aussi pour un pays entier.

Elle sentit ses genoux faiblir. *Waouh.* Une princesse ? Aider tout un royaume à s'épanouir grâce à ses talents de femme d'affaires ? Elle se prit à rêver, imaginant les châteaux, les robes de bal, les jardins fleuris, les fêtes, les mariages, les sommets économiques.

Elle finit par retrouver sa voix, considéra tous les témoins et dit cordialement :

— Phillip, c'est tellement soudain. Puis-je y réfléchir ?

Il se leva élégamment et fit signe à la photographe de partir.

— J'ai besoin d'une réponse avant de retourner à Villroy dans cinq jours. Je dois préparer des choses. Il y a beaucoup d'événements officiels à venir, et j'aimerais vraiment que vous soyez à mes côtés en tant que fiancée.

— D'accord, merci pour votre compréhension.

Il l'embrassa sur les deux joues, sourit tendrement, tourna les talons et partit.

Elle retourna à toute vitesse à l'intérieur, tremblant après cette scène étrange. Sa première demande en mariage l'avait terriblement secouée. Elle monta vite jusqu'au sanctuaire de son bureau, ferma la porte et posa Rose sur le sol. Les roses tombèrent de ses mains alors qu'elle se tenait là, le regard dans le vide. Elle n'avait même pas embrassé Phillip. Pourquoi l'avait-il demandée en mariage ? Se servait-il simplement d'elle pour se faire bonne presse ? Allait-il l'enfermer dans son château pendant qu'il prenait une maîtresse ?

Pourquoi les hommes étaient-ils si incompréhensibles ?

16

Josh était de très mauvaise humeur. Cela faisait presque une semaine depuis qu'il avait dit à Hailey de le prévenir quand elle avait compris quel homme était bien pour elle – *moi, bon sang* – et il n'avait pas eu une seule nouvelle jusqu'à aujourd'hui. Et c'était au sujet de sa mère ! Qu'est-ce que c'était que cette relation ? Était-il censé continuer à sortir avec elle comme si tout était normal pendant qu'elle lui jetait sans cesse le prince playboy au visage ? Il la croyait quand elle disait qu'ils étaient seulement amis, dans le sens où ils n'avaient pas couché ensemble, mais il pensait aussi que le prince lui tournait la tête avec sa vie de jet-setter. Josh ne voulait pas de compétition, d'autant plus qu'il ne pouvait absolument pas être à la hauteur du style de vie que le prince pouvait offrir. Il voulait qu'elle le choisisse définitivement et une bonne fois pour toutes. En parlant du diable…

Hailey entra chez Garner's en portant son chien contre sa poitrine comme un bébé et en lui parlant avec sincérité. Elle ressemblait à une folle, se confiant à son chien comme si elle allait recevoir une réponse. Peut-être était-elle folle. Cela expliquait beaucoup de choses.

Elle s'avança vers le bar et se faufila parmi la foule.

— Josh, peux-tu faire une pause ?

Était-elle enfin prête à admettre que sa place était avec lui et personne d'autre ?

— Donne-moi quelques minutes.

Elle hocha la tête, les sourcils froncés. Merde. S'agissait-il d'une mauvaise nouvelle ? Sa tante Jane était peut-être morte.

Il sortit son téléphone et demanda à ce que quelqu'un prenne sa place pendant une demi-heure. Hailey pouvait être assez bouleversée pour pleurer, et ça risquait de prendre un moment. Il se prépara à l'horreur de la regarder souffrir. Il voulait la protéger à tout prix, mais parfois la mort gagnait. Un peu plus tard, il lui fit signe de la suivre dans son bureau. Il sortit le jouet en corde aromatisé au bœuf qu'il avait déjà donné à Rose et le jeta dans un coin. Rose courut vers le jouet et le mâchouilla avec bonheur.

Hailey était toute raide devant son bureau, les yeux brillants, les lèvres pincées comme si elle essayait de ne pas pleurer.

Il eut le ventre noué. Il contourna le bureau et la prit dans ses bras. Elle le serra en retour avant de s'écarter. Elle eut les larmes aux yeux en le regardant.

— Qu'est-il arrivé ? parvint-il à dire malgré la boule dans sa gorge.

Si sa tante était morte, il allait l'accompagner à l'enterrement, alors qu'il détestait les enterrements.

— J'ai juste besoin de savoir où j'en suis…

Elle s'étrangla avant de se racler la gorge.

— Parce que Phillip m'a demandée en mariage et il veut que je l'aide à sauver un royaume entier.

Il eut soudain très froid.

— Tu lui as dit non.

— Il a emmené des violonistes, une photographe, tous ces gardes. J'ai dit que j'allais y réfléchir. Je ne pouvais pas l'humilier de cette façon.

— Putain, Hailey ! J'y crois pas. C'est n'importe quoi. Tu sais quoi, va le retrouver. Passe une belle vie.

— N-non.

Elle avait la voix tremblante comme si elle allait pleurer. Son cœur se serra. Merde. Il avait été trop dur.

Il tendit la main pour caresser ses cheveux. Elle s'écarta brusquement, les yeux jetant des éclairs, lui donnant une poussée brutale de désir. C'était lui qui était fou, à être excité par leurs disputes. Au fond de lui il connaissait le problème… leurs querelles étaient exactement ce qui l'avait intéressé pour commencer. Voici son égale qui se battait avec lui. Qui allait gagner cette guerre ? Et comment pouvaient-ils faire la paix ?

Elle lui jeta un regard noir.

— Je suis ici avec toi, Josh. Pourquoi, à ton avis ?

— Je ne sais pas. Tout ce que j'entends, c'est le prince ceci et le prince cela.

— J'essaie de découvrir ce qu'est ce bazar entre nous.

Elle secoua tristement la tête en marmonnant :

— Peut-être n'est-ce que du sexe.

— Que du sexe, répéta-t-il.

Elle jeta les mains en l'air.

— Je ne sais pas ! Avec Phillip, ce sont des roses et des diamants. Avec toi, des disputes et du sexe !

— J'emmerde Phillip ! Je travaille ! J'essaie de construire quelque chose ici, quelque chose de durable.

Elle leva une main.

— Je ne peux pas continuer à me disputer avec toi. Ça fait trop mal.

Elle fronça les sourcils et cela lui donna de l'espoir, car elle ne faisait jamais cela. Elle était sincère avec lui comme elle ne l'était avec personne.

Il prit sa main tendue et entrelaça leurs doigts.

— Hailey.

Il tira sa main jusqu'à son torse, l'obligeant à se rapprocher. Elle ne s'écarta pas, se contentant de fixer son torse.

Elle parla d'une voix plus douce :

— Et maintenant cette histoire avec ma mère. Je suis tellement inquiète.

Il l'embrassa doucement en essayant de la réconforter. Elle détourna la tête. Il posa la main sur sa joue et retourna son visage vers elle, la regardant dans les yeux, un message direct qui signalait qu'elle comptait pour lui.

— Je ne peux pas continuer à faire ça avec toi ! cria-t-elle en s'écartant.

Elle souleva Rose.

Il passa une main dans ses cheveux.

— Nous avons plus que juste le sexe. Si tu voulais bien ouvrir les yeux et laisser tomber l'illusion qu'essaie de te faire avaler le prince, tu le verrais.

— Personne n'essaie de me faire avaler quoi que ce soit, Josh, aboya-t-elle avant de sortir à grands pas.

Il poussa un juron et retourna travailler au bar. S'il savait comment réparer les choses, il l'aurait fait. Tout ce qu'il savait, c'est qu'il n'avait pas essayé de faire mieux que les roses, les diamants, les villas, les châteaux et toutes les autres conneries que le prince jetait vers Hailey. Il fallait qu'elle le désire pour ce qu'il était, ou pas du tout.

Il s'appuya contre le bar, soudain épuisé. Hailey avait raison. Ils devaient arrêter de se disputer, sauf qu'il n'avait jamais connu un temps de paix avec elle. Comment pouvait-il baisser sa garde alors qu'elle était toujours prête avec la pique suivante ?

Le lendemain soir, Hailey organisa une soirée entre filles chez elle. Elle avait terriblement besoin d'un peu de recul. Elle avait à peine dormi la nuit précédente, essayant de trouver comment tout arranger avec Josh ou comment s'éloigner de lui pour toujours. Sauf que leurs vies étaient bien trop emmêlées pour être complètement séparées. Leurs parents allaient se marier – peut-être –, ils avaient beaucoup d'amis en commun, sa sœur était sa meilleure amie, et ils vivaient tous deux en ville et possédaient une entreprise locale. Une rupture serait au mieux gênante, au pire extrêmement douloureuse.

Tout le monde était là, même Claire avec son garde du corps, Frank, qui se tenait à la porte et son chauffeur qui attendait dehors. Le texto que Hailey avait envoyé à ses amies avait dû paraître pathétique et désespéré. *Réunion d'urgence pour résoudre ma vie !* avait eu un plus gros impact qu'elle ne l'avait cru.

Elle disposa les biscuits aux pépites de chocolat qu'elle avait préparés, avec quelques légumes frais et des sauces, des chips et un plateau de fruits. Tout le monde avait déjà fait tourner les bouteilles de vin. Claire buvait de l'eau pétillante à cause de sa grossesse.

Hailey s'installa au bout de son canapé à fleurs et Sabrina s'assit promptement à côté d'elle, sûrement parce qu'elle était conseillère conjugale et qu'elle avait l'intention de lui donner des conseils. Il était clair que Hailey avait des problèmes de couple. Mad était de l'autre côté de Sabrina, sans doute prête à intervenir et à défendre son grand frère. Elle pensa soudain que Mad ne lui avait pas dit si son père était contrarié que Josh et elle eussent une relation. Était-il possible que Mad ne lui en ait pas parlé ? Peut-être avait-elle été trop occupée par ses études pour voir son père. Tout le monde le lui avait caché ? Elle avait été certaine que la nouvelle allait se répandre comme un feu de forêt quand Josh était venu à la boîte de nuit. Joe était-il toujours dans l'ignorance ? Peut-être avait-il engueulé Josh et se contentait-il de bouder Hailey ? Elle n'avait pas eu de nouvelles de Joe. Et Josh n'avait peut-être pas partagé les mauvaises nouvelles avec elle à cause d'une espèce d'instinct protecteur. Pff. Elle préférait de loin avoir toutes les informations.

Elle caressa la petite tête de Rose en se concentrant à nouveau sur ses amies. La plupart étaient assises sur le sol autour de la table basse.

— Voulez-vous que j'apporte les deux chaises de la cuisine ?

Ses amies déclinèrent.

— Tout le monde a assez à boire ? demanda-t-elle. Ou à manger ? Je pourrais peut-être faire un plateau de fromages. Il me semble que j'ai des crackers, ou bien je pourrais faire griller quelques tartines ?

— Arrête de gagner du temps ! aboya Mad.

Hailey lissa ses cheveux et but une gorgée de vin. Mad le

voyait toujours quand Hailey faisait des manières pour éviter les sujets difficiles.

— Josh agit-il comme un con ? demanda Mad de but en blanc.

Toutes les femmes la regardèrent, dans l'expectative.

Comment répondre ? Ce n'était pas qu'il faisait quelque chose de mal. Il ne faisait rien du tout. Aucun effort. Le contraste était très vif avec les efforts romantiques de Phillip.

— Les hommes sont stupides, finit-elle par dire.

Mad parla avec des biscuits plein la bouche.

— Laisse-moi préciser que tous mes frères sont totalement ignorants de tout ce qui est romantique. Ils n'ont jamais lu le manuel.

Elle montra du doigt les femmes qui connaissaient le mieux ses frères.

— N'est-ce pas, Lauren ? Charlotte ? Sabrina ? Claire ? Vous savez que c'est vrai.

Lauren et Charlotte avaient respectivement épousé ses frères Alex et Ty. Sabrina était fiancée avec son frère Logan, mais Hailey trouvait que ça ne comptait pas, car une conseillère conjugale était naturellement douée pour les relations.

Hailey regarda Claire de l'autre côté de la table basse. C'était la femme qui pouvait le mieux tout expliquer. Elle aurait dû tout de suite s'adresser à Claire avec cette situation intenable. Claire avait épousé le jumeau de Josh, et les deux hommes étaient sûrement très similaires au niveau relationnel, sauf qu'elle était certaine que Josh était un milliard de fois pire que Jake.

Lauren objecta à sa façon tout en douceur, en faisant passer ses longs cheveux châtains derrière ses oreilles.

— Alex était en deuil de sa fiancée. Il m'a fait savoir qu'il m'aimait une fois qu'il était prêt.

— Ty n'y connaissait rien du tout, annonça Charlotte dont les yeux marron pétillaient. C'est clair.

Elle sourit avant d'ajouter :

— Mais parfois, il me disait des choses adorables qui me faisaient fondre.

Josh avait toujours dit à Hailey qu'elle était une guerrière. C'était presque gentil.

— Je n'ai pas de raison de me plaindre, dit Sabrina, diplomate.

— Jake n'était pas romantique, annonça Claire. Il était entêté, arrogant, agressif et exigeant.

Hailey retint sa respiration. Exactement comme Josh ! Des jumeaux bestiaux !

Claire sourit à Hailey.

— Ça te parle ?

— Euh, oui.

Claire lui fit un clin d'œil.

— Je suis pareille que lui.

Hailey resta muette. Ce clin d'œil semblait vouloir dire que Hailey était peut-être ainsi, elle aussi. Était-ce vrai ? Était-ce la raison pour laquelle ils s'affrontaient sans cesse ?

Claire continua.

— Au début, ça ne marchait pas très bien. C'était bisou, dispute, bisou, dispute. Sauf qu'il faut remplacer « bisou » par « baise ».

Tout le monde rit. Hailey était assise là au bord de son canapé, attendant impatiemment de connaître la réponse à la question impossible de Josh.

Claire secoua la tête en souriant.

— Il y avait simplement beaucoup d'énergie qui volait dans tous les sens…

Elle marqua une pause théâtrale et toute la pièce plongea dans le silence. Même les oreilles de Rose, qui était perchée sur les genoux de Hailey, se levèrent.

— Jusqu'à ce qu'il fasse ce qu'au cinéma nous appelons un grand geste romantique.

— Je pensais que Jake n'était pas romantique, dit Mad. Qu'a-t-il fait ?

Claire sembla un instant se perdre dans le souvenir.

— Ce n'était peut-être pas romantique au sens classique, mais ce qu'il a fait était important pour moi. Il s'est arrangé pour racheter le contrat de Blake dans les films de la trilogie Féroce quand celui-ci m'en faisait voir de toutes les couleurs, et lorsque j'ai refusé, il m'a dit qu'il allait investir dans la campagne marketing de mon film. Vous devez comprendre que j'étais très stressée à l'époque, parce que tout mon argent était investi dans la production du premier film de la trilogie Féroce, et il m'en restait très peu pour la publicité. Je n'ai eu que des bons retours de la presse au début, mais ça menaçait de s'essouffler très vite. En gros, il a été mon chevalier en armure.

— Josh n'a pas ce genre de moyens, fit remarquer Mad.

Claire jeta une chips vers Mad.

— Tu es aussi peu romantique que tes frères. C'était le geste, le sacrifice qu'il était prêt à faire pour moi, pas l'argent. Je n'ai accepté aucune des deux offres. Oh, attendez ! Il y a autre chose. Il a proposé de vendre son entreprise et de voyager partout où j'allais tourner juste pour être avec moi.

Les femmes murmurèrent, stupéfaites. Elles n'étaient pas au courant. L'entreprise de Jake valait des milliards.

— Tu n'as pas non plus accepté ça, dit Hailey. C'était le geste.

— Oui !

Claire but une gorgée d'eau pétillante, ses yeux noisette regardant Hailey avec affection.

— Josh a fait un geste pour toi.

— Non, ce n'est pas vrai.

— Il est venu au club de lecture.

C'était vrai. Ça ne lui avait pas semblé être un geste romantique. Tout avait été plutôt gênant, un peu adorable aussi. Il lui avait donné cette romance sur la grossesse accidentelle. Le seul cadeau qu'il lui ait jamais donné.

— E-e-et, poursuivit Claire pour annoncer le geste supposé suivant, il a pris un soir de congé pour partir en boîte de nuit avec toi.

Hailey souffla.

— C'était pour humilier Phillip. Vous n'allez pas croire ce qu'il se passe entre ces deux coqs.

Tout le monde rit. Hailey rit aussi avant de leur raconter tous les détails des efforts inexistants de Josh et de leurs disputes et du sexe torride. Elle termina en faisant un rapport sur le comportement princier de Phillip avec toutes les roses, l'intérêt qu'il manifestait à investir dans son travail, et sa proposition en mariage.

— Bordel de merde ! s'exclama Mad.

— Ils agissent tous les deux comme des idiots, affirma Claire.

— Ils sont peut-être tous les deux amoureux d'elle, suggéra Sabrina de sa voix apaisante de conseillère.

Sabrina était toujours pour les relations aimantes et engagées.

C'était bien le plus étrange. Elle ne pensait pas que Phillip puisse être amoureux d'elle si vite. Mais Josh. Ils se connaissaient depuis si longtemps qu'elle pensait que c'était possible. Josh n'avait jamais exprimé cela. Il n'avait pas exprimé grand-chose. Était-elle amoureuse de lui ? Elle avait cru que l'amour était cette chose romantique et magnifique, et ce n'était absolument pas ce qu'elle avait avec Josh. Il la rendait furieuse, la faisait sortir de ses gonds. Le problème était que peu importe sa colère, elle n'arrivait pas à s'empêcher de penser à lui, n'arrivait pas à rester loin.

— Phillip se sert seulement d'elle pour améliorer sa réputation, annonça Mad avec mépris.

Elle choisissait toujours de défendre Josh dans toutes les situations. La famille d'abord. C'était exactement pour cette raison que Hailey n'avait pas dit à ses amies que sa mère faisait faux bond à Joe. Elle savait que Mad allait défendre son père et laisser tomber Hailey en tant que meilleure amie. Elle avait besoin de Mad dans sa vie. Personne d'autre n'était aussi franche que Mad. Son honnêteté avait toujours immensément aidé Hailey, sauf en ce qui concernait Josh. Sa mère avait intérêt à ne pas faire foirer ça pour elle. Si Brandy avait simplement parlé à Joe au lieu de s'enfuir Dieu sait où, Hailey était sûre que Joe aurait pu la calmer et lui assurer qu'il l'aimait. Il était ce genre d'homme merveilleux.

— Aimes-tu Josh ? demanda Claire.

Hailey sursauta. Tous les regards étaient tournés vers elle. Elle laissa échapper un soupir tremblant.

— Je ne sais pas. Je suis tellement perdue. Il m'a promis de me faire la cour, mais tout ce que j'ai eu, c'était un dîner et beaucoup de rien du tout.

— Dis-lui, expliqua Claire. Dis-lui exactement ce que tu veux et pourquoi. Fais-moi confiance, si tu n'es pas directe, il ne lira pas entre les lignes. Il est peut-être intelligent, mais il parle le langage masculin et pas la subtilité du langage féminin. Jake est pareil. De mon côté, j'ai appris à être directe dans l'industrie du cinéma. Tu es encore assez…

— Girly, finit Mad pour elle.

— Subtile.

Claire sourit avant de continuer :

— Et je le comprends. Les femmes sont éduquées pour ne pas faire de vagues, pour apaiser les situations, pour être polies et posées. Ton entraînement aux concours de beauté a sans doute contribué à cela, mais la vie n'est pas un concours et tu n'es pas obligée de lui faire plaisir. Ce que tu dois faire, c'est défendre ton point de vue et ce que tu veux.

Sabrina intervint.

— Je ne sais pas si c'est la bonne tactique dans ce cas particulier. Cela pourrait très vite dégénérer entre Josh et elle. Je pense qu'elle devrait se retirer de cette dynamique bizarre. Qu'elle laisse les hommes se rendre compte qu'elle leur manque et comprendre la profondeur de leurs sentiments. Leurs actes montreront ensuite à Hailey tout ce qu'elle a besoin de savoir.

Mais si Josh ne faisait rien ? S'il n'y avait que Phillip qui l'encourageait à sauver Villroy et sa réputation et à être une véritable princesse ?

— Vous m'avez donné beaucoup de pistes de réflexion, dit Hailey. Merci.

— On te soutient, on est des sœurs ! dit Mad en la tapant dans la main. Et dans deux semaines, nous serons vraiment sœurs. C'est merveilleux, non ?

L'estomac de Hailey se retourna, la nausée montant très vite. Elle était prête à pourchasser sa mère et à la traîner par les cheveux pour qu'elle épouse Joe ! Oh ! Peut-être était-elle comme Josh : agressive et protectrice. Pas entêtée et arrogante, en revanche. Elle ne se souvenait pas d'avoir un jour ressenti cela. Josh déteignait sans doute sur elle, ou alors c'était une force cachée qui émergeait dans les circonstances difficiles.

— Merveilleux, dit-elle à Mad en lui tendant Rose. Je vais chercher plus de vin.

Mad accepta Rose, la distraction, et la serra contre elle.

Quand ses amies partirent vers minuit, Hailey sentait le confort chaleureux du vin et de l'amitié. Ses amies avaient toutes pensé qu'elle devait se mettre en retrait de la situation masculine complètement insensée. La théorie était qu'elle allait manquer aux hommes et qu'ils allaient réagir à leur façon. Seule Claire continuait à l'encourager à être directe.

Et seule Claire resta pour essayer de convaincre Hailey d'accepter qu'elle la dépose chez Josh. Le chauffeur et le garde du corps de Claire attendaient.

— Claire, vraiment, il est tard, je suis un peu ivre. Je pense que je vais simplement me coucher.

— Demain, alors ? Comme je te l'ai dit, je comprends Josh. Je sais qu'il a besoin que tout soit explicite. C'est peut-être difficile, mais tu dois tout lui dire. Ça passe ou ça casse.

— D'accord, d'accord, dit-elle juste pour se débarrasser de Claire.

Claire la serra dans ses bras.

— Appelle-moi après ça, et dis-moi comment ça s'est passé.

— Promis.

Claire partit enfin.

Hailey fit sortir Rose pour sa promenade du soir avant de se préparer pour se coucher. Quand elle eut terminé à la salle de bains, Rose était profondément endormie en boule à côté de l'oreiller de Hailey. Claire avait peut-être raison en disant qu'elle se sentirait mieux de tout dire. Elle était si fatiguée de ne pas savoir où elle en était avec Josh. Elle enfila un jean et un sweat, déposa Rose toujours endormie dans son sac de transport, attrapa une lampe de poche et sortit.

Ce n'était pas dangereux de se promener à minuit à Clover Park. Les trottoirs étaient vides, les maisons plongées dans l'obscurité, les seuls bruits étaient les insectes et les oiseaux nocturnes. Peut-être une chouette ? Des colombes ?

Elle n'en avait aucune idée. Un bruissement dans les buissons la fit accélérer.

Lorsqu'elle atteignit la vieille maison victorienne où vivait Josh, elle était légèrement essoufflée, un peu effrayée d'être seule, et rouge à cause de l'effort. Elle appuya sur l'interphone en espérant qu'il soit encore debout. Rien. Elle lui envoya un texto. Aucune réponse. Elle sonna encore et encore. *Allez ! Réveille-toi ! Bon sang, Josh Campbell ! Je suis prête à dire ma vérité !*

— Hailey ?

Elle poussa un cri et se retourna brusquement. Josh se tenait juste derrière elle.

— Tu m'as fait peur.

— Je viens de rentrer du travail.

Évidemment, elle aurait dû le savoir. C'était samedi soir et il travaillait jusqu'à la fermeture. Elle n'avait pas entendu sa voiture. Elle avait été trop occupée à sonner et à crier en silence.

Pleine d'adrénaline, elle révéla tout, tout de suite.

— Je veux la cour que tu m'as promise. Je n'ai eu qu'un dîner il y a douze jours et je veux plus. Nous avons dépassé le moment où on flirte lentement, mais j'aimais ce que tu as suggéré. Ça m'a semblé romantique.

Il s'approcha et grogna à son oreille :

— Hailey, il est plus de minuit. Nous savons tous les deux pourquoi tu es ici.

Il lui prit la main et la guida dans le vestibule, puis jusqu'à son appartement.

— Je sais, je viens de dire pourquoi j'étais ici, lui dit-elle pendant qu'il l'entraînait jusqu'à sa chambre.

Il prit le sac du chien et déposa Rose à l'extérieur de la chambre, ferma discrètement la porte et alluma la lampe de la table de chevet. Ensuite il lui prit la main, la guida jusqu'à son lit et la poussa doucement. Elle atterrit en position assise sur le matelas.

Elle dit sa vérité de la façon la plus directe possible :

— Claire a très bien expliqué Jake et je comprends enfin...

Elle s'arrêta lorsqu'il la rejoignit, posa les lèvres dans son cou et l'embrassa jusqu'à sa mâchoire pendant que sa main glissait sous son sweat.

— Josh.

Il lui lança un regard interrogateur.

— Tu m'as tellement manqué.

Il posa la main le long de ses côtes. Son autre main caressa ses cheveux en arrière avant de les maintenir fermement, son regard exprimant une possession féroce avant de réclamer sa bouche avec la sienne. Une étincelle de joie pure s'embrasa en elle : elle lui avait manqué aussi.

Josh était allongé sur le côté, examinant Hailey détendue et heureuse, nue dans son lit, ce qui était sa place. Il retira les cheveux de son visage lumineux. Il ne s'était pas retenu, avait été agressif en la possédant, et elle avait été à la hauteur, comme il s'y attendait depuis longtemps. Il n'avait pas mal réagi une seule fois, alors qu'elle s'agrippait à lui, grimpait sur lui, le poussait vers le bas, explorait son corps. Il lui faisait confiance. Ou peut-être savait-il qu'il pouvait facilement la maîtriser et que ça ne la gênait pas. Elle semblait aimer qu'il prenne les commandes, la retournant sur le ventre, la plaçant dans les positions qu'il voulait. Ah, ils étaient bien assortis au lit.

Je lui ai manqué.

Dieu merci. Il éteignit la lampe de chevet. Rose était toujours endormie de l'autre côté de la porte de la chambre. Ils allaient sûrement être réveillés tôt le lendemain matin, mais tant pis. Il ne voulait pas être distrait par un chien qui suppliait de les rejoindre dans le lit.

Hailey était allongée sur le dos. Il roula lui aussi sur le dos à côté d'elle et fixa le plafond en lui demandant quelque chose d'important :

— Je serai le propriétaire officiel de Garner's jeudi prochain. Une journée exceptionnelle qui a mis longtemps à arriver. Je t'enverrai un texto quand ce sera officiel, et tu pourras passer fêter ça avec moi.

Elle roula sur le côté et jeta un bras et une jambe sur lui.

— Je suis très heureuse pour toi. Ton rêve devient réalité.

Il l'espérait. L'autre partie de son rêve – la partie dans laquelle elle figurait – allait se produire en même temps. C'était sûrement le jour le plus important de sa vie. Il mettait tout en jeu. Son pouls accéléra en sachant que rien n'était sûr et que cela pouvait si mal tourner qu'il risquait de ne jamais s'en remettre. Il se surprit à retenir sa respiration, alors il inspira profondément.

— Tu seras donc là ?

— Bien sûr.

Elle fit courir la main le long de son bras et jusqu'à son épaule.

— Penses-tu que ceci est de l'amour ?

Il chercha quoi répondre. Oui, pour sa part. Mais Hailey n'avait jamais ressenti l'amour et il voulait qu'elle le comprenne profondément et par elle-même. Si elle l'aimait, elle devait le sentir.

— Qu'en penses-tu ?

Elle posa la tête sur son torse.

— Franchement, je ne sais pas. La moitié du temps, tu me rends furieuse, mais je n'arrive pas à garder mes distances.

Il passa un bras autour de ses épaules, la collant contre lui.

— Reste plus avec moi. Tu finiras peut-être par t'habituer à moi et par ne plus t'énerver pour toutes les petites choses.

Elle leva la tête.

— C'est donc de ma faute.

— Tu vois que tu recommences ? J'énonce seulement des faits.

Elle souffla.

Il reposa la tête de Hailey sur son torse et garda sa main sur elle pour la maintenir en place.

— Tu prends tout très à cœur.

— Pardon d'avoir un cœur. Je suis dans le business de l'amour.

Il attendit en silence, la laissant se calmer. Il ne voulait pas se disputer. Elle lui avait manqué et il était bien en ce moment, vraiment satisfait et plein d'espoir parce que les choses allaient enfin dans la bonne direction.

— As-tu déjà fait une demande en mariage à quelqu'un ? demanda-t-elle.

Il entortilla sa main dans ses longs cheveux, adorant la sensation.

— Non.

— C'est ma première demande en mariage.

Il s'immobilisa. Elle devait savoir que c'était factice, non ? Il avait cru qu'elle utilisait ça juste pour le faire réagir.

— Il se sert de toi. S'il te plaît, dis-moi que tu le sais.

— Peut-être.

Il tira ses cheveux en arrière, inclinant son visage vers lui.

— C'est certain. Dis-lui non. Dis-lui que tu es avec moi.

— Je suis perdue, chuchota-t-elle.

— Il n'y a pas de quoi être perdu, grogna-t-il. Tu es à moi.

— Je ne suis pas une chose que l'on possède.

— Tu es à moi, un point c'est tout. Maintenant, dors.

Il reposa sa tête contre son torse alors que la tension montait en lui. Il était enfoncé jusqu'au cou, investi dans leur avenir, et elle… ne l'était pas.

Elle grimpa sur lui, plaçant la tête au-dessus de la sienne, criant contre lui :

— Je ne vais pas dormir ! Tu ne peux pas dire une chose pareille et t'attendre à ce que je sois d'accord. Je suis un être humain, pas une propriété.

Il retint un sourire parce qu'il aimait ce côté d'elle, sa princesse guerrière.

— Tu es de la viande de premier choix et j'ai mordu le premier.

Il fit claquer ses dents dans sa direction.

— De la viande !

Elle essaya de descendre, mais il passa les bras autour d'elle, la maintenant captive. Elle se débattit, ce qui l'excita beaucoup trop.

— Détends-toi. Je rigole.

Elle s'arrêta.

— Je ne crois pas. À mon avis, tu penses vraiment que parce que j'ai couché avec toi le premier…

— As-tu couché avec lui ?

— Non.

Il serra les dents.

— A-t-il posé la main sur toi ?

— Non, dit-elle doucement.

— Franchement…

Il ferma les yeux, cherchant à se calmer. Il fallait toujours qu'elle le provoque.

Elle essaya de s'échapper de son étreinte, mais il s'accrocha.

— Je vais partir.

Il grogna et lui caressa le dos.

— Reste, d'accord ?

Il se renfrogna avant d'ajouter :

— Arrête d'être aussi difficile.

Elle se redressa sur son torse, le toisant du regard.

— Mais je ne suis pas fatiguée. Tu sais que nous autres gens de la vingtaine, nous commençons seulement à faire la fête à – elle jeta un coup d'œil au réveil sur la table de chevet – une heure du matin. Tu as trente-cinq ans, tu es presque d'âge mûr… aah !

Il l'avait fait basculer sous lui.

— Défi accepté.

Il lui montra ensuite avec des détails explicites les avantages qu'il y avait à fréquenter un homme qui avait de l'expérience.

17

———————

Hailey passa toute la journée du lendemain avec Josh. C'était dimanche, elle n'avait pas de rendez-vous avec les clients, et il avait demandé à quelqu'un de le remplacer le matin. Elle se dit que c'était une sorte de geste romantique quand Josh la choisissait à la place du travail. Ou bien voulait-elle seulement croire qu'il était amoureux d'elle parce qu'elle commençait à croire être amoureuse de lui ? Ça ne ressemblait pas du tout à ce qu'elle pensait de l'amour. Ce n'était pas mignon ou joli, c'était juste là. Elle se sentait tellement mieux avec lui que sans lui. Et quand ils ne se disputaient pas, tout se passait extrêmement bien. Elle avait été un peu inquiète après le sexe matinal, craignant qu'ils n'aient plus rien à faire ensemble pendant le reste de la journée, mais c'était presque comme si tout le sexe les rendait plus doux et le dimanche avait été paresseux.

Josh avait fait des gaufres avec des œufs brouillés et du bacon. Ils avaient mangé le petit-déjeuner ensemble, étaient retournés chez elle pour qu'elle prenne des vêtements, puis elle lui avait appris à faire les brownies moelleux qu'il avait toujours adorés. L'ingrédient secret était le Nutella. Quand elle avait accepté qu'il les serve chez Garner's, il s'était mis à sourire davantage que l'ensemble des sourires qu'elle avait vus chez lui. Il était éblouissant de beauté quand il souriait.

Ils étaient maintenant de retour chez lui, à regarder une chaîne de décoration et rénovation de maisons et jardins pendant qu'il lui demandait quel genre de maison elle aimait et pourquoi. C'était grisant de voir qu'il se souciait de son opinion sur les maisons, parce qu'il imaginait peut-être leur future maison ensemble. Elle n'avait encore jamais vécu dans une maison, toujours dans des appartements, et l'idée d'avoir quelque chose d'aussi permanent lui donnait un profond sentiment de satisfaction. Le seul point négatif de toute la journée était que Mad avait envoyé un texto pour demander si elle savait où était la mère de Hailey, parce que son père était parti tout le week-end et qu'il ne répondait pas au téléphone. Elle se dit que Joe cherchait sa mère, mais elle ne savait pas où elle était. Dès qu'elle avait appris que sa mère avait fui, elle avait su que rien ne serait plus jamais pareil entre les Campbell et elle. Ils allaient devenir plus froids. Elle leur rappellerait toujours la trahison de sa mère.

Elle coupa son téléphone, décidant de gérer la situation de sa mère le lundi. Elle serait peut-être rentrée à ce moment-là. Elle pria avec ferveur pour que celle-ci revienne à la raison.

Ce soir-là, après un délicieux dîner de poulet *francese* que Josh lui avait enseigné, il reçut un appel de Mad. Il était le grand frère, avec Jake, mais c'était lui qui était en ville, et elle savait que ses jeunes frères et sœur se tournaient vers lui en temps de crise. Ils étaient tous proches de leur père, et le fait qu'il soit absent tout le week-end et impossible à joindre – sans doute en train de chercher la mère de Hailey – avait déclenché l'alarme.

Elle se leva et rassembla leurs couverts.

— Je m'occupe de ça.

Il hocha le menton vers elle puis dit au téléphone :

— Comment ça, il a disparu ?

Hailey fit couler l'eau très doucement afin d'entendre la conversation tout en rinçant les couverts.

— Tu es allée là-bas ? demanda Josh. Il a peut-être accepté du travail en plus. Ou il a oublié de mettre son téléphone en charge.

Il resta silencieux un instant.

— Attends.

Il écarta le téléphone de son oreille.

— Hailey, Mad dit que mon père a été absent tout le week-end et qu'il est impossible à joindre. Pourrais-tu voir avec ta mère s'il est avec elle ?

— Bien sûr, dit-elle d'une petite voix.

Il se remit à parler à Mad.

— Ah bon ? J'ai été avec elle toute la journée et son téléphone n'a pas sonné. Elle l'a peut-être laissé chez elle. Je vais le lui dire. Oui, oui, fais la maligne. Je te tiens au courant. Je suis sûr qu'il va bien.

Josh rejoignit Hailey devant l'évier.

— Où est ton téléphone ? Mad dit qu'elle a essayé de te joindre toute la journée.

Elle se concentra sur la vaisselle.

— Je l'ai éteint parce que je ne voulais pas de distraction pendant que j'étais avec toi pour notre premier week-end ensemble.

— Regarde-moi quand tu dis ça.

Elle le regarda dans les yeux.

— Je ne voulais pas de distraction.

Ses yeux sombres transpercèrent les siens.

— Que me caches-tu ?

Elle déglutit.

— Rien.

Il fronça les sourcils.

— Appelle ta mère. Mad a peur qu'il soit arrivé quelque chose à notre père.

— D'accord.

Elle quitta la cuisine avec les jambes tremblantes, l'estomac noué. C'était ici que tout prenait fin. Elle aurait dû savoir que ça ne pouvait pas durer avec Josh. Rien dans sa vie n'avait duré longtemps. Tout avait toujours été arraché de ses mains : sa famille, sa maison, et maintenant sa possibilité de vivre l'amour.

Elle alluma son téléphone, vit trois textos et cinq appels manqués de Mad. Elle composa le numéro de sa mère et tomba directement sur le répondeur. Elle envoya un texto, mais elle ne s'attendait pas à une réponse. Quand sa mère faisait faux bond, elle arrêtait complètement de communiquer. En général, elle partait pour un long trajet en voiture, comme si elle pouvait rouler plus vite que ses problèmes.

Josh apparut à côté d'elle.

— Alors ?

— Répondeur. Je n'ai pas encore eu de réponse à mon texto.

— Peux-tu appeler la maison de ta tante Jane ou l'hôpital ? Là où elle se trouve.

Elle se mordit la lèvre. Elle ne voulait pas mentir, mais la vérité allait très mal passer.

Josh la fixa longuement.

— Ça ne ressemble pas à mon père de partir sans dire à quelqu'un où il va, ou au moins sans nous contacter plus tard. Je suis certaine qu'il est avec ta mère. S'il te plaît, dis-moi où est ta tante.

— Je ne sais pas. Elle a déménagé plusieurs fois. Je vais réessayer de joindre ma mère plus tard.

Elle le frôla pour retourner à la cuisine, mais il l'attrapa par la taille, l'arrêtant net. Elle eut la gorge serrée. Josh n'allait pas lâcher ça. C'était le moment qu'elle redoutait depuis que sa mère et son père s'étaient rencontrés.

Elle se tourna vers lui et avoua tout d'une traite.

— Il n'y a pas de tante Jane. Ma mère a fait faux bond à ton père, elle a paniqué à l'idée de se marier, comme je m'en doutais, et je me raccrochais à l'espoir qu'elle revienne avant que quelqu'un le découvre.

Il fronça les sourcils.

— Tu n'as pas éteint ton téléphone à cause de moi. Tu essayais d'éviter de parler à Mad. Pourquoi ne pas simplement lui dire la vérité afin qu'elle ne s'inquiète pas ?

Elle se tordit les mains.

— Bien sûr qu'elle se serait inquiétée ! Ton père est sans doute en train de parcourir le pays à la recherche de ma mère, gaspillant son temps et son argent. Je sais que ton père a déjà été quitté et ceci va le faire souffrir terriblement. Je ne sais pas si ma mère reviendra un jour vers lui. Elle a toujours été du genre à papillonner d'une relation à une autre. Mad ne le comprendrait jamais. Elle sera si contrariée pour son père qu'elle me laissera tomber.

Elle déglutit en luttant contre les larmes.

— Je ne voulais pas la perdre. Elle m'a donné l'impression de faire partie d'une famille, du genre que je n'ai jamais eu et que j'ai toujours voulu.

Il parla d'une voix plus douce.

— Mad t'aime. Tu es la sœur qu'elle a toujours voulue. As-tu une si piètre opinion d'elle que tu penses qu'elle te laisserait tomber pour les actes de ta mère ?

— Pour Mad, la famille passe toujours en premier.

Elle se frotta la tempe à cause du mal de tête naissant.

— Je savais que ma mère allait tout faire foirer.

— Personne ne t'en veut pour ça.

— C'est par association, d'autant plus que nous nous ressemblons. Je suis un rappel constant de la façon dont son père a souffert.

— Ce n'est pas comme ça que ça marche.

— Si ! Tu ne comprends pas, venant de ta famille. Personne n'est jamais resté pour moi !

Ses yeux brûlaient de larmes non versées.

— Rien et personne n'a jamais duré !

Il passa les bras autour d'elle.

— Calme-toi.

Elle essaya de s'écarter, mais il s'accrocha.

— Josh, lâche-moi. Je dois réparer ça. J'aurais dû m'en occuper plus tôt, mais je profitais du temps que nous passions ensemble, et j'étais dans le déni total.

Il la relâcha.

— D'accord, vois ce que tu peux faire.

Elle voulut regarder son téléphone et il sonna dans sa main. Elle répondit.

— Salut, Mad. Je suis vraiment désolée de ne pas t'avoir contactée plus tôt. Je ne sais pas où est ma mère, mais je vais appeler certaines de ses amies et voir si elle a laissé des indices.

Mad sembla fébrile :

— J'ai peur que mon père ait eu un accident. Je suis à deux doigts d'appeler les hôpitaux. Ça ne lui ressemble pas de ne pas donner de nouvelles.

Hailey paniqua en serrant le téléphone avec force. Si Joe avait eu un accident en cherchant sa mère, elle ne savait pas comment elle pouvait un jour revoir les Campbell. Elle força sa voix à paraître normale.

— Je suis certaine qu'il va bien. Il a sûrement laissé son téléphone quelque part, ou bien il l'a éteint. D'accord ? Je te contacte dès que je sais quelque chose.

— Hailey, j'ai tellement peur. Il a toujours été solide. Si fort, toujours là. Il a été à la fois un père et une mère pour moi.

Sa voix s'étrangla en finissant :

— Il est tout.

— Moi aussi, je l'aime. Restons calmes et n'imaginons pas les pires scénarios. Il est intelligent et plein de bon sens. Je suis sûre qu'il va bien.

Elle lui dit au revoir, raccrocha et se tourna vers Josh, qui la regarda avec inquiétude.

— Je dois aller chez ma mère et trouver les coordonnées de ses amies. Elle a un carnet d'adresses.

— Veux-tu que je t'accompagne ?

Elle secoua la tête.

— Je m'occupe de tout.

Elle partit, terrifiée de ne plus jamais revoir Mad ou n'importe lequel des Campbell en bons termes.

Lundi matin lui apporta peu d'espoir. Hailey avait contacté toutes les personnes qui selon elle pouvaient avoir une idée de l'endroit où était sa mère. Elle avait même appelé les hôpitaux locaux, la gorge nouée, au cas où quelque chose de terrible soit arrivé. Jusqu'ici, aucune nouvelle, et elle l'avait dit à Mad. Joe n'était toujours pas rentré.

Évidemment, ce jour-là elle dut régler de multiples problèmes avec des clients. Vers onze heures, elle était épuisée et à bout. La sonnerie retentit à la porte d'entrée de Ludbury House et elle se précipita pour ouvrir, espérant désespérément qu'il s'agisse de sa mère.

C'était un homme qu'elle n'avait encore jamais vu, grand et très musclé. Une chevelure noire épaisse et un peu longue, des yeux bleus perçants, et une barbe soigneusement coupée. Il était habillé d'une tenue décontractée, avec un tee-shirt blanc, un jean et des bottes de travail noires. Un tatouage se voyait sous une manche de son tee-shirt, par-dessus son biceps arrondi. Aucune femme avec lui, alors sans doute pas un client potentiel. Peut-être avait-il une livraison ?

— Bonjour, puis-je vous aider ? demanda-t-elle.

Il tendit la main, serrant la sienne avec fermeté.

— Dylan Rourke.

Sa voix était grave et rocailleuse.

— C'est au sujet de mon cousin Phillip.

Oh mon Dieu, Phillip. Elle avait complètement oublié de le recontacter concernant sa demande trois jours auparavant. Il avait dû envoyer un représentant au cas où la nouvelle était mauvaise.

Elle sortit sur la terrasse avec lui, se disant que la conversation serait rapide. En outre, il était un peu intimidant, et elle ne voulait pas être seule avec lui dans son bureau.

— C'est lui qui vous envoie ? Je suis vraiment désolée de mettre si longtemps à lui répondre.

Dylan croisa les bras en faisant gonfler ses biceps.

— Vous ne serez pas acceptée par la famille. Il a besoin d'une lignée royale, pas d'une Américaine.

Elle inclina la tête, réfléchissant à cette information étrange.

— Ça ne peut pas être vrai. Qu'en est-il de Silvia et de son fiancé américain ?

Il trancha l'air de la main.

— C'est différent. Elle n'est pas aussi proche du trône. Phillip est le suivant après Gabriel.

Elle afficha un sourire.

— Eh bien, je ne l'ai jamais sérieusement envisagé. Il ne m'aime pas.

Dylan écarquilla les yeux.

— Vous plaisantez ? Il ne parle que de vous. Il a dit à Silvia que vous êtes parfaite, et c'est elle qui m'envoie gérer ça.

Parfaite ? Moi ?

Dylan grommela de sa voix grave :

— Je le dis pour votre propre bien. Ma famille a été marginalisée. Mon père était le suivant de la lignée, il a épousé une fille de Brooklyn, et nous voilà, toute une foutue famille royale à qui on refuse la fortune et le privilège qui y sont associés.

Il paraissait terriblement amer.

Dylan la désigna de la tête aux pieds.

— Je comprends. Vous ressemblez déjà à une belle princesse et vous êtes posée. Vous n'avez pas l'air de quelqu'un qui craque sous la pression.

— Dylan ! cria une voix masculine. Qu'est-ce que tu fous ?

Elle inspira brusquement. Phillip ! Ses deux gardes du corps se tenaient derrière lui.

Les deux hommes s'affrontèrent sur la terrasse. Dylan était plus musclé que Phillip, mais ils avaient des regards tout aussi menaçants l'un que l'autre. Elle se fit toute petite à côté de la porte.

— Silvia a dit que tu étais incontrôlable, grogna Dylan.

— Et elle m'a dit que tu avais insisté pour t'occuper toi-même de l'affaire. Retourne à Brooklyn, là où est ta place !

Dylan pointa un doigt sur le torse de Phillip.

— Pourquoi ne retournes-tu pas dans ton précieux château que tu aimes tant ?

Phillip chassa la main de Dylan.

— Ne me touche pas, racaille.

— Je t'emmerde.

— Je t'emmerde, sale intrus ! Tu essaies de te raccrocher à nous comme tu peux, en utilisant Silvia…

— Elle avait besoin de moi. Tu as perdu tout contrôle.

Dylan saisit Phillip par le col et le souleva. La chemise de Phillip se déchira et il leva un genou, visant l'entrejambe. Dylan para le coup en jetant Phillip en arrière de quelques mètres. Les gardes avancèrent, anticipant une bagarre.

— Sortez tous les deux ! cria Hailey.

Bon sang, tous les hommes étaient des bêtes.

Phillip se tourna vers elle.

— J'ai quand même besoin d'une réponse, Hailey. Je ne sais pas ce qu'a dit Dylan…

Elle dit sa vérité :

— Je ne me marierai que pour l'amour, alors la réponse est non.

— Je t'aime, dit Phillip avec sincérité.

Dylan grommela :

— Je vous l'avais bien dit.

Elle fixa Phillip, muette de stupéfaction. Comment pouvait-il l'aimer si vite ? Ils ne s'étaient rencontrés qu'un peu plus de trois semaines auparavant. Très peu de ce temps-là avait été passé en face à face, ils avaient surtout communiqué par téléphone ou texto. Sa vie à lui était-elle si isolée que le peu de temps qu'ils avaient eu ensemble lui avait paru intime ? Elle ne pouvait pas dire qu'elle ressentait la même chose.

Dylan le regardait de travers pendant que Phillip continuait à parler du cœur.

— Ce n'est pas grave si tu ne ressens pas la même chose maintenant, avec le temps, ça viendra. Rentre avec moi. Tu es un diamant qui ne peut pas briller de tout son potentiel ici. Villroy est l'endroit qu'il te faut.

Les deux hommes la dévisagèrent.

Elle essaya de le rejeter en douceur.

— Je suis désolée, Phillip, la réponse est non. Je ne peux pas être celle que tu veux.

Phillip lui prit la main.

— Penses-y. Il reste une place dans l'avion pour toi.

Dylan secoua la tête, tourna les talons et partit vers la moto qu'il avait garée dans la rue. Il partit en vrombissant et tout le monde le regarda s'éloigner.

— La racaille, murmura Phillip à voix basse avant de partir à son tour.

Elle rentra et s'assit à son bureau, secouée par les événements des derniers jours. La situation était étrange dans toutes les parties de sa vie.

Elle essaya à nouveau de joindre sa mère sans recevoir de réponse. Elle commençait maintenant vraiment à s'inquiéter pour elle. S'il lui était arrivé quelque chose ? Elle n'était jamais partie plus longtemps qu'un week-end.

Quand elle eut fini le travail de la journée, elle n'avait qu'une envie, c'était de retourner dans son petit repaire féminin et chaleureux et regarder la télévision sans réfléchir. Quand elle arriva devant sa porte d'entrée, un bouquet de roses l'attendait. Il était clair que Phillip n'acceptait pas qu'on lui dise non. Elle prit les fleurs, entra dans l'appartement et les jeta à la poubelle.

18

———————

Hailey venait tout juste de s'installer devant la télé avec un grand bol de pop-corn au beurre quand sa sonnette retentit. Rose aboya et courut vers la porte. Hailey soupira, posa le pop-corn sur la table basse et ouvrit la porte. Josh se tenait sur le palier, l'air inquiet.

— Tout va bien ? parvint-elle à dire malgré la boule dans sa gorge.

— Pas de nouvelles de mon père, dit-il en entrant.

Rose grimpa sur sa jambe et il la souleva en la caressant derrière l'oreille.

— Des nouvelles de ta mère ?

— Non, pas encore.

Il reposa Rose et il se mit à l'aise sur son canapé. Elle ne savait pas trop quoi en penser. Ça semblait présomptueux, mais d'un autre côté, Josh n'avait jamais été extrêmement poli.

Elle le rejoignit.

— Alors, tu es juste passé pour traîner avec moi ou…

— Ai-je besoin d'une raison pour être avec toi ?

— Je suppose que non. C'est juste la première fois que tu viens de cette façon.

Il prit une bouchée de pop-corn.

— As-tu reçu les fleurs ?

Elle sursauta.

— Elles venaient de toi ?

— N'as-tu pas lu la carte ?

Elle bondit du canapé, se précipita vers la cuisine et sortit la poubelle sous l'évier.

— Tu les as jetées ? aboya-t-il derrière elle.

Elle les sortit, toujours dans leur bel emballage.

— Ça va. Le papier les a protégées.

— Pourquoi jeter un bouquet coûteux ?

— Je suis désolée ! Je pensais qu'elles venaient de Phillip !

Elle posa les roses sur la chaise de la cuisine et elle sortit la petite carte de l'enveloppe. *Je pense à toi ! Bises, Josh.* C'était mignon à la fois pour le point d'exclamation, qui servait sûrement en partie à la taquiner mais qui montrait qu'il faisait des efforts, et pour les bises. Josh l'aimait peut-être vraiment.

Il resta appuyé contre la porte de la cuisine.

— Pourquoi pensais-tu que les roses venaient du prince ? Tu as refusé sa proposition, n'est-ce pas ? Tu lui as dit que tu étais à moi.

Elle secoua la tête à cause de son côté possessif qui lui paraissait encore étrange. S'il avait dit « tu es ma petite amie » ou « tu es mon amour » ou même « tu es ma copine » elle aurait pensé que c'était presque romantique. Mais *tu es à moi* ? Pff.

— Pourquoi secoues-tu la tête ?

Il s'approcha d'elle, la mâchoire serrée.

— Dis-moi tout de suite que tu as dit non.

Elle soutint son regard sombre qui la transperçait.

— Je lui ai dit non, mais il est persévérant. Il pense être amoureux de moi.

Et toi ?

Il la regardait de travers. *Grr.* Aucun sentiment amoureux ne pouvait sortir de cette bouche.

Elle se renfrogna.

— Et arrête de dire « tu es à moi ». Je ne suis pas à toi.

— Hailey, tu me rends fou, grogna-t-il. Littéralement fou. Pourtant, je ne peux pas te quitter. J'ai besoin d'entendre ta voix, même quand elle m'irrite, j'ai besoin de voir tes yeux me lancer des poignards, et je vis pour te voir dans ton élément au travail.

Il prit ses deux mains dans les siennes.

— Tu me possèdes. Il est donc juste que je te possède également.

— Josh, souffla-t-elle, des papillons dans le ventre, toute rouge. Ce n'est pas ainsi que ça marche.

Il posa les bras autour de sa taille.

— C'est ainsi que ça marche pour nous.

Elle plaça les mains sur son torse. Elle était si troublée qu'elle ne savait pas si elle voulait le repousser ou le serrer contre elle.

— Mais ce n'est pas bien.

Il approcha son visage du sien.

— Pourquoi une femme qui n'a jamais été amoureuse pense-t-elle tout savoir sur ce qui est bien ou pas dans une relation ?

— Nous avons donc une relation ?

— Je ne peux même pas…

Il mordilla la lèvre inférieure de Hailey.

— J'ai besoin de clarté…

— Arrête de parler, dit-il en souriant contre sa bouche avant de l'embrasser.

Elle jeta les bras autour de son cou et l'embrassa avec passion. Il la souleva, sa bouche toujours verrouillée sur la sienne, et il marcha avec elle jusqu'à sa chambre, fermant la porte avec son épaule. Elle était folle de désir, toute l'angoisse qui s'était accumulée depuis qu'elle l'avait vu pour la dernière fois se déversa d'elle. Elle l'embrassa brutalement, passant les mains dans ses cheveux, sur ses épaules, son dos, partout où elle pouvait le toucher. Il avait les mains sur ses fesses et il la guida jusqu'au mur.

Il interrompit le baiser et la posa sur ses pieds, la retourna, défit la fermeture éclair de sa robe et la glissa de ses épaules. Il caressa sa peau pendant que la robe tombait, faisant courir ses lèvres chaudes le long de sa colonne. Elle se tourna dans ses bras, l'obligeant à remonter son visage et elle posa violemment sa bouche sur la sienne. Il gémit, lui arracha son string et passa la main entre ses jambes.

— Tu mouilles pour moi, grogna-t-il.

Il lui prit sa main pour qu'elle sente l'humidité.

— Touche-toi.

— Josh, protesta-t-elle avant de se taire lorsqu'il sortit un préservatif de sa poche, se déshabilla et l'enfila en un éclair.

Il la souleva alors, s'enfonça profondément en elle, tous deux fébriles. Elle rejeta la tête en arrière, avançant les hanches pour venir à sa rencontre à chaque poussée. Elle sentit la tension s'entortiller comme un ressort en elle, coupant son souffle pendant qu'il la possédait. *Oui, oui, oui.*

Il lui tint la mâchoire, attirant son regard sur lui. Il avait les yeux dilatés, sauvages et bestiaux. Il glissa les doigts entre eux, la caressant tout en la regardant dans les yeux, son souffle brûlant ses lèvres. Elle trembla lorsque le lien profond la submergea, un battement primitif dans ses oreilles, un message qui la secoua jusqu'au fond d'elle… elle était à lui.

— Oui, dit-il en approuvant avec un bruit guttural.

Elle jouit et poussa un petit cri, son corps se serrant autour de lui, secouée par une explosion lumineuse de plaisir intense. Il posa ses lèvres dans son cou en plongeant en elle pour son propre orgasme, créant des ondes de choc de plaisir avant de se laisser aller dans un rugissement.

Le monde redevint lentement moins flou. Les bras forts de Josh la tenaient, son poids était partiellement appuyé contre elle, son odeur masculine et épicée emplissait ses narines. Il souleva la tête, retira les cheveux du visage de Hailey et l'embrassa tendrement. Elle pleura presque à cause de cette tendresse.

— Ne pleure pas, dit-il contre sa bouche.

— Je ne pleure pas, répondit-elle d'une voix étranglée.

Il fit glisser les doigts le long de sa gorge, lui jeta un regard entendu.

— Tu as ressenti quelque chose de profond.

Elle cligna des paupières.

— Je *te* possède. Tu es à moi. Tu m'appartiens.

Il eut un petit rictus sexy.

— Ce n'est que justice.

Elle l'embrassa encore et sembla ne plus pouvoir s'arrêter, ayant besoin de ce lien. Il bougea, avançant avec elle toujours accrochée à lui, lui toujours enfoui en elle. Il s'arrêta brusquement, la souleva et la déposa sur le lit. Elle ouvrit les bras pour l'accueillir.

Il se baissa et l'embrassa.

— Donne-moi une minute.

Il partit, sûrement vers la salle de bains, et Rose accourut, la suppliant de monter sur le lit. Hailey posa un coussin sur le sol pour Rose, arrangea des oreillers dans le lit pour Josh et elle, et se glissa sous les couvertures. Elle voulait Josh pour elle toute seule, sans que Rose détourne son attention.

Josh revint nu, l'air confiant et un peu satisfait de lui-même. Pff. Pensait-il que le sexe était la réponse à tout ? Il la rejoignit et roula sur le côté pour se mettre face à elle. Il fit passer une jambe entre les siennes, appuyant de façon inattendue sur son sexe encore frissonnant, et il caressa ses côtes et sa hanche avec la main.

Elle parla d'une voix un peu haletante :

— Josh, tu ne peux pas régler toutes les disputes par du sexe.

Il sourit paresseusement, faisant glisser la main le long de sa jambe.

— Moi, ça me va.

Elle immobilisa sa main qui s'avançait vers l'intérieur de sa cuisse.

— Je ne sais pas si ça marche pour moi. Les choses ne me paraissent pas résolues.

— Tu es à moi. Je suis à toi. C'est facile.

Elle soupira. Il avait peut-être raison. Sa façon de le dire n'était pas romantique, mais elle l'avait senti de manière viscérale pendant le sexe, et n'était-ce pas le moment où ils baissaient le plus leur garde ? Nus l'un devant l'autre. Était-il possible que toutes ces disputes ne soient qu'une défense contre le sentiment vulnérable d'appartenir l'un à l'autre ? C'était dur de se sentir vulnérable.

Il enfouit le nez dans son cou, tira sur le lobe de son oreille avec les dents, et lui chuchota :

— Avoue-le, femme. Dis-moi les mots qu'il faut.

Elle posa la main dans la nuque de Josh et joua avec ses cheveux doux.

— Depuis tout ce temps, je prévois de dominer le monde…

— Ha !

— Eh bien, mon petit coin du monde, avec une entreprise extrêmement florissante d'organisation de mariages, de l'argent à la banque, et mon propre happy end. J'ai travaillé si dur, tu ne sais pas à quel point…

— J'en ai bien une idée. Je t'ai vue à l'œuvre.

Elle retira sa main de son cou et roula sur le dos, en jetant un bras sur ses yeux.

— Et puis j'ai craqué.

Le souvenir la fit grimacer intérieurement.

— Le lendemain, un prince tombe tout cuit devant moi et je me dis que je dois peut-être faire moins d'efforts et que les choses se passeront mieux.

Josh retira son bras des yeux et la regarda en soutenant sa tête.

— Et moi, j'avais pour plan de te faire mienne, et puis un foutu prince arrive, essayant de tout gâcher. Tu vois, le problème ici n'est pas mon plan ou ton plan, le problème, c'est le prince. C'est très désagréable que ce type apparaisse au milieu de nos plans.

— Le prince n'est pas notre problème. Nous ne formons pas un couple normal.

Il posa la main sous sa mâchoire, caressant sa joue avec le pouce.

— Définis ce que veut dire normal.

Elle poussa un soupir.

— Tu sais, sortir ensemble, se plaire véritablement… oublie ça.

Il fit glisser la main depuis sa mâchoire le long de son cou, jusqu'à son épaule qu'il serra.

— Moi, tu me plais bien.

— Waouh, merci. Et pas autant de disputes. Plus de choses romantiques, des mots d'amour, des cadeaux exprimant l'adoration, des mots gentils…

— Tu regardes beaucoup trop de films mièvres et tu lis trop de romans d'amour.

Elle lui jeta un regard noir.

— Tu as dit vouloir me faire la cour. C'est en ça que ça consiste.

— Non, faire la cour, c'est quand on passe du temps avec la personne parce qu'elle nous plaît et qu'on attend pour passer au sexe.

— Tu n'as pas attendu pour le sexe.

Il eut un sourire en coin.

— C'est parce que tu n'arrêtais pas de me supplier. J'ai fini par te soulager.

Elle se redressa brusquement.

— Josh ! C'est exactement le problème. Nous ne sommes d'accord sur rien.

— Tu aimes le sexe avec moi.

Elle rougit, ce qui était ridicule, vu qu'elle était nue et assise avec lui.

— Oui.

Il s'assit à son tour.

— Moi aussi. Nous sommes d'accord là-dessus. Et tu aimes me regarder, me toucher, parler, passer du temps avec moi.

— Parfois.

Il sourit.

— Moi aussi.

Ils éclatèrent de rire.

Elle lui serra le bras.

— J'ai peur que nous représentions un couple minable.

— J'en suis certain. Mais nous sommes coincés l'un avec l'autre.

Elle grimaça.

— Coincés l'un avec l'autre ? Je ne sais pas. Ça ne me paraît pas vraiment bien. Je me sens un peu bizarre.

Il huma l'air.

— C'est vrai que tu sens un peu bizarre.

Elle le repoussa en riant.

— Josh !

Il sourit, puis il l'embrassa. Ce n'était pas parfait entre eux, mais c'était bon. Le baiser devint rapidement charnel. L'instant d'après, il la posa à plat sur le dos. Et puis il l'embrassa tout le long de son corps, ses grandes mains écartant ses jambes. Elle cambra le dos, lui offrant son bassin parce que sa bouche menait au paradis.

— Vraiment bizarre, dit-il avant de refermer la bouche sur son sexe.

— La ferme.

Elle fut foudroyée par un plaisir incandescent.

— Ne t'arrête pas.

Il ne s'arrêta pas. Les sensations la submergèrent, la tension s'accumulant à nouveau pendant qu'il utilisait ses lèvres et sa langue de façon diabolique, enfonçant les doigts en elle, touchant exactement le bon endroit. Oh, mon Dieu, elle allait mourir. Juste au moment où elle allait avoir le plus grand de tous les orgasmes, il s'arrêta.

— Josh !

Elle le saisit par les cheveux, essayant de le ramener.

— S'il te plaît !

— Dis-le.

Il lui donna une tape qui fit tressaillir ses hanches.

— Tu es à moi.

Elle le regarda dans les yeux, s'attendant à voir un sourire en coin ou un air satisfait, mais ce qu'elle vit fut une tendresse profonde, de l'amour qui brillait dans ses yeux sombres. Pour elle. Elle eut une bouffée d'affection et elle la lui rendit de tout son cœur.

— Je suis à toi.

Il sourit et ses yeux marron chaleureux se plissèrent dans les coins.

— Très bien.

Il baissa à nouveau la tête, lui donnant exactement ce dont elle avait besoin, et elle s'envola.

~

Ce soir-là, Hailey était assise sur le canapé avec Josh, regardant d'autres émissions sur les maisons qu'ils aimaient tous les deux beaucoup, lorsqu'elle reçut un appel téléphonique inattendu. Phillip. Il n'aurait pas pu choisir un pire moment. Son appartement était trop petit pour avoir une quelconque intimité, et Josh n'allait pas être content.

— Bonsoir, ce n'est pas vraiment le bon moment pour appeler, dit-elle dès qu'elle décrocha.

— Hailey, l'avion attend. J'ai été rappelé plus tôt à la maison. C'est maintenant ou jamais. Je ne reviendrai pas avec une autre demande.

Elle baissa la voix, mais Josh était si près qu'il pouvait sûrement entendre les deux côtés de la conversation.

— Je suis désolée, mais j'ai déjà donné ma réponse. J'aurais dû être plus claire, mais ma... *situation* actuelle était si confuse. J'ai un petit a...

Elle s'arrêta parce que Josh était un homme, un vrai, et que petit ami semblait presque puéril appliqué à lui.

— Un, euh, quelqu'un, un homme qui...

Josh attrapa son téléphone et aboya :

— Je suis son amant et c'est putain de sérieux, et si tu n'arrêtes pas de la harceler, je te poursuivrai, j'arracherai ton cœur encore battant de ton torse, et je le mangerai pour le goûter.

Il écouta un moment, hocha une fois la tête de satisfaction, et raccrocha.

— Il ne t'ennuiera plus.

Elle récupéra prudemment son téléphone et le posa sur la table basse. Josh le guerrier était magnifique dans toute sa gloire féroce.

— C'est aussi ce que je pense.

Josh grogna et la tira sur ses genoux, le dos contre lui. Il posa les bras autour de sa taille et lui fit des caresses dans le cou avec le nez.

— Tu aurais dû lui expliquer que c'était sérieux entre nous.

Il lui mordilla le cou.

— Il a été surpris.

Elle inclina la tête, lui offrant un meilleur accès pendant qu'il embrassait et mordillait son cou.

— Je ne savais pas où nous en étions. Aucune étiquette ne semblait s'appliquer. Tu dois admettre que nous ne sommes pas un couple typique.

Il leva la tête.

— Tu admets donc enfin que nous sommes en couple.

— C'est l'impression que j'ai maintenant. Avant, j'étais complètement perdue.

Il fit courir ses mains sur le haut de ses jambes.

— Qu'est-ce cette chose rose que tu portes ? Un tailleur-pantalon ?

Elle étouffa un rire.

— C'est un pyjama.

C'était un chemisier à manches courtes avec un pantalon à la taille élastique.

— Il est en soie.

— Oui, j'ai fait une folie.

Il lui écarta les jambes et glissa les mains le long de ses cuisses, faisant plisser le tissu en soie.

— Je préfère les robes. L'accès est plus facile.

— J'aimerais croire que je ne suis pas qu'un plan cul pour toi.

Il la saisit par les cheveux, tournant sa tête pour l'embrasser.

— J'adore que tu me dises des cochonneries.

Il la souleva, la retourna face à lui et glissa les mains sous le bas de pyjama en soie pour les poser sur ses fesses.

Son téléphone sonna encore.

Il la suça dans le cou.

— Ne décroche pas.

— Et si c'était ma mère ?

Il poussa un grognement et la posa sur le canapé, à côté de lui. Elle attrapa son téléphone. L'écran affichait le numéro de sa mère.

— Maman ! Où es-tu ? Tout va bien ?

— C'est Joe. Je suis avec ta mère. Elle va bien. Elle vient de sortir d'une opération.

— Une opération ! Oh mon Dieu. Qu'est-il arrivé ?

Josh fronça les sourcils, inquiet. Elle articula silencieusement « *c'est ton père* ».

Joe continua :

— Elle s'est cassé la jambe et ils ont dû l'opérer pour la remettre en place. Nous rentrons demain. Nous sommes dans le Maine.

C'était là que sa mère avait grandi. Les parents de sa mère étaient morts des années auparavant dans un accident de voiture sur une petite route étroite et sinueuse dans le Maine, tous les deux disparaissant d'un seul coup. Elle n'avait même pas envisagé que sa mère pouvait retourner là-bas, au plus près du souvenir de ses parents. Elle se dit soudain qu'elle ne comprenait pas du tout sa mère, contrairement à Joe.

Hailey eut les larmes aux yeux. Et si Joe n'avait pas trouvé sa mère ? Combien de temps avait-elle passé toute seule, souffrant d'une jambe cassée ?

— Je suis tellement heureuse que tu sois là-bas avec elle. Je suis vraiment désolée que tout ceci soit arrivé. J'avais peur de dire quoi que ce soit sur son départ. Je ne voulais pas que tout le monde la déteste. Et moi.

Elle posa la main sur sa bouche, étouffant un sanglot.

— Ma chérie, tout va bien. Nous avons trouvé une solution ensemble.

— Ah bon ? parvint-elle à dire, la gorge très serrée.

Elle essuya ses larmes.

— Elle avait une espèce d'idée folle selon laquelle en vieillissant, elle allait être moins belle et mon amour s'estomperait. Le véritable amour n'est pas ainsi. Je suis là pour rester. J'ai attendu longtemps et je ne vais pas la laisser partir si facilement.

— L'époque de son mannequinat lui a toujours manqué. C'était l'époque dorée de sa vie, et je suppose qu'elle avait peur de perdre ça.

— Ah, Hailey, elle est tellement plus qu'une belle femme. Elle est attentionnée de toutes les petites façons qui comptent, et elle a un esprit si fort, ne perdant jamais sa joie de vivre malgré tout ce qu'elle a traversé en perdant ses parents, ton père, et en t'élevant seule. Elle a été seule la plupart du temps depuis qu'elle a seize ans. J'ai beaucoup Ce respect pour elle.

Sa mère avait commencé sa carrière de mannequin à l'âge de seize ans, parcourant le monde, peu de temps après la mort de ses parents. Elle ne savait pas qu'elle avait eu du chagrin pour le père de Hailey. Elle lui avait très peu parlé de lui.

Hailey laissa échapper un soupir tremblant.

— J'étais tellement certaine de vous perdre tous alors que j'avais enfin une famille fabuleuse.

Josh lui frotta le dos.

— Hailey, dit Joe d'une voix chaleureuse. Même si ça s'était mal passé entre ta mère et moi, je voudrais quand même que tu fasses partie de ma famille.

— Oh.

Elle regarda Josh et lâcha :

— Je suis avec Josh et c'est sérieux et je sais que tu ne voulais pas qu'il soit avec moi…

— Ho là ! Ce n'est pas vrai du tout.

— Mais Josh prétend que tu lui as dit de garder ses distances.

— Et je savais qu'il ferait exactement le contraire. Josh ne sait pas résister à un défi. Je savais qu'il allait encore plus s'efforcer de faire fonctionner votre relation s'il pensait que j'allais lui tomber dessus pour avoir perturbé l'harmonie familiale. Je connais mon fils.

Elle faillit s'évanouir de soulagement. Elle avait été si inquiète pendant tout ce temps d'être rejetée par Joe et sa merveilleuse famille. Il avait fait un calcul sournois, ce qui lui rappelait quelqu'un.

— Tu connais ton fils parce qu'il est exactement comme toi.

Joe gloussa.

— Pas exactement, mais pas loin. Tu vois ce que tu risques avec les Campbell ? Et une fois que tu es entrée dans la famille, il n'y a plus de sortie possible. Ça fait un peu comme le Parrain, mais tu me comprends. Sérieusement, Mad t'a faite entrer dans la famille il y a longtemps et nous t'aimons tous.

— Je vous aime aussi, dit-elle d'une voix étranglée.

Elle regarda le plafond, essayant de retenir ses larmes.

— Comment ma mère s'est-elle cassé la jambe ?

— Elle a trébuché dans les bois en se rendant à la vieille cabane de ses grands-parents. Je l'ai seulement retrouvée en posant des questions sur sa famille en ville. J'aurais appelé plus tôt, mais je n'avais pas mon chargeur. Il n'y avait pas non plus de réseau là où elle était, alors elle ne pouvait pas appeler à l'aide. Quoi qu'il en soit, je l'ai conduite à l'hôpital et elle se remettra complètement. Peux-tu faire savoir à Josh que tout va bien ? Il le dira aux autres.

— Bien sûr, il est avec moi maintenant. Encore merci, Joe.

Elle raccrocha et se tourna vers Josh.

— Ton père a retrouvé ma mère. Elle s'est cassé la jambe et vient de sortir d'une opération pour la remettre en place.

Il hocha la tête.

— Mon père était un très bon policier. Il peut retrouver n'importe qui.

— Elle a tant de chance de l'avoir. Elle n'en a pas la moindre idée.

Josh leva les sourcils avant de sortir son téléphone.

— J'envoie la bonne nouvelle à Mad par texto et je lui dis de prévenir les autres.

Hailey inspira plusieurs fois très profondément, en calmant sa frayeur. Puis elle partagea la nouvelle étonnante que son père voulait en réalité que Josh et Hailey soient ensemble.

Josh secoua la tête et rangea son téléphone.

— J'aurais dû le savoir.

Il éclata de rire.

— J'étais tellement fou de toi que je n'ai pas fait le lien.

Elle rayonna, adorant l'entendre dire qu'il était fou d'elle, car elle était folle de lui aussi.

Il entoura les cheveux de Hailey autour de son poing et ricana.

— Alors comme ça, tu aimes mon père.

Elle sourit un peu, toujours attendrie par la conversation.

— Il a dit que vous m'aimiez tous, alors je l'ai dit à mon tour.

Il l'attira vers lui en la tenant par les cheveux, la regarda au fond des yeux en lui demandant, non, en *exigeant* qu'elle lui dise les mêmes mots d'amour.

Elle posa la main dans sa nuque et le fixa dans les yeux, lui faisant savoir qu'elle savait ce qu'il voulait, et qu'elle savait aussi qu'il savait qu'elle voulait entendre les mots de sa bouche à lui.

Il incurva les lèvres, mais son regard ne faiblit jamais. Deux guerriers dans un combat de regards épique. Aucun d'eux ne céda d'un centimètre.

— Hailey.

— Josh.

— Je t'aime, dirent-ils en même temps.

Puis ils se saisirent l'un l'autre, s'embrassant comme s'ils venaient de découvrir ce qu'il y avait de mieux dans leur vie. Et c'était le cas.

ÉPILOGUE

Trois jours plus tard, Hailey apprit par Josh que c'était officiel : il était maintenant le propriétaire du bar de ses rêves. Elle souleva Rose, l'installa dans son sac de transport et quitta le travail pour le court trajet à pied jusque chez Garner's. Il voulait le fêter avec elle, et elle avait libéré son après-midi pour être là auprès de lui.

Josh se trouvait à l'extérieur, tourné dans sa direction. Rose se mit à aboyer avec excitation. Sa chienne était tombée très amoureuse de Josh, tout comme Hailey.

— Je sais, Rose. Il donne les meilleures caresses, n'est-ce pas, avec ses grandes mains d'homme ?

Rose devint encore plus enthousiaste, sautant presque de son sac. Hailey accrocha vite sa laisse et la posa sur le trottoir. Rose courut en avant, tirant sur la laisse, aboyant tout le temps. Hailey dut se précipiter afin que Rose ne tire pas trop sur son col en risquant de s'étrangler.

Elle comprit enfin pourquoi Rose était si excitée. Josh tenait un petit chien noir au visage rond, avec des immenses yeux sombres et des oreilles pointues.

— Josh ! Tu as pris un chien !

Il sourit.

— Voici Max. Il vient d'un refuge. Ils pensent qu'il est à

moitié shih tzu, et à moitié chihuahua. Je me suis dit que Rose aimerait un copain.

Il posa Max pour qu'il rencontre Rose.

Hailey les observa avec bonheur entortiller leurs laisses pendant qu'ils se reniflaient comme des fous.

— C'est tellement mignon ! Je pense qu'ils sont déjà copains.

Ils agitaient tous les deux la queue.

— Rose avait besoin de son égal, dit Josh.

Elle lui sourit. C'était ce qu'il avait dit d'elle.

— Oui. Une guerrière a besoin de son égal.

Il souleva la mâchoire de Hailey, inclina son visage vers lui et l'embrassa rapidement.

— Regarde en haut.

C'est ce qu'elle fit.

— Ah ! Josh ! Mon Dieu, je n'arrive pas à y croire !

Sur l'enseigne, il n'était plus écrit Garner's Sports Bar & Grill. Il l'avait remplacé par un nouveau nom en rouge sombre : Happy End. Il avait nommé le bar de ses rêves d'après son Club de Lecture Happy End, sa mission de travail, la mission de sa vie. Il avait nommé le bar de ses rêves pour elle.

Sa lèvre inférieure trembla, ses yeux se mirent à brûler.

— Tu… Josh… je suis tellement émue.

Il lui tint le menton.

— Ça fait des semaines que j'ai entreposé cette enseigne au sous-sol pendant que je luttais pour t'enchaîner à moi…

— On ne peut pas enchaîner une personne. On peut l'aimer. On peut être dans une relation avec elle, mais on ne peut pas… Josh ?

Elle baissa le regard vers sa propre main, qu'il venait de refermer autour d'une petite boîte noire. Son cœur se mit à battre plus vite, sa bouche s'assécha.

En la fixant intensément du regard, il garda la main de Hailey fermée autour du cadeau.

— Hailey, je voulais te montrer que j'avais des bases solides, que je possédais ma propre entreprise. Je ne serai jamais riche, je ne peux pas t'offrir une vie de jetsetteuse, mais…

— Tu es un homme merveilleux avec un grand cœur caché au fond de lui. Je l'ai vu et il est bon. Je n'ai pas besoin d'une vie glamour. Je pense seulement que l'argent est important afin de ne pas être dans le dénuement.

Elle monta sur la pointe des pieds pour lui chuchoter à l'oreille :

— Ma mère n'a pas pu payer le loyer quand j'étais enfant, et nous avons fini sans domicile deux fois. J'aime avoir de l'argent pour la sécurité, mais ce n'est pas ainsi que je mesure la valeur de quelqu'un.

Elle le regarda au fond des yeux.

— On est mesuré par ce qu'on fait, et ça…

Elle fixa encore une fois l'enseigne.

— C'est un geste si merveilleux. Je suis encore stupéfaite. Le bar de tes rêves a été nommé d'après moi.

Il répondit d'une voix bourrue et rocailleuse :

— Le rêve n'est pas complet sans toi dedans. De façon permanente. Je t'aime et je vais passer le reste de ma vie à faire en sorte que tu aies ton happy end avec moi.

Elle rougit et rit aussi un peu, parce qu'il était super romantique, et qu'il y avait un sous-entendu sexy.

Il sourit.

— Épouse-moi.

— Oui !

Elle jeta les bras autour de son cou et l'embrassa passionnément. Quelque chose tomba à terre, mais elle l'ignora lorsqu'il la serra dans ses bras et l'embrassa jusqu'à lui couper le souffle. Ils s'écartèrent en entendant un bruit de grognement.

Josh s'agenouilla, extirpa la boîte de la bouche de Rose, l'essuya sur son jean, et l'ouvrit pour elle. *Une demande en mariage sur les deux genoux ? Waouh !* C'était un diamant solitaire rond sur un anneau en or. Elle l'adora. Il le glissa à son doigt, leva les yeux vers elle depuis sa position galante à genoux, et lui fit un sourire tendre.

Elle poussa un petit cri, le releva et le couvrit de baisers sur tout son visage mal rasé.

Josh glissa une main sous ses cheveux, la posa dans sa nuque et l'embrassa avec ferveur, possessif, comme si elle était à lui. Il fallait qu'elle lui rende la pareille.

Leurs chiens coururent en cercle autour d'eux, excités, les laisses entourant leurs jambes, les attachant ensemble.

Le mariage de Brandy et Joe fut parfait. Il eut lieu seulement deux jours après, alors Hailey dut travailler avec une mariée en béquilles, mais cela montra comme Joe aimait profondément sa mariée. Il se moquait qu'elle avance maladroitement dans l'allée avec ses béquilles, ou qu'elle doive s'asseoir pendant une grande partie de la réception au bar Happy End. Il était fou d'elle, les yeux pleins d'amour, tous ces gestes cherchant à lui procurer du confort. Sa mère brillait véritablement de l'amour qu'elle avait pour Joe.

Hailey laissa échapper un soupir de bonheur, entourée par ses amis et par la famille Campbell, dont elle faisait maintenant partie de tant de façons qu'ils ne pourraient jamais se débarrasser d'elle. Josh était son fiancé, Mad était la sœur qu'elle avait toujours voulue, Joe était son beau-père, et tous les frères la traitaient comme de l'or. Sans parler du fait que trois de ses amies avaient épousé des Campbell et une autre était fiancée.

Josh entrecroisa leurs doigts pendant qu'ils regardaient la danse des mariés, qui était plutôt une position immobile, l'heureux couple se tenant dans les bras l'un de l'autre. De temps en temps, Joe soulevait Brandy avec son plâtre et la faisait tourner dans une autre direction.

— C'est tellement mignon, murmura Hailey.

— Ensuite, c'est la danse des témoins, annonça Jake Campbell. Et applaudissons-les pour leurs récentes fiançailles.

Hailey rougit de bonheur pendant que tout le monde les applaudissait. C'était la première fois que Hailey les revoyait depuis que Josh avait fait sa demande deux jours auparavant, mais elle avait bien sûr immédiatement appelé et envoyé des textos à tout le monde.

— Il était temps ! cria Mad.

Josh l'entraîna sur la petite piste de danse devant le bar, la serrant contre lui pour un solo. Il était ridiculement beau dans son costume, rasé de près, les cheveux toujours joliment ébouriffés. Sa chevelure était si épaisse qu'il était impossible de la dompter, ce qui expliquait pourquoi son jumeau les coupait très court.

— Bonjour, les tourtereaux, dit Joe en dansant avec sa mère près de là. Il n'y a pas de quoi.

— Ha, répondit Josh. Tu ne peux pas t'attribuer tout le mérite. Je sais m'y prendre, mon vieux.

Hailey rougit.

— Josh.

— Quoi ?

Sa mère se mit à rire.

— Pourquoi pensez-vous que nous vous avons demandé d'être nos témoins ? C'était notre dernier ressort pour vous mettre ensemble.

Hailey se tourna vers Josh, surprise. Il semblait tout aussi étonné. Ça n'avait pas exactement fonctionné comme sa mère et Joe l'avaient cru. Entendre Josh lui dire qu'il était le témoin alors qu'elle l'était aussi, c'était la dernière goutte d'eau qui avait provoqué sa crise de larmes. À ce moment-là, être coincée avec Josh, qui l'avait rejetée, pendant que tout le monde autour d'elle avait le happy end qu'elle désirait tant, lui avait paru comme la pire chose au monde. Elle avait peut-être eu besoin d'être coincée avec Josh pour trouver l'homme merveilleux qui attendait de se révéler et de l'aimer. Une fois qu'il avait arrêté d'être arrogant et bestial.

— Comme je l'ai dit, il n'y a pas de quoi, dit Joe d'un air satisfait avant de soulever sa mère hors de la piste de danse et de la poser sur un fauteuil confortable.

Josh se tourna vers elle.

— Qu'en penses-tu ? Le mérite leur revient à eux ou à nous ?

Hailey secoua la tête.

— J'ai l'impression de devoir dire que c'est nous, mais…

Il éclata de rire.

— Oui. Tu as rendu les choses très difficiles.

— Pardon ? Si quelqu'un a fait ça, c'est toi. Je pensais que tu ne m'aimais pas.

Il glissa la main le long de sa colonne jusque dans sa nuque.

— Je t'ai toujours appréciée. Pourquoi penses-tu que je t'ai accompagnée à tous ces mariages ?

— Parce que tu avais besoin d'argent.

Un coin de la bouche de Josh se souleva, ses yeux sombres pétillant de bonne humeur.

— Je pensais que tu me demandais de sortir avec toi, et quand tu as dit que ça faisait partie de ton plan d'affaires, j'ai fait semblant de le savoir depuis le début.

— Josh ! Nous aurions pu sortir ensemble depuis des années ! J'aurais pu être la première avec son happy end !

Il la serra dans ses bras.

— Franchement, je ne crois pas. Je luttais contre l'attirance parce que je me faisais une mauvaise idée de toi.

— Et maintenant ?

Il s'écarta pour la regarder dans les yeux.

— Maintenant, je vais t'épouser et vivre heureux pour toujours dans une maison à Clover Park avec nos deux chiens et autant d'enfants que je pourrais faire sortir de toi.

Elle resta bouche bée, puis elle fut submergée par l'émotion à tel point qu'elle dut détourner la tête, cachant ses larmes.

— La. Ferme.

Il la retourna vers lui et l'embrassa.

— Tu aimes ça, hein ?

— *J'adore* ça !

Quelqu'un lui donna un coup sur le bras. Elle se retourna et vit Mad à côté d'eux avec son fiancé, Parker. Apparemment, la piste de danse s'était remplie avec le reste de la famille, et Hailey avait été si absorbée par Josh qu'elle ne l'avait même pas remarqué. Le véritable amour pouvait vous faire ça.

— Salut, sœurette, dit joyeusement Hailey. Puisque nous avons le même âge, nous pourrions même être jumelles. Fausses jumelles.

Mad éclata de rire.

— Bien sûr, des jumelles. Tu serais une grande sportive.

— Et toi, fabuleuse pour les concours de beauté.

Mad fit une grimace.

— Mais oui, si seulement, hein ? Bref, je me dis que puisque je serai ta demoiselle d'honneur, je dois sûrement organiser une fête de fiançailles et un enterrement de vie de jeune fille pour toi.

Elle n'avait pas encore demandé à Mad d'être sa demoiselle d'honneur, mais il n'y avait personne d'autre qu'elle préférait avoir à ses côtés.

— Bonne idée !

— Avez-vous prévu une date ? demanda Mad.

Josh répondit :

— J'espère cet été, quand elle aura une pause dans son planning d'organisatrice de mariages. Il faut que je l'enchaîne vite à moi, parce qu'elle est enceinte.

Hailey eut le souffle coupé.

— Tu es sérieux ? cria Mad.

— Des jumeaux, dit Josh en bombant le torse. Hailey a tellement aimé le livre *Accidentellement Enceinte par le Cow-boy* que j'ai su qu'il fallait le rendre réalité.

Hailey le regarda, bouche bée.

— Qu'est-ce que tu racontes ?

Mad posa la main sur sa gorge.

— Tu l'as mise enceinte à cause de mon livre ? Josh, c'était juste une blague. Tu n'étais pas censé…

Elle se tourna vers Hailey.

— Était-ce ce que tu voulais ?

Hailey leva les yeux au ciel.

— Je ne suis pas enceinte.

Mad jeta un regard noir à Josh.

— J'étais toute enthousiaste.

Il lui ébouriffa les cheveux, gâchant plus d'une heure de coiffure.

— Je t'ai eue. Sois contente que je laisse passer si facilement ta plaisanterie avec le livre.

— Il y en a d'autres à venir, dit Mad avec une lueur diabolique dans les yeux.

— Allez, soyez gentils entre vous, dit Hailey.

Parker se pencha près d'elle.

— Ce n'est pas comme ça qu'on fait entre frères et sœurs, Hailey. Il faut que tu t'y habitues.

Hailey rayonna. Elle avait des frères et sœurs maintenant. C'était fantastique d'être incluse dans une famille aussi unie.

La chanson prit fin et ils quittèrent tous les quatre la piste de danse.

— Le mariage est donc en août ? demanda Mad. C'est généralement une période de calme pour toi.

— Pourquoi pas, dit Josh.

Hailey secoua la tête.

— Oh, non, non, non. Tu plaisantes ? J'ai besoin d'une *année* pour planifier notre mariage. Ce sera le mariage parfait qui surpassera tous les mariages.

Josh laissa échapper un long gémissement grave.

Hailey posa une main sur sa hanche.

— Je suis une organisatrice de mariages figurant dans *Spécial Mariages*. J'organise un mariage pour la royauté. Mon mariage doit être le meilleur.

Le prince Phillip avait appelé la veille avec des excuses pour avoir dépassé les limites et il avait même été assez courtois pour inviter Josh aux mariages royaux de la princesse Silvia aux États-Unis et à Villroy. Hailey avait accepté à la fois les excuses et l'invitation. Ça ne dérangeait pas Josh. Non pas qu'il voulait revoir Phillip. Il voulait simplement passer du temps avec elle.

Ils étaient plus ou moins inséparables maintenant, passant toutes leurs nuits ensemble. Le lendemain, Josh et Max, son chien mignon, devaient emménager chez elle. Leurs appartements étaient aussi petits l'un que l'autre, mais le sien était moins cher et plus proche de leur travail.

Josh enleva sa main de la hanche et la garda dans la sienne.

— Notre mariage sera le meilleur. Mais n'est-ce pas trop cher ? Je veux dire, d'essayer de faire mieux qu'un mariage royal ?

Elle leva le menton.

— Je suis très créative et j'ai un très bon réseau. Ce sera prêt à temps, dans le budget, et ce sera l'événement de la décennie, non, du siècle !

Josh la fixa longuement, ouvrit la bouche, puis la referma.

— Quoi ?

Il posa les mains des deux côtés de son visage.

— Tu es magnifique, ma princesse guerrière.

Elle passa les bras autour de la taille de Josh.

— Tout comme toi, mon guerrier bestial.

Il la regarda dans les yeux en lui faisant savoir qu'il la désirait terriblement. Elle le fixa à son tour, lui montrant qu'elle était d'accord, mais ne devaient-ils pas rester un peu plus longtemps vu qu'il s'agissait de la réception du mariage de leurs parents ?

Il glissa la main sous ses cheveux, la posa autour de sa nuque et la tira contre lui. Il l'embrassa en souriant contre ses lèvres. Tout son corps se réchauffa.

Ils se firent un sourire, savourant la tendresse, une attirance électrique, et tant d'amour, en sachant tous les deux qu'ils étaient faits l'un pour l'autre.

Chères lectrices, chers lecteurs,

Je ne pouvais pas résister à l'envie d'écrire le mariage de l'organisatrice de mariages. Prenez des nouvelles de Josh et Hailey et de toute l'équipe du Club de Lecture Happy End un an plus tard dans *Un mariage Happy End* !

Un mariage Happy End (Club de Lecture Happy End, Tome 11)

Hailey Adams et Josh Campbell scellent enfin leur union ! Non seulement ils inaugurent la nouvelle destination pour mariages à l'étranger sur l'île de Villroy, mais en plus, deux magazines de mariages importants documentent tout en détail. Hailey, une organisatrice de mariages prometteuse, est bien déterminée à avoir un mariage parfait, jusqu'à assortir les tenues de ses bébés à fourrure canins.

Sauf qu'il semble y avoir un minuscule problème avec la robe de mariée… il n'y en a pas.

Et les bagues ont disparu.

Et d'une façon ou d'une autre, la salle des mariages a été louée pour deux mariages différents.

À partir de là, tout se gâte horriblement. Lorsque Hailey et le mariage tombent en miettes, c'est à Josh de tout réparer. Mais que peut bien savoir un ancien soldat bourru sur les mariages ? Hailey est sur le point de le découvrir.

Inscrivez-vous à ma newsletter afin de ne rater aucune de mes nouvelles publications: Kyliegilmore.com/FRnewsletter

AU SUJET DE L'AUTEUR

Kylie Gilmore est auteur de best-sellers sur la liste de USA Today tels que la série du Club de Lecture Happy End, la série Rourkes, la série Clover Park et la série Clover Park STUDS. Elle écrit des romances comiques qui vous feront rire, vous feront pleurer et vous donneront un coup de chaud.

Kylie vit à New York avec sa famille, ses deux chats et un chien complètement fou. Quand elle n'est pas en train d'écrire, de courir après ses enfants ou de prendre des notes lors de conférences sur l'écriture, vous la trouverez sur la pointe des pieds, cherchant à atteindre sa cachette secrète de chocolat tout en haut du placard.

Cliquez ici pour vous inscrire à la newsletter de Kylie afin de recevoir des informations concernant les sorties de nouveaux livres, les promotions et les cadeaux réservés aux abonnés. https://www.kyliegilmore.com/FRnewsletter

Pour d'autres bonus sympas, allez voir le site de Kylie https://www.kyliegilmore.com.